산티아고 카미노 블루

산티아고 카미노 블루

초 판 1쇄 2023년 12월 01일
초 판 2쇄 2024년 02월 15일

지은이 이화규
펴낸이 류종렬

펴낸곳 미다스북스
본부장 임종익
편집장 이다경
책임진행 김가영, 윤가희, 이예나, 안채원, 김요섭, 임인영, 권유정

등록 2001년 3월 21일 제2001-000040호
주소 서울시 마포구 양화로 133 서교타워 711호
전화 02) 322-7802~3
팩스 02) 6007-1845
블로그 http://blog.naver.com/midasbooks
전자주소 midasbooks@hanmail.net
페이스북 https://www.facebook.com/midasbooks425
인스타그램 https://www.instagram/midasbooks

ⓒ 이화규, 미다스북스 2023, *Printed in Korea*.

ISBN 979-11-6910-404-3 03810

값 28,500원

미다스북스는 다음세대에게 필요한 지혜와 교양을 생각합니다.

산티아고 카미노 블루

순례의 끝, 치유가 완성되는 순간

이 화 규

미다스북스

이 책은 일반 여행기와는 그 성격을 달리한다. 애초 산티아고 순례길을 떠나며 기행문을 쓰고자 하지는 않았다. 내게는 나름 절박하고도 심각한 시간이었다.

그러니 여기에 담긴 글은 인문적 사유를 통해 접근한 순례 기록이다. 또한 한 인간의 심리적인 변화 과정, 이를 통해 치유가 완성되는 순간을 기록한 자아 관찰 에세이다. 나는 삶의 상처로 인해 걷고 사유하며 치유하고자 노력했다. 하여 온몸을 갈아내가며 걷고 걸어 이 글을 썼다. 그러기에 여기에는 은퇴자로서 느끼는 심리적 모호함을 이겨내고, 순례를 통해 영육 간에 치유를 이루는 과정이 절실하게 기술되고 있다.

'산티아고 카미노 블루'라는 달달한 제목을 달았으나, 사실 이 글은 '쓰기를 통한 치유Writing-Therapy'이다. 단행본으로 출판하는 일을 그 치유의 완성형으로 삼았기 때문이다. 이를 위해 순례 75일간을 포함해, 집필을 하여 글을 완성한 시점에의 종료에 이르기까지 총 2년간이라는 적지 않은 시간이 걸렸다.

이 책이 나오기까지 순례와 집필 과정에 큰 지지와 응원을 보내준 사람들이 있다. 대학 후배 지범식 아우와 깨어 있는 시민 홀씨의 박영수 대표, 아울러 50년지기 고교 동창 크리에이터 서원태에게 고마움을 전한다. 그리고 커뮤니티 동료들이 보여준 관심과 격려는 집필에 큰 힘이 되었다. 집을 비우는 동안 묵묵히 기다려주고 지원해준 선하디 선한 내 아내와 사랑하는 두 딸 유진 유림, 그리고 사위 박운과 손자 이준에게도 고마움을 전한다.

이 글이 지닌 특징은 우선 순례 출발에서 책의 완성까지의 과정을 기술한다는 점이다. 공간을 부각하되 원점 회귀로의 구조적 특징을 이루었다. 각 장은 출발 – 만남 – 회상 – 사색 – 복귀의 아주 뚜렷한 서사적 구분을 이룬다.

또 다른 특징은 70년대 말까지의 재즈와 영미 대중음악을 대거 수록한 점이다(일부 대중적인 클래식 곡도 있다). 나름의 안목으로 선별하여 감상을 위한 코드를 곳곳에 심어 놓았다. 이 음악들은 당대의 현장을 담아, 삶의 애환과 풍경이 담긴 서사로 기능하며 글 내용을 적극 보완해 준다. 큐알QR 코드를 첨부하고 가사를 번역해 사용하였는데, 오디오 감상에만 집중할 수 있도록 배려하였다.

이 책은 서서히 극적 전환이 집중되도록 뒷부분에 강세를 둔 크레셴도 구조로 이루어진다. 독자분께서는 끝까지 읽어주시기를 당부 드린다.

필자로서야 많은 이들에게 글이 읽히기를 바란다. 다만 이 책을 이 땅의 장년 혹은 시니어들에게 바치고자 한다. 그들은 후진국에서 태어나 중진국에서 일하고 선진국에서 은퇴를 맞은(을) 사람들이다. 어차피 우리 모두는 '상처를 안고 길 걷는 인생 wounded walker'이다. 부디 힘내시라.

차례

제1장 **출발**   천천히 걷자니 다가오는 것들

제 6 장 **복귀**　　　　　　　　　　　　　　　　　　말과 글로 눌러 담아 알리기

출발

천천히 걷자니 다가오는 것들

"걸으며 천천히 들숨과 날숨의 숫자를 세어라.
왼발에서 시작하여 발을 디딜 때에는
발바닥을 박아놓듯 먼저 발꿈치를 대고
다음에 발가락을 대라."

−『선(禪)의 세 기둥』

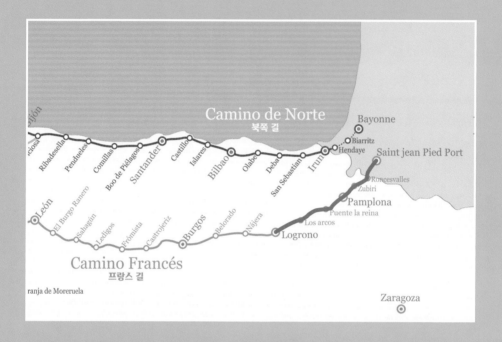

순례 준비를 마치고 파리로 입성하다. 심한 심리적 불안정에 시달리며, 기차로 이동하여 프랑스 카미노의 시작점 생장에 서다. 순례에 적응하기 위한 시간들을 보내며, 자연과 인간 그리고 길과 걷기에 대한 잡다한 사유를 벗 삼아 걷다. 천천히 카미노로 걸어 그 안으로 깊이 들어가다.

순례자로 전환하기

현관문으로 다가선다. 그간 양 이틀간에 걸쳐 순례길 떠날 채비를 끝냈다. 이제 75일간 쉼 없이 프랑스 카미노 포르투갈 카미노에 이어, 피니스테레까지 걸어갈 일만 남았다. 이런 경우 배낭을 필수 짐으로 꾸리는 게 핵심이 된다. 항시 그렇듯 수면 무호흡 방지를 위해 1.5kg 되는 양압기陽壓機, PAP, Positive Airway Pressure를 등짐으로 지다 보니, 총 9kg으로 짐 전체를 마무리한다.

처음 길채비를 준비하다 보면 짐이 늘어나고, 차츰 경험하다 보면 짐은 줄어든다. 작년 3개 코리아둘레길 포함한 여러 둘레길을 완보하며, 철저한 준비가 철저한 고생으로 변하는 과정을 절절하게 실감했다. 불을 만져봐야 비로소 뜨거움을 알게 되는 일차원적인 경험의 터전, 이게 인생인가 한다. 한데 길에서의 짐은 그냥 짐이 아니다. 육신의 짐은 바로 그대로가 인생의 짐이 된다.

순례란 집 현관문을 나서는 순간 시작된다 한다. 하여 지금 현관문을 나서는 순간 순례가 시작된다. 공자 말에 '부모재불원유父母在不遠遊 유필유방有必有方'이라 했다. 곧, '부모님 살아 계실 때에는 멀리 싸돌아다니지 말며, 어쩔 수 없이 가더라도 방향은 알려라.'는 의미이다. 부모님으로 살아계신 분은 장모님이 유일하다. 95세로 와병 중이신 장모님을 찾아 몇 달 있다 뵙겠노라 인사드렸다.

그간 본격적인 순례를 위한 몸의 준비를 해왔다. '영혼의 집'인 몸이 부실하면 순례 자체가 문제가 된다. 게다가 먼저 걸으면서 '카미노 순례'가 이 시점에 과연 내게 필요한 과업인지 다시 한 번 확인해야 했다. 그래서 1년간 5,500킬로가 넘는 국내 둘레길 걷기를 통해 몸과 마음을 끌어내 이용할 준비, 특히 육체적인 준비를 마련하고자 했다.

가열하게 현관문을 열고 나간다. 올 초부터 카미노 순례길을 위해 몇 가지 다짐으로 정리한 일들이 있다. 75일간의 도보 순례의 여정. 19세기 말엽, 윌리엄 워즈워스 William Wordsworth는 '걷는 일은 부활과 깨달음으로 가는 인생 여정이다.'라고 했다. 일단 난 '걷는 동안 감각으로 들어온 일'에 대하여 생각하고 기록하려 한다. 그러려면 순례에서 오로지 맨몸으로 자연과 만날 것이다. 그를 통해 나 자신의 참된 모습과 주변과의 관계를 재발견하려 한다.

16세기 마르틴 루터Martin Luther는 순례를 일컬어 '바보들이나 하는 짓'이라 하며 '거기 죽은 말이 있느냐 개가 있느냐 거기로 달려가지 말라.'고 언급하였다. 계몽주의 시대 지식인들도 순례를 부정적으로 보았다. 하나 이 모두는 당대 성인의 유해나 유물 등 상징물이나 교회나 성당 등 건축물에 대한 과다한 신앙적 집착에 대한 반작용이었다. 이러한 분위기는 17~18세기 당대 유럽의 시대정신과 맞물리면서 카미노 순례 열기를 급속히 냉각시키고 말았다.

나의 순례길도 카미노 도상의 건축물이나 상징물, 기념물 그리고 성당이나 교회에 시선이 가 있지는 않다. 정확히 말하자면, '관심이야 있어도' 이번 순례의 우선순위가 아니었다. 다만 이번 순례에서 건축물에 대한 심미적 확인은 나중의 방문 기회로 미루고자 한 것이었다. 순례자가 심미적인 욕심을 부리기 시작하면, 내면화를 위한 순례의 집중력은 급속히 떨어진다. 이 욕심은 카미노를 매우 좁은 시각으로 한정시킬 것이다.

아울러 카미노를 찾는 사람들과 교감을 나누며 생각을 공유하려 한다. 그러면 순례는 혼자 하는 여행이 아닌, 길 위에서 만난 모든 이와 함께하는 여정이 될 것이다. 순례는 혼자 시작하지만 카미노 공동체의 동료들과 마찬가지로 산티아고 대성당 앞의 오브라도이로Obradoiro 광장에서 끝낼 것이다. 내 경우 세 곳 카미노를 찾게 되니 그 특성상 이곳 광장을 세 번 들러야 할 것이다.

이를 통해 인종 국적 신분 성별 나이와 같은 사회적 분화의 구별 없이 형성되는 동료애와 우정, 곧 카미노 공동체 정신이자 연대감이라 할 '커뮤니타스communitas'를 살펴보려 한다. 그리하여 국가 공동체를 넘어선 더 큰 카미노 공동체의 일원으로 나가는 집단 경험을 기대하고자 한다.

특히 자연이 말하는 순간, 그 내밀한 순간을 천천히 바라보며 기록하려 한다. 모든 집단적 움직임과 자전거 등 기계 장치의 부산함으로부터 완벽하게 결별하고자 한다. '혼자 내 짐 내가 지고, 예약과 같은 짜인 방식에 의존치 않고' 걸어가려는 것이다.

한데 이런 굳은 결심에도 불구하고 당장 마주치는 심리적 문제는 남는다. 그건 불안감이다. 이방인이 된 장소에서는 항상 정신줄을 놓지 않으려니 팽팽한 긴장감이 생겨난다. 심리적으로 매우 불안하고 불편하다. 30여 년 가까운 여행 경험치를 가지고도 언제나 해결하지 못하는 문제이다.

교통편과 연관해 다양하게 발생할 실수에 대해 미리 걱정하는 예기 불안이 항상 존재한다. 한데 실제로 이러한 불안감은 크고 작은 실수로도 번진다. 단순한 상상 속의 불안이 아닌 실제 상황으로 옮겨가는 것이다. 그러니 더 불안하기 마련이다. 준비 과정에서 부딪힌 모호함과 좀 더 확인하지 않은 스스로의 부주의함에 대해 후회하기도 한다.

이번 테제베TGV 예약이 그러했다. 일찍 예약한 비행 편과는 달리 마냥 우물대다 사흘 전에 예약하자니 이미 티켓이 다 매진되었단다. 사실 정확히 말하자면 난 예약한 것으로 착각했다. 하여 일반 기차 예약을 해야 했다.

그간 머리로 그려보던 일과 실제 배낭을 메고 출발하는 일은 많이 다르다. 빠지고 놓친 일들이 불쑥불쑥 낯선 섬이 되어 솟아 나온다. 내게 중요한 점은 '걷지 않을 때' 많은 긴장감과 문제가 발생하는 것이다. 이 긴장감은 아직 이방인인 내게 생생한 현실성을 부여한다.

마음의 불안감을 떨치려 제레미 스펜서 밴드Jeremy Spencer Band가 발표한 〈트레벌린Travellin'〉의 가사를 읊조려 본다. 'Travellin' a distant land I really enjoyed the days It's always been my way to keep movin' on. 먼 곳을 여행하던 그 시절, 난 진심으로 즐거워했지요. 길에서 항상 움직이며 돌아다녔답니다.' 읊조리는 나도 이게 불안감을 떨치려는 행동임을 잘 알고 있다.

이제 이른 아침 집밖을 향해 두 발로 서며 막 순례길을 나선다.

_다소의 흥분과 심한 불안으로 순례를 시작하며

파리 시내에서의 불안감,　　　　　　　　　　　/ 02
테크니컬 이슈

　순례자라면 집의 현관문에서 나서면서 예민해지기 마련이다. 내 경우 불안감은 본격적인 프랑스 카미노의 출발지인 생장Saint-Jean-de-Luz에 도착하기까지 느낄 모호함 때문에 생겨난다. 그 어느 다른 시기의 순례자들이 느꼈던 신변에의 불안감과는 많이 다를 것이다.

　일단 내가 지금 느끼는 불안감이란 다소 생경하면서도 때로는 아주 구체적이다. '운송 수단에 대해 결코 익숙해지지 못하는 모호함', 그것이 크다. 수송 수단과 차가운 전자 장치의 효율성에 따라야만 한다. 생장에 이르기까지 오늘날 전자 기술이 낳은 최대 산물인 스마트 기계에도 의지해야 한다. 모든 교통편 예매와 연락 검색 등을 수시로 확인해야만 한다. 그러니 내 경우 아직 걷지 못하여 탈 것에 의존해야 하는 현실이 불편함과 불안감을 더욱 증대시킨다.

　카미노 상에 전해오는 명제로 '백문이 불여일견이지만, 느낌이야말로 진실이다 Seeing is believing but feeling is truth'라는 언급이 있다. 이때의 '느낌'이란 오감을 통해 몸과 그 움직임으로부터 오는 진실한 그 무엇을 말한다. 진정한 지식은 접촉에서 얻기 마련이다. 육체적으로 단단하게 다져진 몸의 움직임이 있어야만 그 진실을 확인할 수 있다.

이 진실은 반드시 몸의 부딪힘 그리고 서서히 움직여 공간 이동이 최소화되는 그러한 리듬감과 속도를 통해야만 이루어진다. 다른 성지 순례와는 달리 이번 카미노 순례는 이러한 나의 바람에 가장 들어맞는 적합한 장소였다. 나의 카미노 순례는 외부 자연의 진실한 접촉을 통해 내면세계로의 격렬한 변화를 꿈꾸고 있었다.

한데 일이 설사 그렇다고는 해도 내일까지는 교통편을 이용하여 이동을 해야 한다. 비행기, 버스, 기차, 택시 등등의 수송 수단으로서의 탈 것이 주는 속도감은 심한 불안감을 야기한다. 모든 수송 수단은 이동 시간을 최소화한다. 내게 어떤 경우에도 생각할 틈을 허용하지 않으니, 대책 없는 불안감만이 생겨난다.

실로 오랜만에 밟는 프랑스 파리 땅, 영 마음이 편치 않다. 요즘 시위, 철도 파업, 이민자 폭동 등 여러 이슈가 겹쳐 보도되고 있었다. 새벽에 문자로 전달된 에어 프랑스 1시간 30분 출발 지연 딜레이 통보는 일종의 예고편이었다.

오후 5시 경 샤를 드골 공항 출구를 나섰다. 저편 멀리 있을 파리 도심을 바라다보았다. 밤거리, 군중, 폭동, 시위, 경찰, 도망, 트래픽, 전광판, 유흥가, 베드 버그bed bug, 호객, 소란함, 포석, 쇼핑, 애완견, 쓰레기, 지린내, 담배꽁초, 배회, 성당 등등 여러 유무형의 어휘와 그에 따른 이미지가 꼬리에 꼬리를 문다. 혼란스럽다.

공항 PER B 구역에서 파리 행 기차를 탔는데, 아무리 봐도 너무 천천히 나가기에, 예쁘게 생긴 파리지앵 처자에게 물어봤다. 이게 완행이고 결론은 잘못 탄 거란다. 유무형의 불안감이 시작부터 현실화되고 있었다. 11.45€라는 제법 나가는 가격에 산 급행 승차권이다. 어서 내려 '뒤에 뒤에' 오는 급행으로 갈아타라 한다. 서울의 공항

철도나 지하철 9호선 시스템을 생각하면 되겠다.

"메르시 보꾸"를 연발하며 내려서 보니 역사가 너무나 크고 복잡해 공황 장애 올까 싶다. 한데 아무리 뒤져도 '그' 승차권이 없다. 우뚝 역사에 서서 주머니를 다 털어도 열차 승차권이란 도대체 없다. 주머니를 뒤지고 뒤지다, 마침 유모차 전용 출구로 나가는 흑인 아줌마 뒤에 바짝 붙어 통과했다.

메트로로 갈아타려는 유럽 최대의 역사 파리북 역Gare du Nord은 진정한 아비규환이다. 승객 내리기도 전에 밀고 넘어지고, 경찰 오고 난장판이다. 주말에 여러 이슈가 겹쳤단다. 사고, 파업, 시위가 중첩된 상황인데 역무원에게 물어보자니 뭔지는 몰라도 '테크니컬 이슈technical issues'란다. 사람 내리기도 전에 힘으로 밀고 들어와, 갈아타야 하는 파리 14구에 위치한 덩페흐호슈Denfert-Rochereau 역에 하마터면 못 내릴 뻔했다.

파리 외곽에 위치한 최종 목적지 르코르브Lecourbe 역에서는 열차 문이 안 열려 망연자실했다. 서울 지하철의 자동 문 열림 혹은 패드나 버튼을 생각하고 아무리 치고 눌러도 안 된다. 뒤의 처자가 버튼 아래 노브를 아래로 당기자, 그때 비로소 문이 스르륵 열린다. 이방인의 처지를 절감하며 어색하게 웃으며 내렸다.

걸을 때 마음은 외부 세계를 향해 최대한 열린다. 그러나 탈것을 이용하면 마음의 긴장은 내부 세계를 향해 최대한 강화된다. 걸을 때 내 몸은 반복적인 리듬으로 피곤할 수 있지만 오감만은 세상을 향해 열린다. 하지만 탈것을 이용하면 몸은 긴장감으로 인해 피곤감이 극대화되고 오감은 외부와 단절되어 닫힌다. 그러니 목적지를 향해 걸을 때에 느끼는 피곤감과 교통편을 이용할 때의 피곤감은 아주 본질적으로 다르다. 잡역에 시달린 피곤감과 운동 이후의 피곤감이 다르듯이.

여러 파리지엔의 도움에 힘입고서야 몽파르나스Montparnasse 역 부근 숙소에는 저녁 9시 넘어 도착했다. 땀범벅이 되어 기운이 죽 빠진다. 순례의 출발점인 생장에 도착 전까지 아직 안심하기란 이르다. 불안감과 긴장 그리고 근원과 깊이를 알 수 없는 우울감이 엄습해온다. 몸이 전반적으로 흥분되어 있는지라 잠도 쉽게 오질 않는다.

'나는 누구', '여긴 어디'와 같은 카텍시스cathexis가 초래하는 격렬한 기초 질문이 뇌리를 돌며 사라지지 않는다. 오늘 겪은 불안정한 일들이 파노라마로 연결되며 흘러간다. 항시 외국 땅에서 느끼는 것이지만 걷지 않고 교통편을 이용할 때, 그 긴장감과 불안감은 최고조에 이른다는 걸 실감한다.

오기 전에 장만한 신형 갤럭시 폴더블 스마트폰의 폴더를 열었다. 못 찾았던 '그' 급행 승차권 티켓이 폴더 사이에서 툭 하고 룸 바닥으로 떨어진다.

_파리 외곽 르코르브 호텔에서, 불안정한 영혼을 가라앉히며

알베르게 55번가에서의 상념

　본격적인 순례를 앞둔, 생장에 위치한 순례자 숙소 알베르게에서의 첫날이다. 여기는 지리상 프랑스 바스크basque 지역에 해당된다.

　순례의 의미를 찬찬히 되돌아본다. 태어나 내게 부여된 시간의 총합 속에서 살아온 내 삶 자체를 떠올려 본다. 가장 자주 떠올리는 심상은 걷는 사람의 모습이다. 이 세상을 바라보며 두 발로 일어서 최초로 걸은 이래 지금까지 나는 걷는 사람이었다. 탈것을 타거나 머물러 있기보다 혼자 한 발 한 발 천천히 나가기를 원했다.

　이제 은퇴 이후 이곳 카미노에 순례자로 와서 서 있다. 지난날 개인사의 풍경이 담긴 인생길을 잠시 회고해 본다. 그 풍경 속을 걸으며 경험했던 성취와 실패, 기쁨과 슬픔, 환희와 실망, 만남과 이별의 순간들을 상기해 본다.

　이제 75일간 일상으로부터의 결별이 이어지리라. 한데 이 결별은 자신으로부터의 도피, 일상 활동으로부터의 단절이나 소외를 의미하는 것은 아니다. 이 결별은 해야 할 책무로부터의 외면이나 회피를 의미하지도 않을 것이다. 내 경우 이 결별이란 치유를 위한 결단이고 의지이다. 삶에서의 의미와 변화를 추구하려는 강력한 결심이 된다.

순례에 동반되는 걷기는 영적 발견이나 심리적 발견을 위한 수단, 믿음과 의지를 확인하는 증거로 기능할 것이다. 나 자신의 정체에 이르러 본질을 느끼게 만들어주는 강력한 도구가 된다. 그러니 이번 순례로 나는 나 자신의 '계속 살아 있게 하는 정체성', 자기됨을 확인하고자 한다. 이는 그 자체가 내 삶이 직면한 혼란을 다스리는 치유 과정이 될 것이다.

그러면 과연 나의 몸은 무엇을 버리고 무엇을 가지고 갈 것인가. 카미노 도상에 선 순간 짐 이동 서비스 혹은 숙소 예약이라는 편리함만큼은 아주 철저하게 피하기로 했다. 스마트폰에 대해서는 숙고에 숙고를 거듭해야 했다. 내 몸이 스마트폰에 멀어지는 순간, 매우 큰 자유를 누릴 수는 있을 것이다. 하나 스마트폰을 아예 멀리하기란 현실적으로 불가능하다.

가족 지인과의 물리적 연락 그리고 카미노 관련 앱 사용도 불가능해진다. 비상시의 통화 수단도 없어지니, 안전과도 연관되는 문제이다. 착상과 아이디어가 떠오를 때 이를 기록할 수단도 없어진다. 사진 묵상 글 등 표현 수단으로서의 기록과 보존 관리도 문제였다. 하여 스마트폰 하나만은 손에 들고 가야 하리라 판단했다.

카미노 순례는 길이 핵심이다. 카미노는 길 자체가 순례의 핵심인 유일한 순례이다. 이 카미노에서는 천천히 걸으며 여러 순례객과 이루는 영적 소통을 순례의 미덕으로 기리고 있다. 잠시 여러 안내와 기록을 살피다, 18세기 이태리 순례자 니콜라 알바니Nicola Albani가 쓴 카미노 안내서의 소개가 눈이 간다.

여섯 가지 당부가 있다. 첫째, 동행하여 영혼을 어지럽히지 말고, 혼자서 가야 한다. 둘째, 전염병이 돌거나 전쟁 중에는 다니지 말아야 한다. 셋째, 건강이 좋지 않거나 체질이 허약하면 가지 말아야 한다. 넷째, 다리를 튼튼히 하고 가려 먹지 말아야 한다.

다섯째, 밤길을 피하고 수상한 사람과는 동행하지 말아야 한다. 여섯째, 수난을 대비해 위를 튼튼히 해야 한다. 300년의 시대를 뛰어넘어 요즘에도 다 필요한 말이라 생각했다. 알바니는 카미노의 최대 문제, 베드 버그bed bug에 대해서도 썼다.

처음 접하는 순례자 숙소에서 안내서를 바라보며 이런저런 생각에 주변을 찬찬히 둘러본다. 카미노 상의 상당수 알베르게는 혼숙을 한다. 생자크St Jacques 공립 '알베르게55'는 프랑스 카미노 출발지인 생장에서 한국인 순례자들이 가장 많이 묵는다는 장소이다. 생자크는 산티아고의 프랑스식 발음이다. 55는 그 위치가 55번가에 있다는 의미란다.

여기 지하의 6인실을 배정받았다. 한국인 부자를 포함한 남자 셋이 배정된 후 네덜란드 처자 둘 그리고 호주 부인 자넷Janet 이렇게 여자 셋이 우리 뒤로 배정되어 왔다. 이 처자들이 내게 "문이 잠겨 있는지 잘 지켜 달라."라고 부탁한다. '와치watch'란 표현을 쓴다. 별 수 없는 문화 차이런가. 나는 〈왕좌의 게임〉에 등장하는 '문을 지켜라Hold the door' 에피소드의 인물, 호도르HODOR라도 된 마냥 눈을 부릅떠 본다.

수면 무호흡증이 있어, 이제 내게 양압기 사용은 수면의 필수이다. 한데 이게 기동을 시작하면 '쉬익' 하고 밖으로 새는 진동과 소음 그리고 다스 베이더Darth Vader 느낌의 숨소리가 난다. 남들 수면 방해할까 결국은 끄고야 말았다. 새벽에 다시 깨어 양압기 마스크를 뒤집어썼는데 비몽사몽간 어디선가 이상한 배기음 같은 신음 소리가 계속 난다. 이 소리의 향방을 확인하려 마스크를 벗고 들어봤다. 내 위 베드의 호주 아줌마가 크게 코를 고는 소리가 들려온다.

코골이 문제는 알베르게의 영원한 이야깃거리이다. 벽면에 '코골이는 불법이 아니다Snoring is not illegal'라고 쓴 글이 붙어 있는 걸 보고는 피식 웃었다. 한데 이 양압기는 심한 코골이에도 직방이다. 피레네를 넘다 자넷을 만나면 알려주리라 생각했다.

_ 일찍 깨어나, 생장의 공립 알베르게55에서

피레네 산맥을 넘어라 / 04

피레네 산맥의 나폴레옹 루트를 넘고 있다. 이 길은 고대 로마군단이 진군한 길이며, 중세 샤를마뉴_{Charlemagne} 대제와 근대 나폴레옹이 군대가 지나간 길이다. 그리고 오늘날은 전 세계 순례객들이 지나가는 길이 되고 있다.

발의 움직임으로 내 몸은 리듬을 탄다. 오르기 위해 걷는 일은 은총의 길이다. 등 뒤의 배낭 무게를 의식하느라 햄 스트링을 비롯해 허벅지와 종아리 근육은 잔뜩 긴장한다. 두 발바닥은 촉촉한 땅의 기운과 접촉한다. 몸무게가 뒤꿈치로부터 시작하여 앞의 발볼로 이동하여 움직여간다. 나는 다시 발을 바꾸어 무게 중심을 이동시킨다.

엄지발가락은 땅바닥을 밀고 내 육신의 무게는 미묘한 균형을 되찾아 간다. 나의 두 발은 진정성 있는 근원으로 나를 이끌어 가고 있다. 발걸음은 움직일 때마다 공간을 섬세하게 의식한다. 내가 있는 이곳, 내가 있는 이 시간을 의식하고 있다. 나는 느린 발걸음과 그보다 더 느린 시선으로 변화된 새 장소에 있는 나 자신을 천천히 바라보며 공간을 이동한다.

그래 이 리듬이다. 천천히 리듬에 맞추어 호흡을 가다듬으며 '인간의 속도'로 나아

간다. 이는 나만의 속도이다. 가능한 거북이보다 더 천천히 걷고자 한다. 비 온 뒤 햇살을 타는 민달팽이의 리듬으로 느리게 걸어간다. 난 느리게 걷는 것이야말로 신이 창조한 대지를 밟으며 예배하는 방식이라고 믿는다.

이 느린 걸음이 끝에 도달한 순례 완주라는 카타르시스의 경험을 나름으로는 바라고 있다. 그 카타르시스를 통해서 나를 사로잡았던 정신적 기억에 대한 치유도 기대한다. 그러니 순례의 그 끝에서 나 자신의 심적 치유와 그로 인해 예비된 변화가 몹시 궁금하다. 내 몸은 통과 의례를 기다리는 존재로 육체적 시련과 고난을 감수할 마음의 준비가 되어 있기 때문이다.

그러니 '산티아고(야고보) 사도의 시신이 있는 콤포스텔라 대성당을 향해 은총을 갈구하며 걷는 나의 이 걸음은 특별한 우아함을 지닌 행위이다.'라고 생각했다. 이리 천천히 걸으며 예배 행위에 집중하다 보니 내 몸과 마음은 안식에 이른다. 균일한 형태의 움직임을 반복하자니 내면의 긴장이 급격하게 완화된다.

내면의 번쇄함은 잠잠해지고 기분 좋은 균형 상태가 이루어진다. 그러나 많은 순례객은 나를 지나쳐 올라간다. 나는 내 인생길을 앞서 지나치는 사람들을 워낙 많이 보았다. 어차피 늦된 인생이니 서두르지 않으리라 생각한다. 다만 보행의 기본 리듬만큼은 잘 유지하려 애쓴다.

9킬로 되는 배낭의 등짐을 의식한다. 작곡가가 메트로놈에 의지하여 일정한 리듬을 환기하듯, 배낭을 메고 내 생체가 요구하는 리듬에 의지하여 전 감각을 환기하고 있다. 이 보행의 리듬은 생각의 리듬으로 이어진다.

오늘 이 루트를 넘을 수 있었던 것은 실로 다행이었다. 순례객들은 이틀 전만 해도 강풍과 악천후로 인해, 산맥 아래로 돌아가는 우회로인 발카로스Valcarlos 루트로 갔단다. 그날 나폴레옹 루트의 급작스런 기후 변화에 저체온증에 빠지는 사람이 생겨나 경찰이 출동했다는 소식도 들었다. 이러면 나도 생장에서 몽파르나스 구간 28킬로에 달하는 발카로스 루트로 우회하여 가야 하나 생각했었던 것이다.

예전 순례객들이라면 사실 날씨만이 문제가 되는 게 아니었다. 단순히 걷는 것만이 아닌 많은 외적 위협에 직면해야 했다. 역사적으로 카미노와 관련해 가장 중요한 기록이라면 12세기에 출간된 『갈리스토 필사본Codex Calixtinus』을 들 수 있다. 이는 산티아고 대성당 관계자들과 클뤼니Cluny 수도원 수사들이 협력하여 만든 산티아고 순례 관련 이야기 모음집이다.

모두 5권으로 구성되어 있는데 이중 마지막 제5권은 프랑스 클뤼니 출신의 수도사 에메릭 피코Aymeric Picaud가 엮은 것이다. 오늘날로 치면 일종의 산티아고 순례 가이드북에 해당된다. 이 제5권 내용에 의하면, 예전 순례객들은 산적이나 짐승의 외부 위협 그리고 환전상이나 여관 주인에 의한 사기 등 외부 위협에 직면한 기록들이 등장

한다.

　그러나 당시 순례객이 직면했던 원초적이고도 물리적인 신변의 위협은 이제는 아예 사라지고 없다. 갖은 수법이 동원되던 환전상에 의한 바가지도 걱정하지 않아도 된다. 오로지 순례객 각자의 마음에 쌓이는 내부 위협만이 남는다. 내 경우는 그간 해결하지 못하는 심적 불안감이 문제였다. 한데 이렇게 피레네 산맥을 걸어 오르려니 그 불안감이 서서히 없어지고 있다. 피레네 산맥이 이토록 화사한 날씨를 보여주어 너무도 감사했다.

　나폴레옹 루트는 평지로 돌아가는 발카로스 루트와는 달리 자전거객이 없어 퍽 좋았다. 전해 듣던 대로 절경이었고, 이는 당일의 순례객들에게 내려진 영적 축복이었다. 자연의 생생함은 이전에 경험하지 못한 투명함을 안겨주었다. 언덕 아래로 전개된 녹색의 풍경은 점점이 흩어진 구름을 지닌 하늘과 대비되고 있다. 숱한 피레네 산맥에 서식하는 꽃과 식물들 그리고 장엄하게 창공을 나는 새들이 이 장소의 진정한 주인공임을 알리고 있었다.

　아카시아 꽃은 흰 꽃송이를 흔들고 있었고 노란 유채꽃은 하늘거리고 있었다. 계곡 주위로는 다양한 색채들이 일렁거리고 있었다. 겉보기에는 튤립 같은 은방울수선화가 피어 있는데, 여기 피레네 산맥이 원산지란다. 여기저기 키 작은 관목들은 흩어져 자리하고 있었다. 창조된 세상 속에서 가장 품위 있게 사는 일은 자연을 가까이하는 일일 것이다.

핑크 플로이드의 기타리스트 데이비드 길모어David Gilmour는 〈노 웨이No Way〉
라는 곡에서 '여기서 나갈 길은 없어, 그냥 안주하여 시간 낭비만 한다면'이
라고 노래했다. 작년도에 국내 둘레길을 걸으며 이 노래를 참 자주 들었다. 들을 때
특히 중간에 기타 리프Riff가 길게 이어지면, 내 가슴은 먹먹하다 못해 산산이 터져
나가고 있었다.

그러던 내게 어느 날 '더 웨이The Way'가 다가왔다. 그 카미노가 말이다.

_피레네 산맥, 나폴레옹 루트를 걸어 넘으며

산티아고 카미노 블루

오래 걷다 보면
그리고 '헬로 어게인'

걷기란 단순하고 소박한 움직임으로 외부 세계와 교감하는 행위이다. 특히 장거리 걷기는 통증과 같은 신체의 반응을 감수하고 인내와 절제를 발휘해야만 가능한 일이다. 걷자니 육신이 방향을 바꾸며 이리저리 묵직한 무게감을 알려온다. 이 동통疼痛은 발바닥에서 시작한다. 그러다 다리에서 등짝으로 그리고 등짝에서 어깨로 전해진다.

배낭 짐을 제법 오래 져 왔어도 항시 적응하는 데에는 시간이 걸린다. 그러니 이 또한 본격적인 순례길에 적응하는 과정이리라. 피로감과 통증은 다르다. 순례길에 걸어 생기는 피로는 운동 피로와도 또 많이 다르다.

이 피로감은 생명력이 살아 있는 복합적이며 새롭고 만족감을 증진시키는 긍정적 반응이다. 한데 지금은 피로감보다는 살짝 통증이 느껴진다. 아직 걸은 지 얼마 안 된 오전이라 그러하겠다. 신비하게도 통증을 통하면 난 전 육체를 인식하게 된다. 카미노는 원초적인 '몸의 길'이고, 통증과 같은 중요 감각을 통해 '자신을 인식하는 길'이라는 생각에까지 미친다.

오래 걷다 보면 반드시 신체적 피로가 따른다. 심각한 통증과 상처가 생겨나는 곤비함도 생겨날 수 있다. 하나 지속적인 보행을 하다 보면 예기치 못한 공간에서 예상치 못한 신비로움을 느끼게 된다. 실로 매혹적인 순간이 스치기도 하며 상상치 못한 경이로움도 일어난다.

비록 통증이 수반된다고는 해도 걷는 행위는 오감의 작동을 불러온다. 촉각 후각 등 그간 덜 쓰이던 감각의 온전한 작동을 바라보며 느끼는 맹렬한 쾌감이 있다. 묵힌 영혼의 때를 씻어내는 시원함이 있다. 오감을 통해 외부 세계의 확인이 쉴 사이 없이 이루어지며 감각이 열리며 공감각적인 감각의 전이도 순간에 생겨난다.

이 감각의 경험은 이따금 과거의 자아를 환기하기도 한다. 이 대화에서 뜻밖에 잊었던 예전의 나를 만나기도 한다. 이국적인 먼 장소에서 나누는 대화에서는 타인의 존재성을 발견하고 이전과 다른 새 시각을 갖게도 한다. 이런 모든 행위를 통해 현재의 내 자아는 과거와 연결되고 미래의 다가오는 것들을 수용하고자 한다.

이렇게 통증과 함께 내 몸을 다 바쳐 뚜벅뚜벅 걷노라니 그간 묻혀 있던 원초적 감각들이 살아 올라온다. 걷고 있는 이 육체적 움직임은 잃어버렸던 감각들을 복원시키고 본래의 기능으로 되살아나게 하고 있었다. 길을 걷더라도 이전에 국내에서 둘레길을 걸을 때에는 마음에 우울감, 자책감, 회한, 수치, 모멸감, 열패감 등의 부정적 감정이 내면에서 치고 올라오는 경우가 참으로 많았다. 실제로 그러했다.

그런 부정적 감정이 차오를 때면, 난 육신의 움직임을 오래 지속하여 통증과 피로감이 유발되기만을 기다렸다. 그러면 신기하게도 부정적 감정이 점차 사그라진다. 그러니 신앙의 전통에 있어 계시에 이르는 가장 손쉬운 방법으로 고통을 중시했던 게 '어느 정도는' 이해가 간다.

앞으로 순례가 길어질수록 이런 형태의 피로와 통증이 날 자주 찾아오리라. 하나

이는 내 육신이 움직이고 내 전 감각이 세상을 향해 살아 있다고 외치는 증거가 된다. 그리고 여기 묵상이 있다. 모든 묵상을 통해 난 과거의 순례객들을 만나고 있다. 많은 상상이 머리를 휘감아 지나가고 있다. 먼저 천년의 세월을 거치며 프랑스 본토를 거쳐 이곳 생장에서 피레네 산맥을 오르는 유럽의 순례객의 모습이 보인다. 12세기에는 한 해 50만의 유럽인들이 순례에 올랐다 한다.

샤를마뉴 대제와 나폴레옹의 군대가 론세스바예스Roncesvalles에 도착하려고 산을 넘고 있었다. 난 여기 롤랑의 샘 Fuente de Roland에서 잠시 발길을 멈춘다. 샤를마뉴의 조카로 알려진 전설 속의 인물, 롤랑Roland의 고뇌에 찬 모습이 눈에 생생하게 보인다. 그는 팜플로나

Pamplona 전투를 끝내고 돌아가는 샤를마뉴 대제의 프랑크 군대를 위해 그 후위를 지휘하였다.

하나 바스크와 나바라Navarra 지역의 기독교 군대의 공격으로 부대원 전원이 몰살을 당한다. 이슬람 군대가 아닌, 같은 반목하는 기독교도들 간의 공격이란 게 제법 반전이라면 반전이다. 론세스바예스 인근에서 일어난 일이다.

이런저런 생각을 하며 기대에 차 피레네 산맥을 넘고 있었다. 인종 구별 없이 남녀노소 할 것 없이 다들 열심히 걸어간다. 거구의 금발, 대단한 롱 다리의 홀랜드[네덜란드] 아줌마 하네카Hanaka를 산 중턱의 푸드 트럭에서부터 자꾸 마주치게 됐다. 배

낭을 메고 천천히 걷는 모습이 눈에 띄었는지 내 모자를 손으로 가리킨다.

아마도 내가 쓰고 있는 오렌지 색 아크테릭스 햇캡hat-cap 모자가 눈에 튀었나 보다. 싱긋 웃더니 이후 만날 때마다, "아유 오케이?"를 몇 번 외친다. 피레네 산맥을 넘는 게 만만한 일은 아니겠지만 여하튼 오케이다. 천천히 걷지만 꾸준히, 타인의 속도에 상관치 않고 걸어간다. 느린 속도의 리듬감. '슬로 앤 스테디' 곧 우보만리牛步萬里, 그게 걷기 원칙이다.

한데 론세스바예스의 수도원 알베르게 '필그림즈 호스텔Pilgrim's hostel'에서 하네카를 다시 마주쳤다. 그녀가 놀라는 기색이 너무도 역력하다. 아마도 내가 천천히 걷는 것은 배낭 무게 때문일 터이니, 필시 많이 늦으리라 나름 걱정한 까닭이리라. 여하튼 하네카, '헬로우 어게인hello again'이여.

순례 초기에 마주하는 최대의 문제는 배낭이다. 장기 순례를 의식하고 '철저하게' 준비한 이들은 여기 피레네 산맥을 넘으며 짐 무게의 고통에 온갖 진저리를 친다. 하여 팜플로나에 이르면 저절로 우체국을 찾는단다. 공자 말에 '생이지지자상야生而知之者上也 학이지지자차야學而知之者次也'라 했다. '그냥 아는 것이 제일이고, 경험하여 아는 것은 그 다음이다.'라는 의미이다. 배낭 무게로 '순례의 고통이나 불편함'을 경험하여 아는 것은 소모적이다.

길가 바르bar에서 하네카를 또 마주치니, 깜짝 반가워 한다. 이제 카미노에서 다시 하네카를 만날 수 있을지.

 토미 볼린Tommy Bolin의 음악 〈헬로 어게인Hello Again〉이 귓전에 감돈다. 평생 열심히 듣던 곡이다. 25세에 요절한 한 음악 천재를 기린다.

"다시 한 번 안녕, 너무 오랜만이죠. 안녕, 내 친구. 어딘가에서, 어찌 된 일인지, 당신은 길을 잃었죠. 다시 한 번 안녕, 저와 당신입니다. 우리는 최고의 친구랍니다."

저녁에는 피레네 산맥을 넘어 론세스 바예스를 찾은 여러 외국인들과 함께 수도원 앞 포사다Posada 레스토랑에서 디너 미팅을 했다. 이 시간에 이재선 선생 부부를 만날 수 있었다. 이분들을 예전 왜관 산티아고 학교에서 만나 교제 관계를  이어오고 있다. 아침에 다시 만나 간단 조식을 같이 나누었다.

두 분을 만나면 항시 기분이 좋다. 선한 기운이 느껴지는 참 진실한 분들이라는 생각이 들어서이다.

_론세스바예스에서의 아침에

수비리Zubiri로 가는 길이다. 여러 번다한 생각이 꼬리에 꼬리를 물고 이어진다. 나는 이번 순례길에서 해결하고 와야 할 내용이 있었다. 국내 둘레길을 걸으며 내면에 치고 올라오는 삶의 의문들. 그 근본적인 삶의 의문들과 영적인 질문들을 다시 차근차근 재정리해볼 필요가 있었기 때문이다.

대단한 변화나 변신을 목적으로 순례를 시작한 것은 아니었다. 하지만 고백하자면 나름 매우 심각하고 절박했다. 은퇴 후라는 내가 직면한 지금의 시기는 큰 전기가 필요한 인생의 마지막 시점이었다. 은퇴 이후 코로나 팬데믹의 내습으로 계획하고 목표했던 일들이 뒤틀렸노라고 주변에 변명하는 데에도 지쳐 있었다. 신앙적 질문과 영적 문제 앞에서 나날이 초조해하고 있었다.

과거에 대한 불만과 미래에 대한 불안이 비등점을 넘어 들끓고 있었다. 물리적으로 부여된 크로노스chronos적 시간에 대한 고심은 변화를 위한 카이로스kairos적 시간으로의 전환을 촉구하고 있었다. 더해 작년 코리아둘레길을 걸으며 한 줄 글로도 표현하지 못한 내적 표현 욕구에 대한 불만도 이미 임계점을 넘어섰다.

눈앞으로 밤나무로 이루어진 좁은 숲길이 이어지고 있다. 어느새 줄지어 선 오래

된 떡갈나무들을 바라보며 마냥 걷고 있다. 전방 밤나무와 오래된 떡갈나무가 끝나가는 자리에 소나무 숲과 버드나무 숲이 이어진다. 그러고 나니 포플러 나무는 나를 맞으며 바람에 흔들리고 있다.

천천히 걷는 나를 숲속의 나무들이 묵묵하게 받아들여주고 있다. 걸어가는 내 주변으로는 민들레 엉겅퀴 제비꽃 영란화 조팝꽃 등 그간 우리 땅에서도 많이 보암직한 그 익숙한 꽃들이 자태를 뽐낸다. 가끔 마을이 나오면 어느새 장미꽃이 나와 빠끔히 날 바라보며 반긴다.

실로 이 자연에 기쁨의 보화들이 곳곳에 널려 있다. 길가에 지천인 붉은 아네모네꽃[개양귀비], 개망초꽃, 하늘의 축복 올리브, 열병식 하듯 줄진 포도나무, 발코니에 늘어진 제라늄, 산등성이를 보라색으로 온통 물들이는 라벤더 꽃들이 보인다. 노란색 치자빛으로 널린 유채꽃은 실로 그 어느 곳에나 있다. 이제 며칠 더 걸으면 초록빛 바다의 물결로 일렁거리는 밀밭과 보리밭을 지나게 되리라.

축축한 바람에 실려 아침 땅을 건너는 달팽이와 지렁이가 보인다. 자연 속을 걸어갈 때에는, 걸음걸이는 그 자체가 영적 사유가 된다. 천천히 걷노라면 삶에 대한 겸손함과 경외심이 생겨난다. 신앙적 사유는 물 흐르듯 샘솟고, 창조적 생명의 존재를 느끼게 된다. 인생의 본질에 다가가는 듯 걸음걸음에서 절대자의 호흡을 가까이 느끼게 된다.

 루 크리스티Lou Christie의 〈새들 더 윈드Saddle the Wind〉라는 노래를 나직하게 허밍으로 불러 본다. "바람에 실려 바람에 실려서 날고 싶어요. 당신 곁에 가까이 다가갈 때까지 바람 타고 날고 날아가고 싶어요."

이렇게 자연을 바라보노라니, 새삼 창조주와 동행하고 있음을 느끼게 된다. 창조주는 당신 자신을 자연 속에서 계시하고자 한다. 구불구불한 시골길에서, 갈색 대지가 드러난 황야에서, 별이 빛나는 하늘에서, 숲속 폭포수 아래에서, 굽이진 강 물결 아래에서, 그리고 광활한 저 바다 한 가운데서.

신적 존재만이 아닌, 연대되어 있는 많은 이들의 영혼도 느끼게 된다. 11세기 늦게 되어서야 프리미티보Primitivo[초기] 카미노에 이어 이 프랑스 카미노가 정비되었다 한다. 그리하여 당대 이래로 그 누군가 순례를 위해 이 길을 걸어갔다. 그러니 내가 걷는 이 길은 더 이상 미지의 낯선 길이 아니다. 이전의 누군가가 걸었던 이 길을 내가 걷고 있고, 내 뒤를 따라 누군가가 걸어올 예정이다.

나는 분명히 이 땅의 누군가와 이어진 존재이다. 나는 결코 혼자 걷는 것이 아니다. 과거에 걸었던 순례자와 그리고 미래에 다가올 순례자와 함께 걷고 있다. 이 길을 걸었던 순례자들과 함께 카미노 공동체에 대한 믿음을 공유하며, 숨 쉬고 걸어가며 더불어 말하고 있다. 나는 시간적 측면에서 뒤로 가고 있고, 공간적 측면에서 앞으로 나아가고 있다.

작년 내내 걸었던 둘레길 생각이 난다. 일단 1년간 국내의 긴 길을 걷는 도보 트레킹으로 영적 에너지를 얻고, 그를 바탕으로 준비하여 카미노 순례를 떠나고자 했다. 마침 코리아둘레길은 서해랑길까지 전체 개통을 계획하고 있어 3개 코리아둘레길이 우리 땅을 요[띠]자 형태로 감싸며 전체 완성을 앞두고 있었다.

국내 장거리 둘레길을 걸은 후에 카미노를 걸으면 은퇴자로서의 향후 방향이 세워질 거라 보았다. 카미노 순례가 나의 혼란스러운 내면을 치유할 수 있을 거라 믿은 거다. 이 생각은 그 자체로는 제법 옳았다. 하여 코리아둘레길을 포함한 1년간의 국내 둘레길 완보 트레킹은 나름 힘들었지만 제법 굳건하게 잘 수행되었다.

사람들은 그러한 나를 보며 외국의 장기 트레일 혹은 한국의 코리아둘레길을 산티아고 카미노와 비교해달라는 질문을 던진다. 사실 이야기해주고 싶어도 카미노를 걷지 못한지라 할 말이 없었다. 한데 이제 나름 언급할 수 있을 것 같다. 결론적으로 말하자면, 산티아고 카미노는 그 어디에도 비교할 수 없는 유일한 장소라는 거다.

여기 카미노는 그 어디에도 비교할 수 없는 유일성 그 자체로만 존재한다. 천년에 걸쳐 카미노를 가는 사람은 단순한 도보 여행자가 아닌 진정한 구도자나 순례자로 예우를 받았다. 곳곳에 지어진 각종 쉼터와 순례자 숙소, 카페와 식당 그리고 순례 지원 네트워크는 카미노만이 지닌 특징이라 할 만하다.

그러니 이 길은 그냥 산티아고 카미노인 것이다. 진실로 일이 그러하다.

_수비리로 가는 길 카페에서

길이라 해서 다 길이 아니라 / 07

수비리는 아르가Arga 강을 건너야 마을로 들어갈 수 있다.

마을로 들어가는 아치 모양의 견고한 다리가 눈에 들어온다. 다리의 돌 하나하나가 서로가 다른 모양인데 정작 모난 데 하나 없다. 돌은 둥글둥글하며 반질반질한 상태로 정교하게 끼워져 있었다. 여기 카미노의 다리는 진정 위대한 예술품이다. 천년을 지켜온 석공 장인의 솜씨가 느껴진다.

그러니 오늘날의 기계 기술로는 도저히 따라갈 수 없는 장인의 품격으로 만든 마스터피스이다. 이들 석공들은 노동자이지만 예술가이다. 다리의 만듦새에 감탄하며 찬찬히 보자니 앞으로도 천 년은 더 끄덕 없을 듯하다. 하기야 '수비리Zubiri'라는 말은 이곳 바스크 어로 '다리의 마을'이라는 의미라 한다. 하여 이 다리를 지닌 수비리 마을에 품격이 느껴지는 까닭이다. 장인의 솜씨와 시간의 흐름이 빚어낸 희대의 걸작이라 생각하였다.

  마을을 지나니 인근 소나무 숲길로 이어진다. 숲길의 소쇄함을 온몸으로 받고 걷노라니 제법 편안한 마음이 드는지라 다양한 생각이 이어지고 있다. 길에만 집중하고 걸어갈 수 있어 퍽 다행이라는 생각이 든다. 가능하면 카미노 안내물로부터도 멀어지고자 한다. '아는 만큼 보인다'는 진부한 지적은 당분간 내게는 사치스럽게 느껴진다.

  단순한 선입견에서 벗어나려는 것도 있지만, 가이드북이나 마을 가이드 입석 표지판에는 카미노에 얽힌 많은 예술 작품들이나 건축물에 대한 언급이 많다. 한데 매번 이런 작품들과 나 사이에는 어떤 관련성이란 없다고 느낀다. 그 화려한 물질적 토대는 내가 순례로 찾고자 한 주된 목표가 아니기 때문이다. 그러니 지금은 혼자 직접 걸어 이 카미노의 세계로 깊이 들어온 사실만이 중요하게 남는다.

  카미노의 특징에 대해 잠시 생각해 본다. 그 특징을 일단 스토리, 상징성, 편의성, 안전성, 친화성 등으로 나눠 이야기를 풀어가 보도록 한다.

  스토리. 카미노는 수백 년 걸쳐 내려온 통시적 역사를 간직한 길이다. 그런 만큼 카미노는 그 존재 자체로 풍부한 이야기를 안고 있다. 카미노의 마을마다 각종 기록이나 구비적 전승에 따른 다양한 이야기를 지니고 있다. 이야기의 전승 자체가 순례를 위한 큰 유산이 된다. 이런 이야기를 의식하여 순례자들은 카미노에 요구되는 순례 모습을 갖추고자 노력한다.

상징성. 신앙적 상징성을 말한다. 일정하게 교회를 중심으로 형성된 마을은 그 존재가 종교적 상징과 떼어놓을 수 없다. 종교적 의미를 띤 역사 유적과 카미노 순례에 얽힌 기념물, 건축물들이 곳곳에 산재해 있다. 어느 마을을 가든 그 중심에는 교회가 위치하고, 수도원 수녀원 성당 교회 경당 등이 일정 지역을 중심으로 주민들에게 신앙적 요구와 필요를 공급한다.

편의성. 카미노에 위치한 곳곳의 휴식 시설 곧 바르bar 카페cafe와 레스타우란테restaurante, 공원 시설들과 저렴한 알베르게는 순례객인 페레그리노peregrino들에게 가장 편안한 형태로 순례에만 집중하게 해준다. 역사적으로 각종 자선 구호소 네트워크를 통해 순례자는 굶주리거나 목마르거나 혹은 노천에서 추위에 얼어붙거나 하지 않게끔 보호받았다. 카미노에 세워진 각종 구호소와 자선 병원은 순례자가 걷다 병들었을 경우 그들에게 필요를 제공하는 당연하고도 필요한 장소가 되어 왔다.

안전성. 역사적으로 이 길의 안전을 담보하기 위한 여러 조치가 있었다. 11세기 십자군 이래의 템플기사단Knight Templar은 12세기에는 그 활동 지역을 예루살렘에서 카미노로 옮겨 이슬람과 그 밖의 위협으로부터 순례자를 보호하기 위해 필요한 역할을 감당했다. 오늘날 들짐승이나 산적과 같은 외부 위협은 전무하다. 이로 인해 카미노는 국적에 관계없이 남녀노소 누구나 걸을 수 있는 가장 안전한 길이 되었다.

친화성. 카미노, 자연, 마을, 순례객은 함께 어울린 친화적 모습을 보인다. 자연과 지역민, 상징물과 순례객이 거대하게 한 덩어리로 섞여 있다. 카미노는 인위적으로 다듬거나 억지로 만든 것이 아닌, 역사의 흐름 속에서 만들어져 자연에 녹아들어가 해체가 불가능한 모습이다.

카미노에 오기 전 코리아둘레길인 해파랑길, 남파랑길, 서해랑길을 온전히 다 걸었다. 여행 중의 고통과 시련, 길을 잃은 외로움과 막막함, 모호한 환경에서 느끼는 무력감, 자연 속에서의 왜소한 자아 확인, 먹을 것 잘 데가 부족한 가운데 초래된 불편들이 뒤따라왔다. 길을 걸을 때면 그렇듯이 긍정적 부정적 감정이 다 뒤섞였다.

내 감정적 문제는 분명 그렇다고는 해도, 길이 부여하는 물리적인 문제만큼은 분명히 남았다. 걷고 나니, '길이라고 해서 다 길이 아니라'는 생각이 들었다. 코리아둘레길을 걸으며 굶주리지 않게 먹고, 목마르지 않게 마시고, 추위에 얼지 않고 잘 수 있기를 바랐다. 하나 이 기본적인 세 가지를 충족하는 데 제법 여러 어려움이 많았다.

쾌락주의 철학자로 알려진 에피쿠로스Epicurus는 행복에 대해 다음과 같이 말했다. '굶주리지 않고, 목마르지 않고, 추위에 얼어붙지 않는 것. 이러한 상태를 유지하거나 바라는 자는 제우스와 행복을 겨룰 수 있다.'

카미노 상에서 난 '행복한가?' 하며 스스로에게 물어본다. 알베르게 앞으로 하염없이 강물은 흐르고 있다.

토킹 헤즈Talking Heads의 〈테이크 미 투 더 리버Take Me to the River〉라는 노래이다. 오랜 세월 항시 생각하기를 참 창의적인 그룹의 신선한 멜로디와 노래라 생각해왔다.

"Take me to the river, drop me in the water Take me to the river, dip me in the water Washing me down, washing me down"

그래, 나도 저 아르가 강가로 데려가 물 깊이 푹 담가 씻겨 주기를.

_ 수비리 알베르게에서

한국인 단체 순례객
그리고 홀로 가기 / 08

영혼은 불안하게 흔들린다. 나 혼자만 외롭게 버림받은 것 같고, 게다가 세상은 나를 보며 '사교성이 없다'고 흉볼까 두렵기도 하다. '언어 소통 문제'를 혼자 가지 못하는 이유로 삼기도 한다.

그러기에 많은 사람들은 혼자 카미노로 떠나가기를 주저한다. 하나 이 길은 혼자 가야만 한다. 순례길에서 자신의 영혼에 집중해야만 하기 때문이다. 사실 언어 소통은 부차적인 문제이다. 말은 어떻게든 통하게 마련이다. 그보다 문제의 핵심은 '순례의 자유로움'이다. 마음 가는 대로 발길을 멈추거나 다시 출발할 수 있어야 한다. 순례길이 긴 길과 짧은 길의 두 갈래로 갈리면, 그 선택에서 철저하게 자유로워야만 한다.

혼자 걷기란 주변 세계와 함께 있으면서도 떨어져 있는 일이다. 걷는 일 자체는 이러한 가벼운 소외를 정당화한다. 걷는 사람이 혼자인 것은 걷고 있기 때문이지, 친구를 만들 줄 몰라서 그러는 것은 아니다. 지인과 걸으며 그 말에 귀를 기울이다 보면 막상 카미노의 속삭임을 놓칠 수가 있다.

혼자 비밀스럽게 다가오는 바람 소리에 마음을 열지 못하면, 천년 카미노의 신비 속으로 들어갈 수가 없다. 동료들과의 대화에 신경을 쓰다 보면 옛 순례자들이 길에서 전해주는 내밀한 이야기를 들을 수가 없다.

여러 외국인들이 내게 거의 빠짐없이 '왜 한국인들은 그룹으로 모여 오냐'고 묻는다. 카미노에 한국인 말고 단체로 무리지어 순례하는 외국인이란 거의 없기 때문이다. 이들이 알고자 하는 일차적 의문은 한국인 단체 순례에는 의식을 행하기 위한 특별한 종교적인 이유가 있냐는 거다. 묻는 그들에게 설명하기란 참 어렵고도 마땅치 않다.

공자의 말에 '지지자불여호지자知之者不如好之者, 호지자불여낙지자好之者不如樂之者'라 했다. 곧, '아는 것은 좋아하는 것만 못하고, 좋아하는 것은 즐기는 것만 못하다'는 그런 의미이다. 현대적으로 확장해 풀어보면, 결국 이는 '지지자知之者, 지식으로 보고 접해 아는 것', '호지자好之者, 마음에 좋아하는 것', '낙지자樂之者, 영혼이 즐거워하는 것'의 세 단계로 설명할 수 있다.

단체객이 되어 카미노에 오면 결코 세 번째 단계인 '낙지자樂之者'에 도달하지 못한다. 혼자 가는 길은 고독할 수도 있고, 불편할 수도 있다. 하지만 위대한 영적 지도자들은 홀로 있는 고독에 도달해야 진정한 자아를 만날 수 있음을 한결같이 말한다. 사실 이곳 카미노에서는 결코 혼자 있는 것이 아니다. 다른 혼자 온 동료 순례자들이 있으며, 옛 순례자들 모두와 함께 카미노를 밟으며 걷게 된다. 이는 그 어디에서도 찾아보지 못하는 매혹적인 경험이 된다.

카미노가 전하는 이야기를 못 듣게 만들어 주는 강력한 장애물은 다름 아닌 옆 지인일 수 있다. 이곳에 와서 잠시 같이 걸으며 만난 순례객을 말하는 것이 아니다. 단체로 와서 옆에서 늘 같이 동반하여 걷는 친구나 길동무를 말함이다.

게다가 혼자 오게 되면 이곳에 온 많은 각국 사람들과 같이 걷게 된다. 각국 사람과 카미노에서 만나 헤어지고, 알베르게에서 다른 친구를 만나는 경험을 나누게 된다. 만나고 헤어짐이 반복된다는 것이다. 여기에서 앞서 말한 카미노의 공동체적 연대감, 곧 '커뮤니타스communitas'가 형성된다. 결국 이 커뮤니타스는 순례 공동체가 느끼는 심리적인 '결합성' 또는 '연대감'을 가리킨다.

고통과 경험을 공유하며 이 반복되는 과정이 새로운 자아를 형성하는 밑바탕이 된다. 카미노는 타 순례자와의 감정 공유가 쉽게 이루어지는 공간이다. 그들은 장애물이 아닌 조력자이다. 카미노의 신비한 이야기를 전달해주는 천사이다. 하여 카미노의 단독 순례란 고독 속에서 자신을 돌아보는 방법이다. 이는 순례자를 만나고 헤어지는 과정을 통해 영적 통찰을 얻을 수 있는 가장 이상적 방법이다.

더불어 중요한 것은 진정한 카미노의 순례를 위해 자기 절제와 겸손이라는 수양도 배우게 된다는 점이다. 유럽인이나 아메리카 대륙의 사람들은 혼자 순례하거나, 잘해야 배우자를 동반한다. 그들은 고독 속에 침묵 가운데 절제하며 자립적으로 움직인다. 그들은 만나고 헤어지는 관계 속에서 물질이나 생각을 아낌없이 나눈다. 그러니 순례란 일정한 불편함을 동반하는 도전이고, 자기 수련의 한 과정이 된다.

순례자라면 소박하게 식사를 하고 순례 루트에 자전거나 차와 같은 동력 장치를

이용하지 않고 혼자 힘으로 걸어야 한다(고 생각하는 사람이 많다). 카미노란 곳에서 순례자로서 진정성을 발견하고 싶다면, 당장 타고 있는 차에서 내려와야 한다. 내려 쪼이는 한낮의 태양과 예고 없이 내리는 비를 마주해야만 한다. 그리하여 내 발로 밟고 신발에 먼지와 진흙을 잔뜩 묻히고 피로와 고통 속에 땀을 흘리며 걸어야만 한다(고 생각하는 사람이 많다).

카미노 완주를 위해서라면 혼자서 걷고 한 달 이상의 순례길을 걷는 내내 배낭을 직접 메야 한다. 걷고 있는 읍내나 마을에 소박한 순례자 숙소(공립 알베르게)가 있는 경우에는 그것을 최우선적으로 이용해야 한다. 순례자 숙소가 혼자 오는 도보 순례자를 선순위로 예우하는 이유이기도 하다. 가능한 한 펜션 혹은 호텔을 멀리하는 자기 절제도 필요하다. 그래야만 서로 진정한 순례객들을 만날 기회가 늘어난다.

난 '기계 장치에 의존하지 말며, 수염조차도 깎지 말고 내버려 둬보자.' 생각했다. 스마트폰이야 어쩔 수 없다. 그때그때 스치는 성찰이나 찰나의 순간을 흐르는 착상을 적으려면 스마트폰 앱도 필요하다. 산티아고 학교의 교장인 신부님은 다음과 같이 말했다. "산티아고 순례길에 혼자서, 제 짐 제가 지고, 예약 없이 떠나세요, 그러면 주님께서 여러분을 이끄실 것입니다."

한국의 여행사에서 경쟁적으로 이곳 카미노로 갈 단체 여행객을 모객했다 한다. 하여 20여명 이상을 매주 빠짐없이 송출하고 있단다. 매우 놀라운 소식이다. 그룹 투어객은 그 성향상 좀 소란스럽기 마련이다. 아는 사람끼리 몰려 있으면 점점 텐션이 올라가고, 목소리 톤이 커진다. 50대 60대의 연령대가 이곳에 많이들 온다. 한데, 남의 시선을 의식하지 않고 소란한 경우가 제법 있다. 주의를 요하는 대목이다.

순례는 혼자 가는 길이다. 소박한 음식을 먹고, 소박한 곳에서 잠을 자고, 혼자만의 시공간으로 걸어 들어가는 길이다. 그러니 부부가 같이 가는 게 아니라면, 혼자 가시라. 혼자 가시되, '안녕히 주님과 동행하여 가시라Vaya con Dios'

 레스 폴 앤 메리 포드Les Paul & Mary Ford가 부른 곡 〈바야 콘 디오스Vaya con Dios〉이다. "Vaya con Dios, my love Now the hacienda is so dark The town is sleeping Now the time has come to part. 안녕히 가세요, 내 사랑. 밖은 어둡고 마을은 잠들어 있는데 헤어져야 하는 시간이 되었네요."

_순례객으로 붐비는 팜플로나 시내를 지나며

삶의 급격한 전환점에서

카미노에서 만난 사람들은 삶의 전환점이나 결단의 순간에 카미노로 향한 경우가 제법 많았다.

이를테면 애착 관계가 급격히 파탄이 나고, 평상적인 사귐이 느닷없이 깨진다. 부부간 사별이든 이혼이든 원치 않던 이별이 어느 날 갑자기 찾아오고, 학업이나 사업은 실패에 실패를 거듭하게 된다. 실직이나 은퇴로 인해, 어느 날 일어나 보니 가야 할 직장이 없어지기도 한다.

나 역시 마찬가지였다. 퇴직 이후 크나큰 생애 전환기를 맞고 있었다. 숨 막힐 것 같은 인간관계, 커뮤니티 내에서의 영적 좌절, 영혼을 갉아먹는 어두운 기억, 게으른 자아에 대한 실망, 은퇴 후 맞이한 일상의 무기력함, 향후 삶에 대한 고민 등과 같은 나름은 큰 과제를 안고 있었다.

개인적 입장에서 과거를 정리하고 새로운 미래를 향해 나아가야 할 강렬한 필요와 욕구가 있었던 것이다. 현재 하고 싶은 일과 미래에 해야 할 일 사이의 큰 간극 앞에 몹시 병약해져, 스스로가 진자振子가 되어 큰 폭으로 흔들리고 있었다. 나는 삶의 전환점 앞에서, 치유를 기다리며 날카로운 칼날 위에 위태롭게 서 있었다.

여기에서 만난 카트리나Katrina 역시 만만치 않은 삶의 전환점에서 카미노를 찾았다. 죽음, 이별, 아픔, 고통 이런 어휘들이 그녀의 얼굴을 스쳐 지나간다. 그녀의 큰 눈과 슬픈 표정이 확대되고 있다. 캣 스티븐스Cat Stevens의 노래 〈새드 리사Sad Lisa〉가 생각난다. "리사 리사, 슬픈 리사, 창문의 빗물처럼 눈물이 흐르네요."

새드 카트리나, 그녀는 푸엔테 라 레이나Puente La Reina로 떠나고, 난 그 마을 5km 전 우테르가Uterga에 남았다. 일군의 한국인 단체 관광객들과 떨어지고 싶어 일부러 택한 선택이었다. 한데 이로써 결국 그녀와의 재회 기회도 영영 놓치고 말았다. 푸엔테 라 레이나를 지나 로르카Lorca의 알베르게로 다 올 때까지도 그녀를 만나보지 못했다.

무리 지어 피레네를 넘던 그 많던 순례객 무리는 과연 다 어디로 사라졌는가. 유럽의 순례객들은 이구동성으로 팜플로나를 지나면 순례객이 많이 줄 거라더니 사실대로 그러했다.

팜플로나에서 일명, '용서의 언덕 Alto del perdon'으로 오는 도중에 처음 그녀를 보았다. 푸른 밀밭과 노란 유채 꽃밭이 이어지며 진한 색감의 대비를 이루고 있었다. 공동묘지 곁

유채꽃밭을 지날 때였다. 그녀가 입은 연두색 등산 플리스 집업zip-up 위에 두른 빨간 머플러 끝동은 바람에 살랑거리고 있었다.

그 뒤로 멀리 밀밭은 파도처럼 일렁거렸고 중간에는 강렬한 붉은 빛의 개양귀비꽃이 무리지어 있었다. 고개 위에 서 있는 풍력 발전기용 바람개비는 느리게 돌며 도대체 신음인지 비명인지 모를 굉음을 내지르며 울고 있었다.

스웨덴에서 10일 예정으로 카미노를 찾았단다. 원래는 코로나 이전, 친구와 카미노에 같이 오기로 했다고 한다. 또박또박 말을 전하는 그 얼굴에는 통한의 슬픔이 가득하다. 스웨덴을 덮친 코로나, 그녀는 발병하여 6개월간 투병을 해야 했다. 폐렴과 뇌졸중brain stroke이라는 치명적 후유증을 안아야 했단다.

이어 교통사고로 생명과 같이 여겼던 친구의 죽음이 이어졌단다. 이전에 카트리나와 함께 산티아고 순례를 같이 떠나자 굳게 약속했던 친구란다. 결국 이곳 카미노에 친구의 유품을 안고 왔단다. '대리 순례'를 하며 그 유명한 '철의 십자가Cruz de Ferro' 고개에 유품을 올려놓을 생각이란다.

카미노에는 이러한 유형의 순례가 제법 많다. 이들은 순례를 통해서 망자亡者와 함께 순례를 떠난다. 그 망자는 평소 카미노 순례를 계획했으나 죽음으로 이루지 못한 그 누구가 된다. 주변의 친한 이가 대신해 순례를 떠나게 되는 경우이다.

카트리나의 나이 52세, 아직은 이른 시기에 생로병사에 따른 삶의 현장을 자신과 주변에서 절절히 보았던 것이다. 이런 혼자만의 카미노 행을 이해해주고, 매일 전화해주는 남편이 고맙기 그지없다 말한다. 나도 이야기를 들려주었다. 코로나 기간 동안 겪은 영적 상실과 깊은 고통에 대해. 작년부터 길에 나와 있고, 아직도 묻고 물으며 길을 가고 있노라. 이제 다시 만나면 '남은 이야기'를 이어가자고 약속했다.

용서의 언덕에서 내려가는 길은 심한 자갈길이었다. 지형적인 이유이겠지만 이 수많은 돌들로 인해 나의 보행 속도도 느려지고 있었다. 중간 나무 아래 벤치가 있기에 잠시 앉았다. 하늘을 바라보며 길게 누워 눈을 감았다. 누군가가 나를 촬영하는 기척이 있었다. 일어나 보니 사진기를 든 한 외국인이 손을 흔든다. 밝게 웃어주었다.

오른쪽으로 고개를 돌려 시선을 위로 옮겨보니 카트리나가 내려오고 있었다. 순간 머뭇거렸다. 그녀와 앉아 배낭에서 다과라도 꺼내 이야기를 더 듣고 싶은 생각이 매우 간절했다. 아마 카트리나도 그로 인해 주춤거리고 있지 않나 싶다. 한데 만난 지 불과 얼마 되지 않은 시점이다. "카트리나, 혼자 자갈길 걸으려니 많이 힘들지요, 다음에 만나 꼭 남은 이야기를 해요." 했다. 카트리나는 그 선한 큰 눈망울로 나를 쳐다보며 목례를 하고 지나갔다.

카미노 도상에서 카트리나를 한 번 더 만났으면 하는데, 그것이 쉽지 않아 보인다. 아마도 5킬로 정도는 앞선 푸엔테 라 레이나에 있을 터이다. 그녀의 큰 눈망울에 겹쳐 있는 깊은 상실감이 내내 내 마음에 깊이 전해진다.

한데 캣 스티븐스 씨는 무슨 고통이 있었기에, 유세프 이슬람Yusef Islam이라고 이름까지 바꾸고 이슬람으로 개종해 버린 것인지요?

_잠 못 이루는 새벽, 우테르가 마을 알베르게에서

용서받기 혹은 용서하기

10

알토 델 페르돈, 일명 '용서의 언덕'을 올라간다.

나는 아직도 은퇴 바로 직전에 맞이한 어머니의 죽음으로부터도 제대로 작별하지 못하는 아픔 속에 있었다. 작년 코리아둘레길을 걷고 걸으며 기억에 기억을 반추해야 했다. 낙타처럼 이전 기억을 뇌에서 끄집어내어, 위액으로 우물거리며 씹으며 걸어가고 있었다. 문득문득 그 고통과 직면하여 한없이 침잠하며 좌절하고 있었다.

이제는 과거의 기억과 만나 화해할 필요가 있었다. 나는 아직도 과거의 자아를 직시하지 못하는 미성숙한 고통을 겪고 있었다. 유년기와 청년기의 울고 있는 자아를 만나 스스로를 끌어안고 용서해야 할 필요가 있었다. 그래야만 했다. 삶에는 그런 어쩔 수 없는 시기가 있나 보다. 절실하게 치유가 필요했다.

아마도 보신 분이 제법 많으리라 싶다. 숀 펜Sean Penn이 주연하는 〈21그램21 Grams〉라는 영화이다. 자신을 태워 한 줌으로 변한 인간 재의 무게 21그램, 인간이 죽어 남긴 그 먹먹한 영혼의 무게. 어머니가 돌아가셨을 때, 난 그 무게를 보았다. 고작 21그램에 계속되는 삶의 아이러니. 거기에는 태워 남지 못한 인공 관절의 쇳덩이 무게는 따로 또 남아 있었다.

  언덕 정상으로 오른다. 이 언덕에서 죄를 고백하면 그 죄가 용서된다 한다. 순례자의 형상을 한 철제 구조물들이 한눈에 들어온다. 가까이 가보니 다음과 같은 글귀가 쓰여 있다. '바람의 길이 별들의 길과 교차하는 곳ᵈᵒⁿᵈᵉ Donde se cruza el camino del viento con el de las esrellas'

  다시 비가 오려는지, 바람이 스친다. 난 비를 몹시 좋아한다. 그리고 바람을. 바람이 지나가고 별이 머무는 곳 이곳. 예수님이 말씀하셨다. "바람이 임의로 불매 네가 그 소리는 들어도 어디서 와서 어디로 가는지 알지 못하나니 성령으로 난 사람도 다 그러하느니라." 보이는 것에만 집착하는 우리, 더 중요한 것은 보이는 것을 넘어서나니.

  져온 내 인생의 짐, 그 무게를 가늠해 본다. 더 버릴 수 없는 인생의 짐을 지고, 난 '용서의 언덕'에 오른 것이다. 우리 모두는 용서받고 용서해야 할 인생의 짐 무게가 있다. '내가 용서할 무게는 얼마인지, 내가 용서받을 무게는 또 얼마인가.' 하나 내 경우, 용서의 대차 대조표는 확실하다. 인생에 있어 용서받아야 할 행악거리들이 훨씬 더 많았으니까.

다들 경험해 보았으리라. 살면서 당한 불쾌한 기억에 강타당한 후두엽을 붙들고 괴로워한다. 한데 남들은 왜 안 그렇겠는가. 내가 행한 행악에 지금도 그들은 손상된 후두엽을 붙들어 안고 있을 터인데. 특히 문제는 이런 행악은 멀리서 이루어지지 않고 실로 가까이서 이루어진다는 사실이다. 가까이서 찔러대는 고슴도치처럼 우리는 서로에게 상처를 주고받으며 살아간다.

석박사 공부한다고 우물대다 보니 직장 생활이 제법 늦었다. 그래도 32년, 그보다 훨씬 더 많은 커뮤니티 안팎에서의 생활도 있었다. 참으로 수많은 실수를 거듭했다. 몰라서 혹은 알면서도 경험 부족으로 한 실수들. 결과를 뻔히 내다보면서도 오기에 내지른 기막힌 행태도 숱하다.

공자 말에 '불이불개不而不改 시위과의是謂過矣'라 했다. 곧, '잘못을 저지르고도 고치지 않는 것을 일러 잘못이라 한다.'는 의미이다. 이런 '알고도 고치지 못한 잘못'으로 점철된 행악들이 숱하다. 상대의 태도와 말투에 민감하다 보니, 남긴 수많은 생채기, 그 삶의 그 파편들.

고개 정상 풍력 발전기의 바람개비가 느리게 돌며 신음하고 있었다. 주위를 둘러보니 눈물을 훔치는 사람이 여럿 보인다. 나름 상실의 기억들이 있으리라. 등산복 차림에 배낭을 진 한 여인이 철제 순례자상 구조물 앞으로 비척거리며 다가온다. 국적이 아마도 북유럽. 스웨덴, 덴마크. 아니면 노르웨이? 가슴을 부여잡고 소리 내어 하염없이 울고 있다가 이어 통곡으로 바뀐다. 무슨 기막힌 상실의 사연이 있기에 저리도 슬피 우는 것일까.

'내 탓이요, 내 탓이요, 내 큰 탓이로소이다Mea culpa mea culpa mea maxima culpa.' 모여 있는 수많은 사람이 여인의 통곡을 듣더니 그 소란했던 주변이 숙연해진다. 일순 적막감이 돈다. '너의 아픔이 어찌 나와 아무 상관이 없겠는가.' 바람개비의 굉음에 실린 낮은 바람 소리만이 주변을 스쳐 지나고 있다. '주여, 그 여인의 마음에 평화를 주소서.'

글을 쓰는 이 순간 지어낸 거짓말같이 로르카Lorca의 알베르게 창문 아래로 모차르트Mozart의 「레퀴엠Requiem」이 아주 크게 들린다. '키리에 엘레이손kyrie eleison~' 거리 골목에는 화강암 포석鋪石에 맞아 튕겨난 음표들이 멀리 하늘로 날아가고 있었다.

〈눈물의 날Lacrimosa〉로 이어진다. 칼 뵘Karl Böhm의 연주이다! 수십여 장의 숱한 모차르트 레퀴엠 앨범을 가지고 있지만, 이 부분만큼은 칼 뵘의 연주로 들어야만 한다. 그래야 한다. 곡은 뵘의 장기인 느리고 느린 '현絃의 강한 끌어당김'으로 통렬하게 슬픔이 극대화되고 있었다.

 "Lacrimosa dies illa Qua resurget ex favilla Judicandus homo reus 눈물과 슬픔의 그날이 오면 땅의 먼지로부터 일어난 심판받을 자들이 주님 앞에 나아오리, 주여 자비로써 그들을 사하소서."

_로르카 마을 알베르게에서

짐 배달 서비스(a.k.a 동키 서비스) / 11

이곳 에스테야Estella는 풍성한 전설로 점철된 마을이다. 잠시 멈추어 에가Ega 강을 중심으로 꼼꼼하게 주변을 살펴본다. 강 주변으로 펼쳐진 정경이 너무도 멋지다.

 강을 바라보자니, 지금의 이 시간을 오래 간직하고 싶다는 생각이 든다. 저 강물을 따라 짐 크로스Jim Croce의 〈타임 인 어 보틀Time in a Bottle〉이 흘러 간다. "If I could save time in a bottle The first thing that I'd like to do Is to save every day 'til eternity passes away Just to spend them with you. 시간을 병 속에 모아 둘 수 있다 면, 내가 먼저 하 고 싶은 것은 당신 과 함께 지낼 시 간을 영원토록 모 아두는 것이랍니 다." 참으로 멋진 가사이다.

『갈리스토 필사본』에, '에가 강 강물은 부드럽고 건강에 좋은 최고의 물이다. 마을은 경치가 매우 훌륭하고 물산이 풍부해, 순례자들이 맛 좋은 빵과 훌륭한 포도주, 고기와 생선을 먹으며, 휴식을 취할 수 있는 최적의 장소이다.'라고 전하고 있다.

이곳 호스테리아 데 쿠르티도레Hostería de Curtidores 알베르게에서 와보니 새삼 짐 배달 서비스들을 많이 이용하는 것이 확인된다. 현관에 배달 짐들이 아주 수북이 쌓여 있다. 짐 배달 서비스, 정확치는 않아도 대략 20킬로 이내, 8€를 받는 것 같다. 한데 카미노의 짐 배달 서비스, 최대 이용 고객은 한국인이다.

물론 연로하거나 개별적인 사정이 있는 외국인들도 사용한다. 한데 내가 보기엔 짐이 무거우면 줄이면 된다. 책과 노트북 같이 무게감 있는 물건은 집에 두고 가면 된다. 버리고 버린 후, 어쩔 수 없이 남는 것만 지면 된다. 우리가 살면서 쓸데없이 지고 있는 짐이 너무 많기 때문이다.

이제 인생 60대 중반이 되자니, 미니멀한 삶을 바라보게 된다. 하지만 그래도 버릴 수 없는 인생살이의 몇몇 짐이 남는다. 반드시 들을 것, 오랜 세월 간직한 볼 것, 가족들·몇몇 친구들, 외부의 귀한 인연들. 그런 건 반드시 짐으로 져야 한다. 카미노로 갈 때의 짐은 그런 것들만 넣으면 된다. 넣었다 뺐다 하다 보면 의외로 정리가 된다. '가져갈까 말까' 하는 건 그냥 편안히 버려두고 가면 된다.

팜플로나에서 일명 '용서의 언덕'으로 가기 전에 만난 일군의 한국인 단체객들, 한 부인이 제법 크게 음악을 틀고 있었다. 나를 보며 씩 웃는다. "아 어제 알베르게에서 뵌 분이죠? 음악 틀어도 되지요?" 한다. 가만 생각하니 수비리 알베르게에서 만난 분이다. 아침 식사할 때 여러 단체객들과 함께 있었다. 그 아침 서로 음식 가져온 것을 나누느라 제법 분주해 보이던 기억이 난다.

내가 무심결에 "F.R. 데이비드, 〈워드word〉네요." 하니 깜짝 반가워 한다. "어머 우리 또래신가 보다." 한다. 뭐 일단 그건 그렇다 치고, 길에서 큰 소리로 들어야 하는 F.R. 데이비드 노래라니. 쟝질, 캉프라, 사르팡튀에, 모랄레스 같은 프랑스나 스페인의 르네상스 시기 음악을 틀어도 모자랄 판에 말이다. 본인도 좀 민망한지 소리를 끈다.

등 뒤로 색sack을 멘 가벼운 나들이 차림으로, 루이비통Louis Vuitton 로고가 유독 눈에 들어온다. 루이 비통이 뭔 색까지 만드는지. 다른 짐이야, 동키 서비스로 보냈단다. 내게 "그렇게 무겁게 들면 무릎 다 망가져요."라고 한다. "네에 이미 무릎은 다 망가졌습니다만 져야 할 최소 인생의 짐이지요."라 하니, 맑게 치열을 빛내며 웃는다. 분명 이분 행복한 가정 꾸리고, 남편 사랑 듬뿍 받으실 것이다. 그렇게 보인다. '나쁘지는 않겠다.' 싶지만 왠지 지금의 카미노 순례와는 어울리지 않아 보인다.

동키 서비스의 이용을 말하자는 것이 아니고 져야 할 짐을 지고 가는 순례자 정신, 나는 그것을 말하고 싶은 것이다. 예전 순례객들이 동키를 이용한 것은 교통수단이 없어서이다. 북부 유럽에서 남부 유럽의 카미노를 거쳐 땅끝 피니스테레까지 가서 바다를 보려면 반드시 동키가 필요했다.

지인이 카톡 전화로 소식을 주었다. 젊은 후배 목사님이 신도 한 분과 카미노에 오셨는데, 카미노에서 만나면 인사 나누란다. 인스타그램 사진을 주셨는데, 실로 목구

멍 깊숙이 감탄사가 터져 나오는 어마어마한 짐이다. 완전히 네팔 짐꾼의 수준.

무슨 사정인지 몰라도 일부 신도분 짐까지 지셨단다. 안나푸르나 가서 네팔 포터의 짐 진 것을 본 이후, 이런 어마어마한 짐은 처음 본다. 네팔 짐꾼은 짐을 맡겨줘야만 생계를 유지하며 살아간다. 하지만 여기는, '내 짐은 내가 져야 하는 곳'이다.

공자 말에 '역부족자力不足者 중도이폐中道而廢'라 했다. '힘이 부족한 사람은 중간에 그만두게 된다'는 의미이다. 이리 짐을 많이 지게 되면 '역부족자'가 되기 십상이다. '중도이폐'하게 되지 않을까 심히 염려되는 수준이다.

지나치게 짐을 가져온 경우 보통 동키 서비스를 이용한다. 문제는 동키 서비스를 이용하는 한국인들이 너무 많다는 점이다. 이러니 순례객들이 하루 이틀 짐에 부대끼다 인근 마을의 우체국에서 짐을 본국으로 부치는 경우가 많다는 이야기를 들었다. 한데 살피자면 알베르게 미팅 룸에 짐을 공유하는 공간이 있다. 여기에 필수적이지 않은 짐은 두고 가는 것이 좋다.

짐을 공유하게 되면 진실로 남에게 도움을 주어 좋고, 순례객은 자신의 짐을 줄여 좋은 일석이조의 효과가 난다. '간결하게 떠나기', 카미노 순례의 묘미가 여기에 담겨 있다.

_에스테야에서

몬하르딘의 저녁 식사 교제, 그 놀라운 기억력   / 12

    몬하르딘Monhardin 공동체에 대해 알게 된 계기는 로르카Lorca의 알베르게, 한국 여주인 때문이었다. 그녀는 유학 왔다가 스페인 남편을 만났다 한다. 말에 의하면 나바라Navarra 지역 몬하르딘에 위치한 알베르게 주인을 중심으로 일요일 오전 10시 30분, 야외 모임을 갖는다는 것이다. 의도는 잘 모르겠지만 말끝에 살짝 빈정거림이 묻어 있었다.

    잠시 시간을 살펴보자니, 조금만 걸음을 늦추면 주일에는 몬하르딘에 잘 도착할 수 있으리라 싶었다. 에스테야에서 시간을 지연해 머물고, 몬하르딘을 향해 적당한 시간에 길을 떠났다. 이라체Irache는 나바라에서 가장 오래된 수도원이다. 여기에 순례객에게 포도주를 무료로 준다는 장소가 있다. 수도꼭지에서 포도주가 나온다. 한데 여기서 구경하며 미적거리다 보니 어느새 시간이 훌쩍 지나쳤다.

일찍 도착하기는커녕 '필시 이러다 늦겠다.' 싶어 구글 지도로 숏컷을 잡고는, A-12 국도로 미친 듯이 달렸다. 폴 매카트니 앤 윙즈Paul McCartney & Wings의 〈밴드 온더 런Band On the Run〉의 한 소절 "And the jailer man and sailor Sam Were searching every one For the band on the run."의 '제일러 맨jailer man, 세일러 샘sailor Sam' 을 소리 높여 부르면서 말이다.

건너편 카미노 도상의 워드Ward가 그쪽이 아니라며 막 손을 흔든다. 팜플로나의 알베르게에서 만나 친해진 미국 친구이다. 그도 나처럼 양압기를 지니고 있었다. '네에, 그 마음 매우 감사합니다만, 일단 나중에 만나면 설명할게요.'라 속으로 말했다. 메일로 참석한다는 신청을 한 터라 헐떡대는 숨을 참고 겨우 기다리던 승합차에 함께 타고 예배에 참여할 수 있었다.

언덕에 있는 숲속의 작은 개활지로 내려다보이는 경치는 참 대단했다. 시정視程 아래로 몬하르딘과 로스 아르코스Los Arcos 그리고 산솔Sansol의 모습이 한눈에 잡혀 들어온다. 눈을 길고 가늘게 뜨며 줌인과 줌아웃을 번갈아 해본다. 초교파 모임으로, 가톨릭 기반의 신도도 있었다. 리더는 얀 바우먼Jan Bowman이라는 홀란드 출신 목사. 제리코Jericho 교단에서 훈련을 받고 목사 안수를 받았단다.

그는 이 지역 알베르게 '오아시스 트레일Oasis Trail'의 호스트이기도 하다. 당일 40명 정도의 몬하르딘 그리고 산솔의 지역 커뮤니티 신자, 방문객, 카미노 순례객들을 모아 예배 모임을 진행하고 있었다. 나눔의 시간이 핵심이었다. 먼저 감사 고백으로, 일주일 동안 감사한 것에 대해 말해보자 한다.

내 차례. "여기 오게 해주시고, 이리 건강하게 걷게 해주셔서 감사하다."라 말하고는 말끝을 더 잇지 못하였다. 아직 메세타 평원 지나가기도 전인 데, '용서의 언덕'에서 느낀 그 뭉클함이 밀려와서다. 모임 직후 멕시칸 스타일 타코Taco와 샐러드 그리고 커피 등등이 제공되어, 좀 늦었지만 푸짐한 점심을 나누었다.

이곳 나바라 지역에 위치한 몬하르딘에서의 크리스천 공동체 경험은 축복 그 자체였다. 얀 바우먼 목사의 리더십을 아주 유심히 곁에서 바라볼 수 있었기 때문이었다. 그는 사람을 이끄는 강력한 힘을 지니고 있었다. 상대의 물리 공간적 위치와 정신적 요구를 파악하고, 영적으로 적용하는 에너지가 대단했다.

저녁 알베르게에서의 식사 교제와 명상 시간은 영적 에너지가 넘치는 시간이었다. 저녁 식사는 그대로가 교제 시간. 30명 정도가 모였고, 이를 지원하는 자원봉사자(무급 등록 봉사자인 오스피탈레로hospitalero가 아닌 자원자인 발런티어volunteer) 미국인 글로리아, 리디아 그리고 멕시칸 아줌마 한 분, 이렇게 셋이 서빙을 했다. 음식도 제법 맛이 있었으니, 유쾌하고도 활발한 식탁 교제가 이루어졌다. 그야말로 순례객

들이 왜 디너 모임을 기다리는지 그 이유를 알 수 있었던 시간이었다.

한데 하나 놀라운 지점을 소개하자면, 바우먼 목사가 30명이 넘는 사람들을 일일이 소개하는 과정이었다. 처음 체크인할 때 굳이 본인이 게스트를 맞고 있었다. 그

러더니 디너 모임에서 얀 목사는 각국 사람들의 인상과 특성을 짚어가며, 메모도 없이 유려하게 소개를 하고 있었다.

체크인할 때, 난 우연히 옆에서 얀Jan 목사의 움직임을 눈여겨볼 수 있었다. 각양각색인 다국적의 사람들을 하나씩 확인하며, 그 짧은 시간에 핵심적인 질문들을 던지고 있었다. 결국 저녁 모임에서 순례객을 소개하며 그 의도를 밝히 드러낸 것이다.

이 모습을 보고 옆에 앉은 호주인 데니스 레인Denis Lane 부인은 '어메이징amazing'을 연발한다. 앞에 앉은 미국인 워드Ward는 유일한 동양인인 날 소개하는 '굿 룩킹 앤 베리 젠틀 맨 프럼 사우스 코리아, 크리스 리'라는 말에 손가락으로 날 콕 짚어 가리킨다(그게 이 친구가 똑같은 표현으로 나를 다른 미국인에게 소개한 탓이다).

여하튼 30명이나 되는 사람을 메모도 없이 사람을 정시하면서 일일이 소개하는 바우먼 목사의 그 놀라운 기억력, 아마도 트레이닝에 있어 비법이 있지 않을까 싶다. 특별한 밤으로 기억이 된다.

_몬하르딘 알베르게에서

먹을 것과 잘 곳, 그 비루함과 즐거움   / 13

아침 일찍 나와 천천히 걸어간다. 여명이 주변을 감싸 안은 지금, 삶의 근원을 찾아간다. 둘러싼 외부와 나의 내면은 서로 미묘하게 반응한다. 내외부에 이어지는 이러한 반응의 화학 과정은 성찰과 연결된다.

일단 오늘 나오자마자 놀랍게도 내게 먼저 손을 내민 것은 바르bar였다. 바르가 열려 있는 마을은 아름답다. 아침 일찍 열린 바르나 카페를 발견하면 마음이 크게 풍족해 온다. 나와 같은 순례객을 위해 열어놓았다 생각하자니, 제법 대우받고 존중받는다는 느낌이 든다.

맹자에 '유항산有恒産 유항심有恒心'이란 말이 있다. 곧 '일정한 산물[항산恒産]이 있어야 일정한 마음[항심恒心]이 있다'는 의미이다. 필요를 채울 수 있는 최소한의 물질적 토대, 이게 매우 중요하다. '항산'이란 인간적 존엄과 품위인 '항심'를 지닐 수 있게 하는 '최소의 물질 상태'이다.

논어에 보면 '반소사음수飯疏食飮水 곡굉이침지曲肱而枕之 낙역재기중의樂亦在其中矣'이라 했다. 곧, '나물밥 먹고 물 마시고 팔베게하고 누우니 즐거움이 그 가운데 있도다.'라는 뜻이다. 잘 살피자면, 나물밥이 있고, 마실 아구아Agua, 즉 음료도 있고, 누울 장소가 있다. 곧 '먹을 것'과 '잘 곳'이라는 최소한의 물질 토대는 여기에도 숨어 있다.

성경 디모데전서 6장에 '우리가 먹을 것과 입을 것이 있은즉 족한 줄로 알 것이니라.'라 했다. 문제는 족하게 느끼게 할 먹을 것과 입을 것이다. 필요를 넘어서는 더 많은 먹을 것, 정도를 넘어선 더 많은 입을 것이 문제이다.

그런 의미에서 가끔 수도회에서 운영하는 알베르게에서 하는 숙박 체험은 너무도 큰 울림으로 다가왔다. 너무나도 소박한, 군더더기란 없는 깨끗한 잘 곳, 감사함으로 가득한 정갈한 먹을 것에 감동하던 순간들이었다.

코리아둘레길을 다닐 때에는 스스로가 참 비루하다고 느꼈다. 매일매일 먹을 곳, 잘 곳을 걱정하느라 헤매야 하는 처지였다. 아마도 장흥 어디에선가에 식당을 겨우 찾았다. 간장게장인가를 하는 집, "1인분은 안 팔아요." 한다. 2인분 달라 사정했다. '짜서 못 먹는다'는 대답이 돌아오더니, 그다음부터는 아예 대꾸도 없다.

정확히 기억한다. 해파랑길 2코스였다. 부산 미포를 지나 대변항 인근에서 서글서글 인상 좋은 호객꾼에 이끌려 한 식당에 들어갔다. 멸치쌈밥을 먹어보라 해서 시켰는데, 이건 도저히 사람이 먹을 수 있는 음식이 아니었다. 동행 친구와 둘이 먹다 말았는데, 공기밥은 따로 계산하며 32,000원을 청구하는 일이 벌어졌다. 서울 촌놈 둘이서 나오는 길에 보았더니, 그 호객꾼은 슬그머니 우리를 피해 다른 곳으로 눈길을 돌리고 있었다. 우리는 근처 편의점에서 빵을 사먹어야 했다.

남파랑길 걷다 얼어 죽기 직전에 어딘가의 숙소를 겨우 찾아 들어갔다. 웃으며 반기는 주인. 관리를 안 해 화장실의 오물 냄새로 잠을 이룰 수가 없었다. 불 끄고 자려 모포를 펼쳤더니 머리 위로 뭔가가 후드득 떨어진다. 수건 여분을 달랐더니, 그 수건은 이전 쓰던 것보다도 더 더러웠다. 주변 지리를 잘 몰라 물으니, 자신의 포터로 데려다 준다며 움직일 때마다 차비 1만 원씩을 요구한다. 결국 그 모텔 주인이 날 맞던 웃음의 의미를 깨닫는 데, 시간이 그리 오래 걸리지 않았다.

여기 카미노에서는 일단 순례객들에게 초점을 맞추어 먹을 것과 잘 곳을 공급한다. 잘 곳은 알베르게로 대표되는 순례자용 숙소가 모든 것을 말해준다. 거의 8~12€ 이내이다. 종교 기관의 도네이션 운영 숙소도 이용 가능하다. 약간의 기부를 하든가 아니라면 무료 이용이 가능하다.

먹을 것은 순례자 메뉴로 대표된다. 3단계의 풀코스가 12€. 에스테야 인근 레스타우란테restaurante에서 경험한 순례자 메뉴의 신선함과 정갈한 맛은 결코 잊을 수 없는 경험으로 다가왔다. 물론 알베르게 자체로 보카디요bocadillo와 같은 간단 점심이나 순례자 메뉴의 디너가 동시에 제공되는 경우도 많다. 마실 것이야 커피 아메리카노는 1€에서 2€ 이내이고 타파스tapas와 같은 싸게 곁들이는 먹거리도 많다.

짧게는 4~5km, 길게는 7~8km 근방에 마을이 형성되어 있다. 마을에서는 간단한 음료와 간식을 먹을 수 있는 바르와 카페, 그리고 식사를 할 수 있는 레스타우란테가 항시 대기하고 있다. 무엇을 먹을까 어디서 잘까 하는 것은 걱정이 아닌 선택의 즐거움이다.

다음 마을 카페에서는 어떤 아메리카노, 카페 콘 레체Café con leche가 나올지 이 집의 스페인 식 오믈렛, 토르티야Tortilla는 어떤 맛일지 보카디요Bocadillo로 하몽 샌드위치는 어떨지 순례자 메뉴는 어떨지 하는 기대에 찬 즐거움이 이어진다. 순례자는 먹을 것, 잘 곳에 대한 걱정 없이 순례에만 집중하면 된다.

이렇듯 바르와 카페로 시작해 먹고 마실 것을 이야기하다 보니, 불현듯 커피 한잔이 몹시 그리워진다.

 커피 관련 노래 중에서는 좋아하는 재즈곡이 하나 있다. 페기 리Peggy Lee의 〈블랙커피Black Coffee〉이다. 노래 배경으로 흐르는 트럼펫이 압권으로, 그녀는 감미로운 목소리와 표현력 있는 스타일로 감정을 자극하며 여운을 남긴다.

"밤 아홉 시부터 새벽 네 시까지 방 안에서 왔다갔다, 그 사이사이 블랙커피를 마시고. 사랑은 먹다 남긴 술. 난 정말 일요일이란 것도 모르고 살 거야. 이 방에선 늘 평일 같으니까."

_산솔 마을에서

천천히 걷자니 다가오는 것들 / 14

    자연을 걸을 때에는 천천히 걷고 철저히 느껴야 한다. 독일의 작가 리카르다 후흐 Ricarda Huch는 '천천히 걸을 때마다 새로운 관점은 열리고 새로운 장소에 발을 디딜 때마다 미지의 세계가 내게 다가온다.'라고 했다. 천천히 어딘가를 향해 걷는 일은 삶의 길을 가는 일이다.

    한데 몬하르딘의 알베르게 점심 교제 만남에 시간을 맞추느라 아주 무리해서 뛰어갔다. 이로써 향후 기나긴 발톱 염증이 나의 갈 길을 붙잡게 된다. 평소에 25킬로 정도의 트레킹 거리를 루틴으로 보였던 터였다. 한데 발톱을 상하고, 짐 무게에 눌려 하루에 걷는 거리가 20킬로 정도로 뚝 떨어졌다. 처음에는 답답하였다. 당연히 고통에 대해 묵상하게 되었다.

    나는 정말 틀림없이 살과 피와 뼈로 구성된 육신을 지닌 존재이다. 평생을 육신이라는 형역形役에 묶여 있으니, 바르게 사용해야 한다. 공자 말에 '기신정불령이행其身正不令而行 기신부정수령불종其身不正雖令不從'이라 했다. 곧, '몸이 바르면 명령하지 않아도 행해지고, 몸이 바르지 않으면 비록 명령해도 따르지 않는다.'라는 의미이다.

    한데 바른 몸을 지니고자 노력할수록, 육신의 고통은 어김없이 우리를 찾아온다.

우리는 보통 본능적으로 고통과는 거리가 있는 쾌락하고 편안한 상태에 있고 싶어한다. 그러다 막상 어떤 계기로 고통이 생겨나 지속되면 그제야 그 의미에 대해 숙고하게 된다.

고통의 효용에 대해 의미 있는 접근을 제시한 사람은 기독교 사상가 루이스C. S. Lewis였다. 그는 『고통의 문제』라는 글을 통해 행복에 대한 지나친 추구를 경계했다. 그는 '고통은 그대에게 주의를 기울일 것을 고집한다. 신은 쾌락 속에서 속삭이고 양심 속에서 말하고 고통 속에서 외친다. 고통은 귀먹은 세상을 일깨우기 위한 신의 확성기이다. 고통은 장막을 걷으며 반란을 일으킨 영혼이 요새에 진리의 깃발을 꽂는다.'라 했다.

이러한 고통은 카미노에서 내 몸을 정직하게 움직여야만 얻을 수 있다. 쇠약하고 시들어간 내 전 존재를 회복시키는 과정에서 나오는 신호이다. 일부러 고통을 찾을 필요는 없겠다. 하지만 육신의 선함에 대한 건강한 믿음은, 자신의 육체적 한계를 인정하며 스스로 겪고 느낄 때에라야 찾아온다.

가뜩이나 늦은 보행 속도가 발의 고통으로 더 늦어졌다. 한데 내 경우 다른 방향의 기회가 많이 생겨났다. 예상치 못한 보폭으로 인해 만나는 사람들이 몹시 다양해졌다. 큰 마을보다는 그 다음 작은 마을을 찾는 식으로 순례객 대다수와 적당 거리를 유지하게 되었다. 이 방식으로 천천히 다니자니 예약 없이 알베르게를 쉽게 찾게 되고, 단체객들과 마주치지 않는 이점도 생겼다.

또한 느리게 걷게 되니 걷기의 본질을 더욱 음미할 수 있게 된다. 순례길에서 걸으면 자연과 직접적으로 접촉하게 된다. 호기심 어린 눈으로 찬찬히 주변을 살피게 되며 걷기가 선사하는 특유의 느린 리듬을 고스란히 느끼고, 걸으며 떠오르는 생각을 물 흐르듯이 자연스럽게 받아들이게 된다.

또 보자면 어떤 구체적 목적을 의식하지 않게 되는 이점도 있다. 몸을 움직여 구간 구간을 걸어가자니 주변 풍경에 따른 인상과 날씨에 대한 세밀한 관찰을 하게 된다. 그저 걷기를 반복하니 그간 익숙한 생각, 습관, 낯익은 광경에 매여 있던 시야에서 온전히 풀려나게 된다. 익숙한 것들과 비로소 거리를 두는 여유가 생겨나는 순간이다.

발톱 끝으로 통증이 전해진다. 항상 느끼는 거지만 통증이 있으면 외려 정신은 차디차지고 맑아져온다. 맑아진 정신으로 천천히 걷자니 비로소 내게 다가와 보여주는 것들이 있다. 일상에 분주해 자연을 보면서도 의식하지 못했던 것들이 전해진다.

 외부에서 내 몸으로 예상치 못한 자극이 주어질 때면 자주 부르는 노래가 있다. 핑크 플로이드Pink Floyd의 〈샤인 온 유 크레이지 다이아몬드Shine on You Crazy Diamond〉이다. "네가 어렸을 때를 기억해 봐, 너는 태양처럼 빛이 났었지. 계속 빛나라, 미치광이 다이아몬드여. 이제 너의 눈빛은, 마치 하늘에 있는 블랙홀 같아. 계속 빛나라, 미치광이 다이아몬드여."

이제는 민달팽이의 그 느린 움직임과 거미줄을 가로질러가는 거미의 미세한 움직임까지도 보인다. 종달새의 노래가 귓가로 들리고, 공기의 질감 변화로 순간에 축축해지는 바람결이 촉감으로도 느껴진다.

가끔씩 보이는 몇백 년 된 거대 나무들. 떡갈나무를 비롯해 미루나무 수양버드나무 그리고 아카시아나무에는 각각 그 특유의 냄새가 난다. 엉겅퀴와 강아지풀들은 바람에 부드럽게 하늘거리고, 가시나무로 만들어진 넝쿨은 사납게 존재감을 알리고 있다. 풍화된 나무 둥치 너머로는 고요한 숲길이 이어진다.

저 멀리 마을이 보이고 있다. 이렇듯 내가 천천히 다가가자 자연은 비로소 내게 웃으며 다가오고 있었다.

_로그로뇨로 걸어가며

그저 걷기를 반복하니
그간 익숙한 생각, 습관, 낯익은 광경에
매여 있던 시야에서 온전히 풀려나게 된다.
익숙한 것들과 비로소 거리를 두는 여유가
생겨나는 순간이다.

제 2 장 /

만남

카미노에서 만난 상처 입은 순례자들

―――――――――――――――――――――――

"다리에 생명을 주듯이 걸어 여행하며,
여행자는 길에서 다시 태어나야 한다."

– 헨리 데이비드 소로우

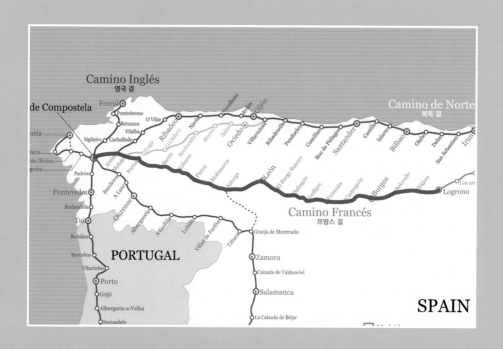

프랑스 카미노에서 본격적으로 사람들을 만나 삶을 나누다. 순례 목적은 다양했으나 대부분 순례객은 관계에 파탄을 이루거나 모호한 삶의 정체성이나 문제 앞에서 상처입고 걸어가고 있다. 카미노가 부여하는 강력한 공동체적 연대감(커뮤니타스communitas)를 느끼며 서로의 삶을 공개하고 나누며 각자의 치유를 이루어가다.

스웨덴의 수의사, 벳 존 / 01

    순례자들 사이에 흔히 주고받는 말이 있다. '순례는 혼자 시작해서 동료와 끝난다' 는 것이다.

    순례자 간의 만남과 공유는 카미노의 당연한 일상이며 빛나는 순간이다. 나는 이 제 비로소 순례객들이 순례를 해야 하는 그 내면을 같이 공유할 준비가 되었다. '거 울의 시간', 타인에게서 내 자신을 발견할 시간이 된 것이다.

    나바라 주를 거쳐 리오하Rioja 주로 들어섰다. 로그로뇨Logrono부터 리오하 주에 해 당한다. 밀밭이 끝없이 이어지고 있었다. 바람에 밀밭은 부드럽게 일어섰다 눕기를 반복한다. 곡식이 우아하게 물결치는 모습이 경이로움을 안겨주고 있었다. 오래 보 고 있노라면 자연과 삶과 창조에 대한 새로운 시각과 통찰이 열리는 듯하다. 여기 리 오하 주는 포도밭과 양조장 즉, 와이너리Winery로도 유명하다. 곳곳에 포도넝쿨은 담 장을 타오르고 있었다.

    존 프링글John Fringle을 만난 건 나바라 주 산솔의 디너 교제에서였다. 크리스천 공 동체 모임의 봉사자 벤Ben이 산솔 마을 스텝으로 있다는 알베르게, 여기서 처음 만났다. 내가 절뚝거리니, 내 발 상태를 살펴주었다. 전술했듯이 내 발은 몬하르딘 크리스천 공동체의 점심 교제 모임 참석을 위해, 달리고 또 달린 결과였다.

여기 카미노에서는 '노 페인No pain, 노 글로리No glory'라는 표현을 많이 쓴다. 내 경우 그 '페인'이란 것이 '말 그대로' 육체적 고통이 되어 버리고 말았다. 신발에 눌리고 스치면서, 염증을 일으켜 발톱이 벌겋게 부어 죽어 버리고 말았다.

세심히 다루는 솜씨가 매우 전문적이어 물었더니, 수의사란다. 소나 말 같은 큰 동물을 다루는 수의사 벳 존Vet John. 아시시의 성 프란체스코San Francesco d'Assisi는 콤포스텔라로 가는 길에 여기 인근 로그로뇨에 머물러 메드라노Medrano라는 사람의 아들을 치료해 주었다 한다. 메드라노는 그 감사의 표시로 집과 땅을 내놓아 수도원으로 쓰게 했단다. 내가 이 마을의 역사를 존에게 전해주었다.

존이 말하기를 자기는 수도사가 될 생각이 없으니, 나를 공짜로 치료해 준단다. 내가 "말 같아 보이냐." 했더니, "생명은 통한다."며 크게 웃는다. 캐나다 출신의 스웨덴 이민자로 나이 70세. 이제는 은퇴했는데 스웨덴의 스위디시 애그리컬츄럴 사이언스 유니버시티Swedish Agricultural Science University에서 수의학을 가르쳤단다.

악수를 하는데 그 악력이 보통이 아니다. 알베르게의 저녁 식사 교제 시간에 물어보았다. "존, 매우 건강해 보이는데, 그 비결이 뭔가요?" 하고. 앞자리의 임현신 자매와 탐조探鳥 동아리에서 사귀어 같이 왔다는 친구도 쫑긋 귀를 기울인다. '러브 라이프'란다.

"뭐라고요? 러브 라이프?" 5자녀가 있고 손자는 2명, 이 모든 게 3번 이혼의 결과

란다. 앞의 임 자매에게 이 모든 정황을 부연 설명했더니 황당해 한다. 엑스 와이프들과는 친구로 잘 지내고 있단다. 문화 차이겠 지만 뭐라 대답을 잘 못하겠다.

로그로뇨는 에브로Ebro라는 제 법 큰 강이 마을로 흐르고 강 위 의 푸엔테 데 피에드라Puente de Piedra라는 석조 다리를 건너야만 마을로 들어가게 된 다. 다리 너머로는 쌍둥이 탑과 건물이 보인다. 로그로뇨의 알베르게에서 존을 다시 만났다. 임 자매를 봤냐고 인사치레로 물었는데, 옆 알베르게에 있다며 같이 놀러가 잔다.

얼결에 따라 나섰더니 그 알베르게 호스트가 말하길 에브로 강으로 탐조探鳥 나갔 단다. 이 에브로 강은 큰 강이니, 탐조에는 최적의 장소이겠다. 『갈리스토 필사본』에 도 '에브로 강물은 마시기에 좋고 강에는 물고기들이 많이 산다.'라고 언급된 바로 그 강이다.

존이 한마디한다. "한국 여자들이 매우 스위트해요." 난 단호하게 말했다. "존, 그 건 당신의 오해여요. 한국 여자들은요, '남편에게만' 스위트하다고요." 존을 먼저 카 미노 길로 떠나보내고, 내 뒤로 오고 있는 이재선 선생 부부와 점심 약속이 있어 알 베르게에 남고자 했다. 서로 허그하고 헤어지려는데, 존 프링글 씨는 말한다. "크리스, 와이프 친구 있지요? 혹여 내가 서울가면은요, 친구 좀 소개시켜 주세요." "그래요, 싱글 분들이 있긴 하지요." 했다.

존은 앞서 세 번째 이혼한 지 얼마 안 되어 마음을 정리하러 왔다 한다. 내 귓가로는 아일랜드 밴드, 잠비스The Zombies의 곡 〈타임 오브 더 시즌Time of the Season〉이 흘러 지나간다. 60년대 곡이라고는 도저히 믿기 힘든 세련됨과 '둥둥둥, 하' 하는 모던한 멋진 리듬이 킬 포인트이다. 참 근사한 노래이다. 이 곡에서 그들은 지금이 딱 사랑하기 좋은 때라고 했다.

"It's the time of the season, When love runs high, In this time, give it to me easy~"

혹여 이런 만남으로 존의 4번째 러브 라이프가 이어질 수도 있겠다. 한데 러브 라이프라니? 서울로 온다 해도 소개시키기란 뭔가 참 애매하다. 단지 문화 차이런가?

_국도 옆에 바로 위치한 나바레테 마을 알베르게에서

대한민국 청년, 망절호형　　　　　　　　　　/ 02

　여기 리오하 지역은 와이너리가 제법 유명하다. 하나 더 유명한 것이 있으니, 그것은 하늘이 만들어주는 구름이다. 와이너리의 포도주와 함께 코발트 빛 하늘의 구름이 만들어주는 온갖 풍경의 향연에 흠뻑 취한다.

　　　　　　　　　　　　　　구름은 갖은 모양으로 변환하면서 많은 오묘한 풍경화를 만들어낸다. 파란 물감에 흰 물감을 펼쳐놓은 듯 그 선명한 색감이 눈을 정신없이 어지럽힌다. 그대로가 황홀한 하늘이다. 뭐라 설명할 길 없는 깊은 감동이 밀려온다. 어디서 사진을 찍어도 아주 분명한 색감의 대비로 인해 그대로 작품이 된다.

　이런저런 생각을 하며 걷고 있었다. 그러다 망절 군을 만난 것은 닭을 기른다는 산토 도밍고Santo Domingo 성당이 소재한 '산토 도밍고 데 라 칼사다Santo Domingo de la

Calzada', 거기 가기 4km 전이었다. 젊은이치고 천천히 걷는다 싶었다. 나이와 이름을 물으니 '29살 뭐, 망저흔형?'이라 하기에 이상해서 다시 물었다. '뭐 그렇지요, 이해합니다.' 하는 표정으로 "망절호형."이라 대답한다.

두 글자 성이야 흔하겠지만, 성과 이름 모두 다 범상치가 않다. 아무리 봐도 일본식 명명. 한자를 찬찬히 물어보니 '그물 망 끊을 절 좋을 호 형통할 형', '망절호형網切好亨', 귀화 3세. 하니 엄연한 한국인이다.

시조는 할아버지인 망절일랑網切 一郎 씨. '광복 당시 증조할아버지가 본국으로 떠나는 북새통에 할아버지, 망절일랑 씨를 잃어 버렸고 NHK 이산가족 찾기를 통해 할아버지를 찾아 도일했으나, 망절일랑 씨는 형제들과 유산 상속에 얽혀 실의에 빠지자 다시 한국 땅 진해로 와 귀화 후 버섯 농사를 지으며 정착 지금까지 이어왔고, 망절 씨를 지닌 친척은 단 10명이다.' 내가 단숨에 소개한 이 이야기는 나무위키, '망절 씨' 편에도 잘 소개되어 있으니 한번 보시기 바란다.

이 청년은 부산 해양대 졸업의 기관사 출신이다. 하여 "땅 밟는 것보다는 물 위에 떠 있는 게 더 편안합니다." 하며 밝은 표정으로 웃는다. '그래서 천천히 걸었군.' 하는 생각에 미쳤다. 티 없이 착해 보인다. 하지만 뭐 세상 고민이 없는 청년이 어디 있겠는가. 현 전기 전자 전공의 기관사인데, 테크니컬한 전공인지라 선장으로 가는 매니지먼트와는 거리가 있단다.

군대도 산업 요원으로 배를 탔고, 하도 배만 타다 보니 '내 인생 이리 흘러가나.' 하는 현실적 고민이 오더란다. 일단 여기까지 듣느라 산토 도밍고 데 라 칼사다에서 함께 점심을 했다. 젊은 이들 보면 다들 내 자식들 같다. 내 경우 이들을 만나면 자꾸 뭘 사주고 싶어 한다. 뭔가 성장의 과실을 우리 세대가 다 따가고 죽정이만 남겼다는 '체리 피커Cherry Picker'의 심정이 된다.

다시 벨로라도Belorado로 오기 전 노상 카페에서 망절 군을 만났다. 카페만 가면 난 무의식적으로 두리번거리고 있다. 이유는 '혹시 카트리나를 만날 수 있을까.' 하는 일말의 기대감을 가져서이다. 카트리나의 자취는 그 어디에서도 찾을 길 없었다.

1970년 발표한 시 라이츠Chi-Lites의 노래 〈해브 유 씬 허Have You Seen Her〉가 멜로디가 되어 흘러가고 있다. "Have you seen her Tell me have you seen her Why, oh, why Did she have to leave and go away. 그녀를 보셨나요? 왜 그녀가 나를 떠나야만 했을까요?"

망절 군에게 장소를 구글 맵으로 찍어 보냈더니, 이 노상카페로 반갑게 찾아왔다. 한데 이 친구, 사실은 결혼을 약속한 여자 친구와 이제 막 헤어졌단다. '결혼 이후의 생활에 적응하기 힘들 것 같다'는 선언에, 친구와 헤어지게 되었다며 담담하게 말한다.

앞으로 직업상 기관사로 배를 타고 떠돌아야 하는 처지를 생각해 보자니, 자기도 이러한 여자 친구의 이별 선언이 나름은 이해가 되더란다. 젊은이들이 만나고 헤어지는 것이야 삶을 배우는 한 과정이겠다. 하지만 담담하게 사연을 토로하는 망절 군의 말을 듣자니 듣는 마음이 아려온다.

비록 지금 제법 고액 연봉이지만, 직업을 과감히 바꾸려 한단다. 한데 이게 전자 전공이어도 직종이 선박 구조에 묶여 있다 보니, 전직이 만만찮단다. 전직하면 연봉이 급격히 떨어질 것을 감수해야 하고. 결론은 그래서, '고민이 많다'는 것이다. 초등학교와 중학교 시절에 느꼈던 정체성 혼란은 완전히 가셨지만, 결혼, 직업 등 미래의 현안이 해일처럼 밀려와 카미노에서 머리 식히고 있단다.

그대 망절 군, 그 고민의 끝에 귀한 결과가 있기를 바라요. 젊은 날의 고민은 누구나 있고, 그 선택은 항상 옳아요. 그대의 손에 대한민국의 미래가 달려 있어요, 카미노에서 만난 이 청년을 격하게 응원합니다. 우리의 모든 청년을 응원한답니다.

아 그리고, 어르신, 호형이 할아버지. 아참 진즉에 돌아가셨군요. 성씨를 굳이 왜 이리 지었을까요, 애들이 '절망이'라고 놀렸답니다. 아니 뭐 귀화한 이상 물·불·돌·메·내·들 뭐 이런 순수 우리말 1음절을 가져다 쓰면 안 되었나요? 불씨 불호령, 물씨 물안개 뭐 이런 건 안 되었을까요? 여하튼 귀한 성씨에 누가 되었다면 많이 죄송합니다.

_그라뇽 성당에서

순례자들과의 영성 나눔 / 03

연 이틀 가톨릭교회 소속의 순례자 숙소Albergue Parroquial de Peregrinos에 묵으면서 귀한 체험을 했다. 지난번 몬하르딘에서의 크리스천 공동체 영성 체험에 이어, 절묘한 타이밍에 가톨릭 공동체 영성 체험에 참석할 수 있었음은 그 자체만으로도 큰 은혜라 하겠다.

두 곳 모두 기부제로 운영하는 숙소로, 사실 나의 선택 리스트에는 들어 있지 않았다. 물정 어두운 순례객인지라, 아무 알베르게에나 들 생각이었다. 한데 그라뇽 Granon으로 오는 도중 영국 여인 두 명을 만났다. 엘리슨Elison과 캐롤Carol, 40명 출석하는 영국 작은 교회의 신도들이었다. 교회에 자신들이 빠져 성가대 소리가 잘 안 나올 거라며 그 누군가를 언급하며 까르르 까르르 웃는다. 참 유쾌하고도 신실한 자매들이었다.

이 자매들이 그라뇽 성당에서 운영하는 순례자 숙소로 가기에, 얼떨결에 뒤따라 간 거다. '숙소 배정 – 미사 – 공동 식사 – 나눔'의 시간이 이어졌다. 숙소는 성당 별실에 두툼한 매트리스 하나씩을 놓아 배정한 공간이다. 소박하지만 세월의 흔적을 그대로 간직한, 제대altar가 있는 의미 있는 소성당 공간이다. 저녁 미사에는 그라뇽 지역의 신자들과 순례객들이 다들 모였다.

영국 자매들과 3명의 한국인도 같이 있었다. 그렇듯이 하이라이트 시간은 미사 집전 후 순례자들을 앞에 모아 드려준 축복 기도였다. 성당 신부님께서 순례자들을 위해 특별 기도까지 해주셨으니, 참 감사한 일이다. 다만 스페인어로 진행되는 미사의 강론이나 축복 기도가 무슨 말인지 몰라 퍽이나 섭섭했다.

순례객 모두가 참여한 공동 식사는 대단한 체험이었다. 같이 요리 만들어 식사하고 같이 설거지로 뒷정리하는 그런 시간이었다. 전채 수프와 빵, 메인인 파스타 그리고 후식으로 이어지는 나름의 코스 요리. 수프도 '베지테리언Vegetarian'과 '논베지테리언Non-Vegetarian'을 가리는 격식도 갖추었다. 식후 경건의 시간이 미사 공간이 내려다보이는 다락방에서 있었다. 각자의 언어로 감상을 말하는데, 그 내용을 이해하지는 못해도 다만 그 절실함만은 잘 느껴진다. 몇몇은 훌쩍이며 울고 있었다.

아침 성당을 떠나다 마을 어느 축벽에 시선이 오래 갔다. 정말 손가락 하나 들어갈 틈새가 없다. 이것은 말하자면 예술이다. 오늘날 임금 노동자들이 공장에서 찍어낸 건축 자재인 벽돌을 가져와 올려 앉힌 조적[組積, masonry]과는 매우 다르다.

예술적 재능과 창의성 상상력을 갖춘 일꾼들이 망치와 정으로 끊임없이 돌 하나하나를 쪼고 쌓아 짜 맞춰 하나의 전체를 만들어낸 것이다. 그러니 이 축대를 만든 이들을 단순한 일꾼worker이라고 하기는 어렵다. 그들은 카미노가 탄생시킨 예술가artist 인 것이다. 완벽하고도 숙련된 기술로 이웃들을 위해 이런 유용한 축대를 만든 이들 은 실로 예술가 대접을 받아 마땅할 것이다.

토산토스Tosantos에서는 프란체스코 수도회 소속의 알베르게에 묵었다. 정말로 소 박하여, 그 소박함이 가슴을 치는 울림으로 다가왔다. 수도회 소속의 등록 봉사자인 오스피탈레로Hospitalero 헤수스Jesús는 참 진실해 보이는 친구였다. 영어 한마디 못하 지만, 온갖 언어를 번역기를 돌려 활용하였다. 날 '크리스, 크리스.' 하며 잘 챙겨주어 몹시 고마웠다.

공동 식사 후에 경건의 시간이 진행되었는데, 25명 정도가 자리한 비좁은 자리였 음에도 각자가 각자의 언어로 대답하며 웃는 코이노니아koinonia의 시간이었다. 최소 대여섯 개 언어가 섞여 들렸던 듯하다. '너는 너대로 말하렴, 그러면 나는 나대로 말 할게.' 하는 '바벨Babel의 시간'이었던 듯도 하다.

경건의 시간엔 여러 언어로 된 시편 120편을 나눠 읽고, 순례객들이 남긴 기도문 을 각 나라의 언어로 읽었다. 한국어 기도문은 20일 전에 무명의 한국인 순례객이 남긴 것이다. 왜 20일인가? 순례객이 이곳 토산토스에서 콤포스텔라Compostella 시까 지 걸어서 걸리는 평균 시간이 20일이라 하니, 바로 이해되었다.

이 두 곳은 다 기부DONATIVO로 운영된다. 이전 순례객이 남긴 기부로 이후 순례객 이 혜택을 입는 구조이다. '페이(잉) 백Pay(ing) back'은 받은 만큼 되갚아주는 방식. 우리 가 살아가야 할 방식은 선행의 선순환인 '페잉 포워드Paying forward'라는 것이다. 이 두

곳에서의 순례객 간에 이루어진 영성 체험은 내 영성을 되돌아보는 데 큰 깨달음을 주었다.

그간 알게 모르게 나의 영적 생활은 물성物性에 깊이 젖어 있었던 것이다. 섬기고 있어 익숙해 있는 우리 커뮤니티조차도 커다란 건물로 주변에 알려져 있다. 그간 화려함과 세련됨에 젖어있던 내 생활을 진지하게 되돌아보게 되었다.

공자 말에 '이인위미里仁爲美 택불처인擇不處仁 언득지焉得知'라 했다. 곧, '풍속이 인후한 마을에 사는 것은 아름다우니, 인후한 마음이 있는 곳을 택하지 않는다면, 어찌 지혜롭다고 하겠는가.' 하는 의미이다. 그러기에 지난 몬하르딘 크리스천 마을이나 이 마을은 공자가 말한 풍속이 인후한 마을 즉, '이인里仁'에 해당될 것이다.

세월의 더께를 깊이 뒤집어 쓴 공동체 공간의 깊고도 소박한 모습을 보며 난 복잡한 상념에 젖어들고 있었다.

_토산토스 알베르게에서

한국의 베이비붐 세대, 세 남성

600m 고원의 메세타Meseta 지역을 걸어간다. 여기 메세타 이야기는 익히 많이 들어 알고 있었다.

메세타는 부르고스Burgos에서 레온Leon에 이르기까지 200km에 이르는 지역을 일컫는다. 부르고스를 벗어날수록 아무 것도 없는 광활한 고원이 다가오고 있다. 부르고스를 벗어난 지 얼마 아니 되었는데도 지세가 급격하게 변한다. 높은 곳에서 바라보자니 지평선이 계속 이어진다. 이 지평선은 그간 경험한 적 없는 또 다른 세상이다.

멀리 있는 지평선을 바라보노라니 실로 아득한 느낌이 인다. 뒤를 바라보노라니 지평선이 어느덧 부르고스라는 도시를 날름 집어 삼키고 말았다. 지평선과 더불어 살아가는 일은 우리들이 잃어버린 경험의 그 원형임을 알게 되었다. 이 지평선에 서니 속박되지 않는 자유로움이 넘쳐난다.

1974년 발표한 루 크리스티Lou Christie의 〈비욘드 더 블루 호라이즌Beyond the Blue Horizon〉이 반복 구절이 되어 저절로 흘러간다. "Beyond the blue horizon waits a beautiful day Good bye to things that bore me Joy is waiting for me. 저 푸른 지평선 넘어 아름다운 날이 기다리고 있어요. 즐거움이 기다리고 있으니 날 귀찮게 했던 모든 것들과 작별 인사를 나눠요."

은퇴자 둘을 이곳에서 만났다. 결국은 나를 포함해 50년대 후반에 출생한, 같은 세대 은퇴자 세 사람이 카미노 도상에서 만난 셈이다. 만남이 시작된 것은 팜플로나 가기 전부터이니, 시간적으로 제법 꽤 되었다. 서로 상대를 바꿔가며 만났다 헤어지고 반복하다가, 결국은 아헤스Ajes 알베르게에서 같이 만나 6인실을 같이 쓰게 되었다.

두 사람 다 광양에 있는 성당에 다닌단다. 이안토니오, 김요한. 나를 포함한 셋의 나이는 안토니오, 크리스, 요한 순으로 한 살씩 내려가는 57, 58, 59년생이니, 50년대 후반에 태어나 산전수전 다 겪은 베이비붐 세대이다.
안토니오, 요한은 광양제철 전력실에 같이 근무하고, 성당에 같이 다닌 지도 꽤 된 듯하다. 본인들도 카미노를 그려왔지만, 다녀오신 신부님의 강권으로 이곳에 같이 왔단다. 퇴임, 재취업 등을 거친 후 올해부터 본격적인 은퇴 생활을 하게 되어 카미노 순례가 가능해졌다 하니 나름 경력 단절 없이 잘 살아온 셈이다.

한데 이 두 사람은 성격과 성향이 아주 많이 다르다. 안토니오는 저돌적이며 급한 성격을 지녔다. 요한은 느긋하고 성찰과 묵상을 좋아한다. 사실 이렇게 성향이 다르면 장기 트레킹이나 순례를 같이하는 게 쉽지 않다. 그래도 이분들은 매우 지혜롭게 상황을 잘 장악하여 움직이고 있었다.
한데 안토니오가 너무 급히 움직이다 결국 염증으로 발목이 크게 부어 어려움에 처해 있단다. 안토니오는 그때 천천히 가라는 신호로구나 생각했단다. 한데 문제는 그렇다고 해도 머리와 몸이 같이 움직이지는 않더라는 점이란다. 나와 같이 말하며 가는 그 순간에도 자꾸만 앞서가려기에 내가 손으로 잡아 당겨야 했다.

내가 요한에게 "억지로 보조 맞추지 말고, 따로 걷다 일주일에 한 번씩 만나는 것을 제안해보라."라고 했다. 공자가 한 '군자정이불량君子貞而不諒'이라는 언급을 전해주었다. '군자는 굳세나 소신을 맹목적으로 고집하지 않는다'는 의미이다. "비록 굳세게 동행하는 게 소신이었다 해도 이번에는 그 소신을 한 번 바꾸어 보라."라고 말이다.

예전 공동체의 지인과 25일간 해파랑길을 걸었을 때가 잠시 생각난다. 평소 마음이 잘 맞던 터라 분명 서로 의지가 되고 도움이 되었다. 단기로 걸을 때라면 문제가 생길 리 없다. 하나 한시도 쉴 틈이 없는 장기 트레킹의 형식은 서로 간에 단절을 초래하기 쉽다. 보폭과 이동 속도의 차이, 몸 컨디션 상태와 여행 습관도 갈등과 마찰의 한 원인이 된다. 불편함이 쌓여 갈등으로 자라나기 전에 결단해야 한다.

스티븐슨L.R. Stevenson의 수필 「도보 여행」에 보면 다음과 같은 글이 나온다. '도보 여행을 할 때는 반드시 혼자 떠나야 한다. 자유가 중요하기 때문이다. 때에 따라 발길을 멈추거나 재출발하거나, 길을 선택하는 일이 자유로워야 한다. 전투적인 태도의 보행자와 함께 속보速步로 걷는 일은 반드시 지양해야 한다.'

그러니 이런 문제는 옳고 그름의 차이가 아닌, 성향의 차이로 인해 빚어진 어려움이다. 2~3일 간의 단기 여행이야 서로 양보하며 보조를 맞출 수 있다. 하나 장기 트레킹이나 순례에 굳이 서로 보조를 맞출 필요는 없어 보인다. 차라리 길은 같이 나서더라도, 10여 일에 한 번씩 숙소에서 만나는 것이 훨씬 나을 수도 있다.

안토니오 같은 분들이 있었기에 대한민국 고속 성장의 신화가 써진 것이다. 또한 요한 같은 분이 있기에 우리의 시야가 더욱 풍성해진 터이다. 분명한 것은 각자의 역할이 다르다는 점이다.

나르치스Narcissus와 골드문트Goldmund가 오래 같이 여행할 수는 없을 터이다.

_타르다효스로 가는 길가 카페에서

영국의 크리스천 자매, 엘리슨과 캐럴 / 05

타르다효스Tardajos로 향해 가고 있다. 눈앞으로 밀밭과 보리밭이 흔들리며 귓전으로는 '쉬익' 하는 바람 소리가 들렸다. 켄 로치Ken Loach의 2006년의 영화 〈보리밭을 흔드는 바람The Wind That Shakes The Barley〉이 생각난다. 역사적 운명 앞에 선 두 형제의 비극, 정말 보는 내내 참으로 슬펐다. 여기 아일랜드의 역사는 그대로 우리 역사에 대입된다.

자연 속으로 천천히 걸어 들어간다는 것은 내 삶의 근원을 찾아가는 일이다. 그러니 일단 천천히 걷기만 하면, 이동한다는 모습보다는 그 장소에 머무른다는 모습으로 자연에 바짝 다가서게 된다. 걷기를 통해 체화되는 이러한 생체 리듬은 일상적 삶의 속도를 최대한 늦춰준다. 우리의 시선으로 하여금 주변 자연을 둘러보고 관조하게끔 만들어준다.

바로 이때 내가 그간 무심하게 흘려보았던 사소하고 생소한 것이 성큼 다가온다. 감각적 발견이 이루어지는 순간이다. 그간 일상 익숙함으로 인해 내 주변에 감춰지고 숨겨져 있던 인생의 진실들이 새롭고 신비한 모습으로 내게 비로소 손을 내밀게 된다.

보리밭과 밀밭을 건너며 많은 대화를 나눈 끝에 드디어 엘리슨Elison과 캐럴Carol을 타르다효스 알베르게에서 만날 수 있었다. 매우 반가웠다. '드디어'라는 말은 대화하기에 시기가 아주 잘 무르익었다는 거다. 세 번째 만남인데 이전 산토 도밍고 데 라 칼사다에서 스치듯이 지나가며, 다음에 만나면 남은 이야기를 더 하자며 "약속할게you have my word." 하고 서로 외쳤으니 말이다.

노스 요크셔North Yorkshire, 톨레톤Tolleton에 있는 세인트 마이클스St Michaels 교회에 다닌다 한다. 홈페이지를 보여주는데 40명 정도가 교인이라 하니, 참으로 아담한 모임이라 할 수 있다. 일요일에는 지역 커뮤니티의 3개 교회가 함께 매주 모여 합동 지역 봉사에 나선단다. 노인 보살피기, 고아원 방문, 과부와 홀아비 사정 듣기, 청소년 알코올 중독과 마약 중독 지원, 무료 급식 봉사 등등.

한데 요즘 영국의 경제 상황이 많이 안 좋은 것이 사실인 것 같다. 코로나 팬데믹 이후 이전의 브렉시트Brexit까지 겹쳐, 경제 역성장 상황이 실로 심각한 듯하다. 보도에 따르면 영국인 4명 중 1명이 하루 2끼에 만족해야 할 만큼 큰 고통을 겪고 있다 한다. 하여 마이클스 교회가 담당하는 봉사의 장소도 늘어나 예배드리고 나면 봉사 활동으로 여념이 없다 한다. 하기야 남의 나라 걱정할 처지가 아니긴 하다.

교회 안에서 둘이 많은 일들을 맡은 것 같다. 우리의 개척교회에서 벌어지는 상황과 아주 비슷하다. 예배 안내, 식사 장만, 성가대 봉사, 연습 등등. 계속해 '우리가 빠져 성가대 소리가 안 날 거야.'라며 근심스런 표정을 짓는다. 캐럴은 안전 담당security도 한다지만 그것이 정확히 어떤 일인지는 모르겠다. 자기들이 설교 빼고는 모든 것을 다한다며 '까르르 까르르' 자꾸 웃는다. 50대 중반의 이 아줌마들 참 유쾌하다.

이들은 청소년들에 심대한 관심을 기울이고 있었다. 일단 교회에 청소년들이 거의 없다며 한탄한다. 내가 "그러면 주일에 청소년들 뭐 하냐?" 하니, "여기 타르타효스 젊은이들처럼 페스티벌에 가서 술 먹고 놀다 늦게까지 처자요." 한다.

잠언 26장을 찾아 '문짝이 돌쩌귀를 따라서 도는 것같이 게으른 자는 침상에서 도느니라.' 구절을 보여주니, 다시 더 '까르르 까르르' 웃는다. 한데 이 자매들은 웃다가 정색을 하고 이곳 스페인 젊은이들 사이에도 알코올과 마약 문제가 매우 심각해 보인다며 진심으로 걱정한다.

 잠시 바클레이 제임스 하베스트Barclay James Harvest의 〈힘Hymn〉의 첫 소절이 생각난다. "Valley's deep and the mountain's so high If you want to see God you've got to move on the other side." 약물 상태에 이른 위험성을 알리며 성경 내용을 모티브로 영적 높이의 위대함에 대해 이야기를 풀어가고 있다. 곧, '다른 곳the other side'이란 '중독에 의존하지 않는 깊고 높고 높은deep and so high 곳'을 의미한다.

유럽의 스페인 땅 이곳에도 알코올 중독에 이어 마약 중독이 문제가 되는 듯하다. 남미에서 스페인을 거쳐 유럽 마약의 허브 국가인 네덜란드로 마리화나와 코카인이 흘러들어가고 있다 한다. 수시로 열리는 페스티벌이 문제란다. 일부 젊은이들 사이에서 음주, 마약 등이 이루어지고 있다는 소식이다.

무심결에 이들 자매에게 교파를 물으려다 급히 입을 막았다. 교리 교파 이야기를 하려다 보니 조금 가슴이 답답해 온다. 우리가 교리 교파에 너무 집착한다는 생각이 들어서다. 공자 말이 생각난다. '유상지여하우唯上知與下愚 불이不移'라 했다. 곧, '가장 지혜로운 사람과 가장 어리석은 사람은 변하지 않는다'는 의미이다. 그간 교리 교파에 열심인 우리가 '상지上知'였는가 '하우下愚'였는가는 흐르는 세월이 알려줄 것이다.

여기 카미노에 선 사람들은 참 다양하다. 교인 비교인 무신론자까지 자신의 필요와 요구에 의해 순례를 하고 있다. 이곳 카미노에 서면 신앙적 태도의 시작은 일단 타인을 이해하고 존중하여 수용하는 것에서 시작한다는 사실을 배워가지 않나 싶다.

이것이 내 경우 '진리'는 아닐지 몰라도, 분명 '지혜'는 된다.

_온타나스에서

남아공의 안토니오 부부 / 06

온타나스Hontanas를 지나오다 안토니오Antonio 부부를 만났다. 그들이 나보다 늦게 걷기에 다시 만날 수 있었던 것이다.

무척 반가웠다. 안토니오는 우리가 2주 만에 만났다며, 자기가 눈이 좋아, 날 만났다는 것을 자꾸 강조한다. 옆의 미란다Miranda는 "토니가 당신을 좋아해요."를 연발하고 있다. 85세의 안토니오를 이렇듯 세 번이나 다시 만날 수 있었던 것은 순전히 행운이었다. 푸엔테 라 레이나Puente La Reina로 오는 카미노에서 그리고 로르카Lorca 길에서 만났다. 그리고 다시 온타나스를 지나다 만난 것이다.

처음에 푸엔테 라 레이나로 오는 카미노에서 토니와 미란다 부부를 만났다. 그들은 아주 천천히 걷고 있었다. '아니 나보다 더 천천히 가다니 이상한데.' 생각하고는 가까이 가서 보니, 늙고도 늙은 부부였다. 남아공 더반Durban에서 왔단다.

안토니오는 84세라고 말하며 '영 이너프young enough'을 연발하고, 미란다는 40세라고 말하고는 그냥 자꾸 '까르르' 웃는다. 참 유쾌한 부부였다. 미란다 나이야 농담이겠지만, 안토니오 나이는 맞는 것 같았다. 말하지도 않았는데 날 코리안이라고 단정한다. 하긴 지금 여기 카미노 도상에 있는 동양인은 거의 다 한국인들이기는 하다.

안토니오는 걷기 여행이 주는 오감의 만족에 대해 말을 했다. 결론은 이 여행 저 여행 해보니 다 소용없고 도보 여행이 최고라는 것이다. 그리고 본인의 친척 형님이 한국전쟁에 파일럿으로 참전했다 전사했다는 이야기도 해주었다. 위안과 감사를 전하고, 나의 선친도 한국전쟁으로 남하하신 속칭 '38따라지'임을 이야기해주었다. 이런 이야기를 나누고 나니, 좀 더 마음으로 가까워진 기분이 들었다.

다시 여기 온타나스로 가는 길. 부부가 커피를 좋아하는지라 모닝커피를 마시러 산 안톤San Anton 마을에서 카페를 찾았다. 마을 초입을 지나 마을 끝에 와서야 간신히 만날 수 있었다. 신학자 칼 바르트Karl Barth는 '천국에 가면 모차르트 소식부터 묻겠다.'라고 했다. 이 일화를 전해주며 미란다에게 "천국에 갔는데 커피가 없으면 어찌하시겠냐?"라고 물었다. 안토니오가 말을 치고 들어와 "하나님, 세상으로 다시 돌아가겠으니 이 천국 다시 물러주세요." 하겠단다. 참으로 세상 유쾌한 부부이다.

여기는 카페 콘 레체Café con leche가 유명한데, 말하자면 이것이 스페인 식 라테이다. 가서 모닝커피와 토스트를 사와 대접하며, 어르신에 대한 한국 방식의 존대respect for elders라 하니, 퍽이나 좋아한다. 나를 영맨Young Man이라 자꾸 말하는데, 이리 세 번쯤 만나자니 그 의미를 확실히 알겠다. 상대를 하대하자는 호칭이 아니라 외려 상대에 대한 존대의 의미였다. 아직 상대적으로 남은 세월이 많으니, 힘차게 살라는 격려였다.

점심을 사겠다고 하기에, "올드 맨, 난 젊어요. 아직 갈 길이 많이 남았어요." 하니 웃는다. 또 만나기가 분명 쉽지 않을 것이다. 우리가 카미노 상에서 2주간에 걸쳐 3번이나 만난 것은 정말 큰 행운이었다. 안토니오는 남아프리카공화국 정치에 대해 할 말이 많아 보인다.

만델라 이후 등장한 주마J.G Zuma의 정치적 악행에 대해 크게 한탄을 한다. 케이프타운Cape Town에서 8년째 직임을 연임하고 있는 여성 시장에게 남아공의 정치적 미래가 달려 있다고 말한다. '근데 그분은 누구신지?' '세계 최고의 시장'이라는 표현을 몇 번씩이나 거듭한다.

아무리 반가워도 바람 부는 1,000m 고지, 알토 모스텔라레스Alto Mostelares 고개를 그들 부부와 같이 오를 수는 없다 판단했다. 그들은 알베르게 예약을 했다지만, 나로서는 예약 없이 여기 온타나스Hontanas까지 온 처지이다. 이 판단은 확실히 들어맞았다. 20km가량 걸어간 이테로 데라 베가Itero de la Vega에 방이 없어 8km를 더 걸어가 보아디야Boadilla del Camino에서 방을 얻을 수 있었으니까 말이다.

헤어질 시간이 되었다. 토니 그리고 미란다와 허그를 나누었다. 토니가 "하나님께서 크리스를 잘 이끌어 주실 것이에요." 한다. 부부가 눈물이 글썽글썽하다. "안토니오, 오래오래 건강하세요. 대한민국은 전사한 그대 친척 형님의 죽음에 채무가 있어요." 했다.

그리고 "굿 바이." 했더니, 아니란다. 그건 영원히 헤어지는 거라며, "돈 세이 굿 바이, 세이 페어웰, 영 맨."이란다. 아 참 영감님. '페어웰, 토니 앤 미란다.' 한데, 우리 다시 만날 수나 있을까요.

 그들과 헤어지자니, 내 귀로는 밥 딜런Bob Dylan의 노래, 〈원 모어 컵 오브 커피One More Cup of Coffee〉 노래가 자동 재생되어 흘러간다. "One more cup of coffee for the road One more cup of coffee for I go To the valley below. 길 떠나기 전에 커피 한잔만 더 저 계곡 아래로 내가 떠나기 전에 커피 한잔 더."

_보아디요 델 카미노에서

　메세타를 지나며 거칠고 메마른 땅에 광활하게 펼쳐져 있는 벌판에 피어난 수없는 들꽃을 보고 지났다.

　한데 보야디야Boadilla del Camino를 지나자니 지세가 일순 바뀐다. 경관이 바뀌는 지점에서 그 유명한 카스티야 운하Canal de Castilla가 시작되고 있었다. 3개 주에 걸쳐 200km가 넘게 뻗어 있는 운하이다. 수로 주변으로 바람이 세게 불어오고 있다. 일렁이는 물결을 눈으로 보고 그치지 않고 불어오는 바람을 피부로 맞자니 시야가 몹시도 흔들린다.

　혼자 자기 짐 지고 예약 없이 가는 카미노 순례를 나름은 지켜내고 있다.

한데 시간이 지날수록 예약 없이 이래도 되나 하는 불안감이 점점 높아지는 건 사실이다. 언제부터인가 뒤로 오는 순례객, 특히 단체객과 겹쳐지고 있다. 확실히 뒤에 오는 한국인 단체 순례객과 많이 마주치고 있다. 알베르게 확보에 몹시 유의해야겠다고 마음에 두었다.

나뭇잎은 흔들리고 운하를 따라 펼쳐진 밀밭과 보리밭도 크게 흔들거리고 있었다. 카미노 어디에나 자생하는 유채꽃 그리고 그간 보지 못했던 흰색 마가렛 꽃이 은하 물결을 따라 무리지어 색색 대비를 이루며 펼쳐지고 있었다. 이곳을 지나쳐 걷다 71세의 칼 뮐러Karl Müller와 그의 수상한 수제자 사비나Sabina를 만났다. 바람 부는 1,000m 고지, 알토 모스텔라레스Alto Mostelares 고개였다.

구레나룻 수염이 허옇게 난 할아버지 한 분이 망원경으로 뭘 열심히 살피고 있다. 옆의 50대 초반으로 보이는 여성 한 사람은 뭘 열심히 찍고 있다. 먼저 여성에게 접근해 "뭘 찍으세요?" 물었더니 이걸 찍었다면서 촬영된 민달팽이 동영상을 보여준다. 여기 지역에만 서식하는 종류란다.

둘 다 독일 본Bonn에서 온 탐조가探鳥家, 즉 버드 왓처Bird Watcher지만 나비, 꽃, 벌레도 같이 살핀단다. "왜 그러하냐?" 했더니 그냥 '하비hobby'란다. 그들은 새소리를 귀로 듣고, 날아가는 새를 눈으로 보고, 민달팽이 동영상 촬영하고, 식물 군락을 자세히 살피며 천천히 가고 있었다. 한데 보자니 나름 일정한 동선을 갖추며 가고 있었다. 옆에서 바라보며 '이거 그냥 허투루 하는 탐사는 아닌걸.' 하고 생각했다.

새의 경우 '레드 리스트red list'가 있단다. 말하자면 일종의 보호 희귀종 리스트일 것이다. 새소리를 귀로 듣고, 눈으로 보고, 책의 '레드 리스트'로 최종 확인한단다. 뮐러 할배는 자신의 귀와 눈이 밝다고 자랑한다. 지금 부르고스Burgos에서 아스토르가 Astorga까지 탐조 예정인데, 갈수록 보호 희귀종 조류들이 줄어들고 있다며 안타까워한다.

전공 분야의 학자는 아니란다. 평생 봉직한 직업은 간호사라니까. 그냥 취미로 한다는데, 사실 취미로 움직이는 전문가가 더 무섭다. 한데 뮬러 씨의 할아버지가 굉장히 전문적인 탐조 취미를 지니셨다 한다. 피는 바로 이어지지 않으면, 한 세대를 건너뛰어서라도 이어지는가 보다.

여하튼 바람도 부는지라 웬만큼 이야기 나누고 지나치려 했다. 한데 뮬러 할배의 억센 독일어와 함께 그 어떤 누구도 흉내 낼 수 없는 '어흑, 꺼르르르륵~' 하는 유쾌하고도 참으로 유쾌한 웃음소리가 연신 흘러나온다. 수다스러운 독일어가 이어지고, 사비나Sabina(나중 자신의 이름과 수제자 역할을 소개받았다)는 뮬러 할배를 타박하고 있지만 서로 너무도 즐거운 모습이었다.

아, 한데 뜬금없이 그 순간 뭔가 쨍하는 느낌을 받았다. 살아 생동하는 모습 그 자체의 생명력이다. 하루하루 살아 숨 쉬고 있다는 것에 대한 고마움. 생명의 소중함. 사비나는 영화 〈양철북The Tin Drum〉에 나오는 전형적인 독일 시골 부인의 모습으로 계속 말로 뮬러 할배에게 타박을 준다. 한데 막상 뮬러 할배는 막상 이 타박에도 매우 즐거워하며 '어흑, 꺼르르르륵~'을 연발하고 있다. 마치 연극이나 오페라 현장을 보는 것 같은 기시감이 든다.

뮬러 할배는 모차르트의 마지막 오페라 〈마술피리Die Zauberflöte〉에 등장하는 파파게노Papageno, 그 캐릭터를 생각하면 제격이다. 왜 그 밤의 여왕을 위해 새를 잡는 수다스럽고 우스꽝스러운 캐릭터. 〈나는야 새잡이Der Vogelfänger bin ich ja〉라는 노래, "나는 유쾌한 새잡이, 나 같은 사람은 별로 없어요~"로 시작되는 그 아리아 말이다, 그리고 '파—파—파'로 시작하는 파파게노와 파파게나Papagena의 이중창, 〈파파파Pa-Pa-Pa〉, 둘 다 들으면 금방 알 터. 그 캐릭터가 자꾸 생각났다.

까리온Carrion 마을 전방 3km 정도에 멀쩡한 신발 한 짝이 떨어져 있었다. 가다가 '이걸 어디서 봤지.' 했다가 '아, 뮬러 할배.' 했다. 가끔씩 보자면 순례객들은 배낭 뒤에 여벌의 부츠를 매달고 가는 경우가 있다. 잠시 고민하다 바라만 보고 지나쳐 가는데, 마을 초입서 헐레벌떡 할배 등장하더니, "내 신발 못 봤냐?"라고 내게 묻는다.

'나 알지.' 하는 시선으로 바라보며, "마이 슈My shoe, 마이 슈." 하기에, "저기에 떨어져 있어요." 하며 손가락 들어 방향을 알려주었더니, '어흑, 꺼르르르륵~!!' 하며 달려간다. 그 유쾌함에 나도 같이 기분이 막 좋아진다. 전염성 강한 그 유쾌함이라니.

신발을 찾아온 뮬러 할배가 나를 보더니, 고마웠는지 느닷없이 자신의 건강 비결 네 가지 노No를 알려주겠노라 한다 하여, 들어보았더니 "노 드러그, 노 알코올, 노 시가렛 그리고 노 러브."란다. 마지막에는 '그리고'에 사이를 두며 '노 러브' 하더니 '어흑, 꺼르르르륵~'을 쉴 새 없이 거듭한다. 사비나는 짐짓 딴 데를 보고 있다.

 멀리 나와 있자니 파파게노와 파파게나의 '파—파—파~' 하는 2중창이 몹시 듣고 싶어진다. 뮐러 할배의 웃음소리도 벌써 듣고 싶어진다. '아 할배요, 틀니 하셨던데 치아 관리 잘하시고요, 건강하세요.' '어흑 꺼르르르륵~'

_산 니콜라스 델 리얼 카미노에서

캐나다인 더글러스 롱, 그의 카미노 테라피   / 08

베르시아노스Bercianos의 알베르게는 제법 환경이 좋다. 4명씩 배정되는 깨끗하고 안락한 룸과 다양한 커뮤니티 공간과 레스타우란테 그리고 너른 정원은 최소 2주 이상 카미노를 걷느라 휴식이 필요한 순례객들에게 나름의 방식으로 위안을 주고 있었다. 시간이 넉넉하면 며칠 쉬었다 가도 좋으리라.

방에서 처음 더글러스를 만나 인사를 나누었을 때는 조금 분위기가 뭔지 어색했다. 더글라스 롱Douglas Long, 그는 자기 이름을 소개하며, 롱·숏의 크기 비교로 자기가 롱Long이라고 소개했다. '아 이 사람, 굉장히 수줍어하는 내성적 인물로, 여성성이 강한 사람이로군.' 쉽게 이렇게만 생각했다. 한데 가만 살펴보자니, 그것이 아니었다. 그는 손을 지속적으로 떨고 있었다.

파킨슨병이 매우 위중하단다. 나이 62세, 캐나다 밴쿠버Vancouver에서 잘 나가던 변호사 더글러스 롱에게 파킨슨병이 발병한 건 5년 전. 이유는 모른단다. 온갖 책무와 쌓여 있던 일거리를 다 던지고, 바로 은퇴 생활에 들어갔다 한다. 이후 매년 이곳 카미노를 찾아 서너 달가량 있으며, 가족들도 이곳에 불러들여 만난다 한다. 올해로 이번이 6번째의 카미노 행이라는데, 곧 교사인 아내와 대물림 변호사인 아들이 레온으로 온다. 내일 모레, 5월 9일 자신의 생일에 맞추어서 온다는 것이다.

"당신에게 카미노는 무엇인가?"
하고 물어 보았다. "모든 것~!!"이
라는 대답이 그 즉시 바로 돌아온
다. 영적으로 육적으로 치유의 에
너지를 전해주는 '그 모든 것'이란
다. 카미노를 걸으며 육체적으로
기본적인 컨디션이 조절된단다. 명

상을 하다 보면 호흡도 안정이 되고, 몸과 마음이 편안해진단다. 문제는 파킨슨병은
나아질 수는 없는데, 급속히 나빠지고 있다는 점이란다.

매일매일 루틴으로 15km씩 걷고 1시간씩 호흡과 명상을 해도, 가끔 급작스레 컨
디션이 나빠지는 건 어쩔 수 없다는 것이다. 그러다 겨우 회복이 되기도 하는데, 올
해부터는 그 나빠지는 주기가 짧아지고 있단다. 신체적으로 후각과 미각을 잃고 있
고, 근육이 빠지며 뻣뻣해지고 있다고 한다. 시시각각으로 죽음이 가까이 오는 걸
느끼지만, 전혀 두렵지는 않단다. 다만 "앞으로의 그 죽음이 카미노의 노상에서 이
루어지기만을 바란다."라며 나름의 긴 이야기를 끝맺는다.

디너 미팅을 같이했다. 롱은 채식주의자 식단을 주문하며, 자신이 먹어야 할 복약
리스트를 보여준다. 옮기기도 힘들 실로 어마하게 많은 약을 먹고 있었다. 생일 축
하하러 레온Leon으로 가족들이 오는데, 식탁에 함께한 우리 모두를 초대하고 싶다고
제안한다. 저녁 식사로 초대하려 집 전체를 빌렸다며 이름을 적어준다.

아울러 오는 8월에는 크루즈선 타고 한국 부산에도 간다는 말을 하며 눈을 반짝인다. "더글라스 씨여, 매우 고맙습니다. 하지만 생일 축하로 같이 있고 싶어도 제가 다음 계획이 있어요. 포르투갈 카미노까지 내려가야 하는 일정이라서요." 했다

이 사람이 안고 있는 인생의 무게는 무엇일까. 그리고 명상을 통해 도달한 삶의 결론이 이 사람을 과연 구원해낼 수는 있을까. 죽음에 대해 생각지 않는다면 당연 믿음의 필요는 상실된다. 로마의 장군들은 전쟁에서 이기고 개선문에서 개선 행진을 할 때면 '죽음을 생각하라Memento mori'는 부관의 큰 외침을 귀로 들어야만 했다. 죽음을 생각해야만 현실이 진실되게 다가온다.

더글라스는 근육에 현저히 감각을 잃어가며 죽어가고 있었다. 실로 오랜만에 외국인과 삶 전반에 관한 좋은 대화를 나누었다. 손은 떨고 있었지만 격조 있고 기품 있는[디스트decent, 이 단어를 썼더니 좋아한다] 사람이었다. 그의 말에는 절실한 진정성이 담겨 있었다.

 대화 중 난 더글라스에게 크리스 디 버그Chris de Burgh의 〈캐리 온Carry on〉이라는 노래와 가사 내용을 말해주었다. 이 노래는 어떤 어려움이나 고통이 닥쳐도 모두 함께 힘을 내고 지속적으로 전진해야 한다는 메시지를 담고 있다.

"당신이 무슨 말을 들어도 그 의미는 명확하답니다. 우리는 모두 함께 같은 배를 타고 있어요. 계속 살아가요, 계속 살아가요. 당신 곁에는 은빛이 있어요. 이 밤을 지나, 우리가 어디에서 왔는지 당신을 인도할 손을 잡아요."

논어에 말하기를 '조지장사기명야애鳥之將死其鳴也哀 인지장사기언야선人之將死其言也善'라 했다. 곧, '새가 죽으려 함에 그 소리가 슬프고, 사람이 죽으려 함에 그 말이 착하도다.'라는 뜻이다. 중세 시대 순례자들은 카미노에서의 죽음을 고귀하고 품위 있게 받아들였단다. 순례 도중 이러한 죽음은 '하늘의 예루살렘'으로 가는 보증 수표로 여겼으니까.

더글라스가 "한데 크리스, 카미노와 관련해 셜리 맥클레인Shirley McLaine이란 배우를 아시나요?" 한다. 난 처음에 챨리 쉰Charlie Sheen이 주연한 영화 〈더 웨이The Way〉에 셜리 맥클레인이 잠시라도 나왔나 갸우뚱해하며 그 이야기를 했다. 그게 아니란다. "맥클레인이 카미노 관련해서 책을 냈는데 매우 재미있으니 꼭 읽어 보세요." 한다.

"한국어로 번역이 아직 안 된 것 같아요. 여하튼 귀국하면 찾아보도록 하지요. 한데 더글라스 씨, 나도 매일 글을 쓰고 있어요. 글로 나 자신을 치유하고 있는 라이팅 테라피Writing-therapy예요. 그대가 카미노로 스스로를 치유하는 카미노 테라피Camino-therapy를 하듯이요. 다만 포르투갈 카미노에 갈 때쯤이면, 만남에 더해 본격적으로 자신을 치유하는 글을 쓰고 싶어요." 했다. 그가 맑은 눈으로 나를 바라본다. 손은 여전히 떨리고 있다.

"그리고 말이지, 더글라스 롱씨여, '롱 리브, 롱Long live, Long'이여, 그러니 힘내세요." 했다. 나를 바라보며 그가 엷게 미소를 띠었다.

_베르시아노스에서

미국인 은퇴 교사 그렉,
그 남자의 딸을 그리는 마음

베르씨아노스의 알베르게를 떠난 지 오래지 않아, 크리스천 엘리슨 자매를 만났다. 그녀와 자주 마주치는데 만나면 항시 그 밝은 에너지가 내게도 느껴져 정말 기분이 좋아진다. 감정이란 본디 전염되기 마련이다.

캐롤과는 서로 다른 길을 걷고 있고, 레온에서 만날 예정이란다. 베르시아노스로 오기 전 카페에서 그들이 지도를 펴놓고 의논하는 것을 등 뒤로 바라본 적이 있었다. 나름 지혜롭게 움직이는 참 독립적이며 씩씩한 사랑스러운 영국의 자매들이라고 생각했다.

한데 어제 잠을 제대로 못 잤다며, 좀 투덜거린다. "아 크리스, 글쎄 말이에요. 미국 젊은이들 몇몇이 밤새 우당탕대고 끽끽거리는[screeching] 바람에 잠을 설쳤어요." 한다. 내가 "스크리칭 라이크 어 몽키?" 말하자 바라보며 같이 웃었다. 그러면서 그녀가 의외의 말을 한다. 어제 잔 베르씨아노스 마을의 '패로퀴얼 까사 렉토랄 Parroquial Casa Rectoral'은 도네이션으로 운영되는 알베르게란다.

주인 부부가 너무도 좋은 사람들이어서 다들 감동했단다. 순례객들이 같이 음식을 만들어 준비해서 나누는데 준비할 때는 전혀 안 보이던 이 미국 청년들이 음식 나눌 때가 되니 들이닥치더란다. 태도로 미루어 짐작할 때, 그들의 도네이션은 없었을 것이라 단언한다. 불현듯 여기서 만난 미시간 고교 동창들을 비롯한 그간 내가 만난 몇몇 미국 청년이 생각났다.

"엘리슨, 참을성을 가져야 해요. 젊은이들이 함께 몰려 있을 때, 과한 행동들이 나오거든요. 언젠가 그들이 우리보다 더 나은 세상을 만들 수 있을 것이어요." 했다. 순간 공자가 '후생가외後生可畏 언지래자지불여금야焉知來者之不如今也'라 한 말이 생각났다. 곧, '젊은 애들이 무섭나니, 어찌 그들이 지금 우리들보다 못하다 할 수 있겠니?' 하는 그런 의미이다.

그러더니 엘리슨은 느닷없이 화제를 바꿔 "한국인들이 왜 이리 단체객으로 많이 오냐?"라고 묻는다. 이거 참 질문 받기 힘들다. "엘리슨, 외국인들이 수도 없이 내게 묻네요. 동일한 질문을 지금 많이 받는데, 세 가지로 나눠 말할 테니까요. 잘 들으세요." 마지막 세 번째 설명을 듣더니, "아하, 포모FOMO~" 한다. "맞아요. 한국인들은 혼자 있으면, '나만 뒤처지는 것은 아닌지 불안해하는 두려움'이 좀 있어요." 했다.

엘리슨이 워낙 성큼성큼 걷는지라 먼저 보내고, 난 대한민국 선비 걸음으로 느릿느릿 가는데 미국인 그렉Greg이 먼저 말을 건다. 이런 일은 정말 매우 고맙다. 맹자가 말한 '불감청고소원不敢請固所願'이다. 곧, '청하지는 못해도 본디 바라던 바라'는 의미이다. 예전 직장 여성 선배에게 이걸 알려 드렸더니 '불감증 고소해.' 하며 여기저기 퍼트리던 통에, 가르친 체면이 영 어색했던 생각이 난다.

그렉은 플로리다에서 온 가톨릭 신자이다. 세례명 그레고리. 전직 교사 62세. 고등

학교 역사 교사로 처음엔 세일즈를 했는데, 가르치는 게 너무 좋아 교사로 전직했단다. 처음엔 세계사, 후엔 국사(미국사) 교사로 플로리다의 한 공립 고등학교에서 학생들과 보낸 지 27년, 너무나 즐거웠단다. 인생의 보람도 느끼고, 자신이 세일즈에 머물러 있었다면 과연 이런 보람을 느꼈겠느냐고 내게 되묻는다.

그렉, 이 사람 참 박식하면서도 호기심이 많다. 나와 만난 지 얼마 아니 되었는데도 친근함을 표시하며, 이러저러한 주변 정보와 감상을 영어 워딩으로 전해주고자 매우 애쓴다. 내가 뭔가 석연찮은 표현을 쓰면 "그렇게 표현하기보다는, 한번 이리 바꾸어 보면 어떨까?" 하면서 열심히 가르쳐 준다. 천생 교사로, 흔치 않은 고마운 경우이다.

공자가 자기 스스로를 자부하여 말하기를 '회인불권誨人不倦'이라 했다. 곧 '가르치기에 게으르지 않다.'는 의미이다. 교사인 그렉이 바로 '가르치기에 게으르지 않는' 경우에 속하지 않나 생각했다. 진정 이런 영어 선생 한 사람이 내 주변에 있으면 너무도 좋겠다 싶다.

그렉이 말하기를 "이제는 새로운 인생 플랜을 짜고자 이곳 카미노에 왔어요." 한다. '새로운'이 강조가 되기에 '무슨 의미가 있나?' 했는데, 결국 그가 직면했던 이혼 문제과 연관된다. '세상에 이런 곳은 없다'는 것이, 역사 선생인 그렉의 지론이자 그가 여기 카미노 역사를 공부하고 난 후에 내린 결론이란다. 오기 위해 여러 계획을 세우고 이제 이곳에 와 큰 행복감을 느끼고, 영적 냉담자였던 자신이 큰 신앙의 전환을 맞게 되었다고 기뻐하고 있었다.

다만 한 가지, 재작년 이혼으로 큰 어려움을 겪었단다. 그 혼란함과 고통이 내 눈에 읽힌다. 하며 말끝에 지금은 엄마 따라 콜로라도Colorado에 가 있는 29살 외동딸에 대한 무한한 그리움을 표현한다. 1년에 몇 번 만나는데, 그 그리움이 이루 말할 수 없다 한다. 딸에 대해 "직장 생활 잘 하고 있어 매우 자랑스러워요."를 연발한다. 중간에 이상하게 우물대던 그에게 "아니 그렉, 그러니까 결국은 이혼했다는 말이네요." 하며 딱 잘라 확인한 것이 대화 내내 미안했다.

그렉 선생은 앞으로 가게 될 마세타의 일부 구간은 지루하다는 이야기도 했다. 여하튼 그에게 "한국의 남파랑길을 걷고 나면 모든 것이, 정말 모든 것이 흥미로워지고 감사해집니다."라 했더니, 매우 신기한 표정으로 듣는다. 외국인에게 이 디테일한 경지를 설명하기는 좀 어렵겠다 싶었다.

걸으며 잭슨 브라운Jackson Browne의 곡, 〈더 로드아웃/스테이The Load-Out/Stay〉를 떠올린다. 이 노래 참으로 절창이다. 9분여 접속곡으로 잭슨 브라운의 감미로운 피아노 연주와 함께 시작되는 서정적인 발라드이다. '스테이Stay'에서 기타리스트가 느닷없이 백 보컬로 치고 나가는 부분이 이 곡에 화룡점정이 이루어지는 순간이다. 순회공연을 하는 밴드 생활의 애환에 대해 노래하고 있다.

"이제 관중석이 다 비었네요. 인부들이 무대를 차지할 차례예요. 여러분, 조금만 더 있어줘요, 조금만 더 노래하고 싶거든요. 프로모터도 괜찮다고 하고. 노조도 괜찮다니까요. 시간 조금만 더 써서 모든 걸 뒤로 하고 한 곡만 더해요."

_레리에고스에서

덴마크의 청년 앨버트

만시야Mansilla de las Mulas를 향해 걸어가고 있다. 나는 깊숙하게 걷는 속도의 리듬 안에 들어가 있다.

날숨과 들숨도 규칙적이 되며 공간과 자연을 경험하는 방식은 익숙해지고 안정된다. 나는 걸으며 살아오고 지나온 경험과 만나 내 미래의 삶을 확인하기를 원했다. 그러고 나서 내 경험들이 통시적 과거와 이어지고, 공시적인 환경 속에서 얻는 감동을 타인과 공유할 수 있기를 원한다.

아침에 이런저런 생각에 빠져 길을 나서다 그렉을 만났다. 그와 대화를 하며 같이 가다가 다시 앨버트Albert를 만났다, 한데 앨버트가 우리를 보더니 싱글벙글, 꾸벅 인사하고는 내게만 "하이 크리스." 하더니 지나쳐 간다. 그렉이 앨버트를 방금 만났다며 그 만난 일에 대해 언급한다.

전하는 내용은 '앨버트는 캐나다인 더글라스 롱에게 생일 초대를 받았으며, 그렉에게도 같이 거기에 가자하기에, 고심 끝에 사양했다'는 것이다. 그렉 스스로 생각하기에 젊은이들이 대부분이라, 가기가 꺼려졌다는 이유에서란다. 나는 웃으며, 바로 그 초대하는 현장에 같이 있었다며, 앨버트와 캐나다인 더글라스 롱이 처한 여러 사연을 길게 이야기해줬다. 그렉은 나를 빤히 쳐다보더니, '아니, 이 사람 마당발이야 뭐야?' 하는 그런 표정을 짓는다.

앨버트가 지금 신난 이유도 알려 주었다. '생일 초대에 앨버트가 여기서 사귄 독일인 예쁜 여자 친구도 같이 초대받았는데, 내 경우 일정이 있어 정중히 사양했다'는 사연도 함께 전했다. 한데 바로 오늘이 그날이고, 앨버트가 신난 이유이다.

덴마크인 앨버트는 28세 청년이다. 케미컬 엔지니어(설명했는데, 구체적으로 잘 모르겠다)로, 카미노는 작년에 이어 두 번째 방문이란다. 젊은 나이에 심장에 아주 작은 천공으로 뇌경색이 와서 병원에 입원해 1년을 투병했단다. 다행히 작년에 완치되고 노란색 플라빅스plavix를 평생 먹어야 하는 신세가 되었는데, 그 사이 애인은 떠나고 말았다. 하여 카미노로 찾아 왔단다.

심장에 작은 천공이 있다는 이 병명은 '난원공 개존증PFO, patent foramen ovale'이라 한다. 보통 출생 후 이 천공 구멍은 대부분 저절로 닫히는데, 개중 1% 정도의 신생아가 안 닫힌단다. 그중 10%가 문제를 일으키고, 또 그 중 10%가 위급하게 발병한단다.

앨버트는 그 많은 경우 중, 마지막 위급 단계. 그러니까 $1/100 \times 1/10 \times 1/10\%$ 확률이다. 바로 앨버트가 이 증상이고, 사실 고백하자면 나도 초기 단계로 이 증상과 관련하여 플라빅스를 지금도 먹고 있다. 말하자면 나는 $1/100 \times 1/10\%$의 확률이 되겠다.

한데 북유럽 사람들은 뭔 '브레인 스트록'이 그리 많은지, 스웨덴 카트리나도 그렇더만. 배낭에서 주황색 플라빅스를 꺼내 보여주기에, 동병상련의 심정으로 같이 바라보며 한참 웃었다. 누이가 약사인데 그레이프프루트grapefruit가 좋다며 들라 했단다. 아, 이거 자몽을 말한다.

다른 날 마을길로 접어들며 앨버트를 만나 체리를 사서 같이 나누었다. 과일을 먹는 김에 "앨버트야 그러니까 그런데 너 그 말한 그레이프프루트인가 자몽인가 많이 먹냐?" 했더니 깜짝 놀란다. '그게 아니라 약리적으로 플라빅스와 자몽이 안 맞으니, 두 가지를 같이 먹지 말라.'라는 그런 의미였다고 말한다. 하마터면 내가 그 자몽을 사서 쟁여두고 장복할 뻔했다.

당시 알베르게에서 더글라스 롱과 함께 디너 미팅을 하는데, 아 앨버트 이 녀석, 식탁에 예쁜 독일 여자 친구를 대동하고 왔는데, 이름이 이다Ida라 했다. 둘이 싱글벙글, 가볍게 스킨십도 한다. 여하튼 이 자리에서 전직 변호사 더글라스가 나,

앨버트, 이다를 레온에서의 생일 파티에 초대한 거였다.

 내 귓가로는 오래고 오래된 로보Lobo의 옛 노래, 〈아이드 러브 유 투 원 미I'd Love You To Want Me〉의 후렴구가 잔잔한 물결이 되어 흘러간다. 노래 화자가 앨버트가 된 것처럼 느껴지며, 나의 마음도 같이 물결에 따라 움직이고 있다.

"그대여, 당신이 나를 사랑해 주었으면 좋겠어. 내가 당신을 원하는 것처럼 그리고 마땅히 그래야 하는 것처럼. 그대도, 내가 당신을 사랑하기를 바라면 좋겠어. 내가 그렇게 하기를 바라는 것처럼. 단지 당신이 그렇게 할 수만 있다면."

앨버트는 애인 떠나보내고 슬피 울며 찾아온 카미노에서, 새로운 애인 만나 이제는 싱글벙글한다. 뭐 본디 사람 사는 일이란 것이 그러하다.

_ 만시야로 가는 길 카페에서

홍콩에서 온 '보이', 그 처자의 사연 / 11

독일인 안톤Anton이 홍콩 처자를 보았다고 말하기에 내가 "아, 보이요?"라 했더니, "아니, '걸girl'이에요." 이런다.

안톤은 산 니콜라스 알베르게 디너 모임에서 만난 독일인으로, 산 미구엘San Miguel 알베르게에서 다시 만나 몹시 반가웠다. 그래서 내가 웃으며 이름이 '보이'라고 하고, 이건 차이니즈 캐릭터의 발음이라고 부연하여 설명했다.

보이는 '라 까사 델 카미노La Casa del Camino' 알베르게에서 묵을 때 만난 홍콩 처자이다. 27살 류보여劉寶如, 한국어 발음 '보여'를 중국어로 발음하면, '보이'가 된다. 내가 '라이크 어 쥬얼like a jewel'이라고 이름을 풀어주니, 놀라기에 전공자라고 했다. 결국 중국, 한국, 일본, 베트남은 같은 한자 문화권에 있어 문자 생활의 일부를 담당했을 터이다. 처음 만났을 때 보이는 골든 리트리버 견 링크Link와 놀고 있었다.

그녀는 한국의 경희대에서 6개월 단기 유학했다며, 어느 정도는 한국어를 구사하고 있었다. "그때는 한국인 친구가 있었는데, 지금은 없어 한국어가 늘지 않아요."라며 어색하게 웃는다. 참 쓸쓸해 보였다. 인생살이의 외로움이야 어쩔 수 없다지만,

가족 문제로 젊은 나이에 그 부둥켜안아야 할 외로움이 몹시 버거워 보인다.

말끝에 말한다. "여기 카미노 사람들은 다른 곳의 사람들과는 많이 달라요. 서로를 진심으로 대해요. 남의 이야기에 위로를 받고, 위로해줄 줄 알아요. 그리고 개인의 문제를 모두의 문제로 생각하는 궁휼함이 있어요." 한다. 한데 '정말 그러한가?' '진실로 그러하다.' 방황하고만 있는 자신의 이유를 살펴보고 그 삶의 실마리라도 찾고 싶어서 카미노로 왔단다. 절박해 보였다. 아버지의 사망 후, 의지할 곳을 잃었단다.

생전에도 아버지는 만성신부전증(내가 잘 이해 못 하자, 단어장을 찾아 한글로 바꾸어 보여주었다)으로 역정[bad temper]이 심했고, 이로 부모님은 이혼하시고 말았단다. 아버지는 외동딸인 보이를 몹시 사랑했지만, 이혼 후 곧 돌아가시고 만다. 보이는 어머니의 행태를 몹시 미워했지만, 이젠 그도 다 이해한단다. 천식기가 있는 보이에 대해 아버지는 돌아가실 때까지도 몹시 걱정했단다. 공자 말하기를 '부모유기질지우父母唯其疾之憂'라 했다. 곧, '부모님은 오직 그 자식이 아플까 걱정하느니라.'라는 의미이다.

하기야 그 데카당틱decadantic한 홍콩의 자유롭던 분위기는 이제 그 어디에서도 찾을 길 없다고 전해 들었다. 그녀는 출구 없는 홍콩의 미래에 대해서도 몹시 절망하고 있었다. "홍콩 사람은 중국 사람이 아니에요. 생각도 다르고 언어도 광둥어 쓰고, 문화도 다르고 이러한 통치 방식은 우리가 도저히 받아들일 수 없어요." 한다.

하긴 보안법 발효 이후 아시아 금융의 허브는 지금 급속히 홍콩에서 싱가포르로 옮겨가고 있는 실정이다. "코로나 사태 이후 우·러 전쟁도 터지고, 홍콩 문제는 세상 관심에서도 멀어져 가고 있네요." 한다. 물 없이 고구마 몇 개를 먹은 듯 답답했다.

예전 내가 몹시도 답답했던 시기 들었던 노래가 있다. 레드 제플린Led Zeppelin의 〈아임 고너 크롤I'm Gonna Crawl〉이다. 지금도 이 노래를 들으면 그 처연한 외침과 절규에 정말 '미칠 듯한 답답함'이 밀려온다. 보컬 로버트 플란트Robert Plant가 아들을 잃은 직후에 발표한 노래라 그런지 더욱 처연하게 들린다.

"캐나다로 이민 갈 거예요. 친척들이 있어요. 아버지가 남겨주신 유산 정리하고, 회사에서 맡고 있는 SNS 미디어 홍보 담당도 사표 내고, 이제는 훌쩍 떠나갈 것이에요." 한다. 하긴 요즘 홍콩인들은 캐나다로 많이 나가나 보다. 요즘 홍콩인들이 많이 온다 하여 캐나다 밴쿠버Vancouver를 홍쿠버라 한다지 않은가. 한데 보이가 캐나다로 가면 과연 행복할 수는 있을까.

"보이, 좋은 남자를 사귀어보세요." 했더니, 희미하게 웃는다. "저도 시위에 같이 참여했어요. 시위 현장에 있었던 홍콩 남자들은 이제 희망과 꿈을 잃었어요. 제가 꿈을 잃어버린 홍콩 남자를 사귈 수나 있을까요." 하고 되묻는다. "그럼 당연하지, 그것이 돌아가신 아버지를 기쁘게 해드리는 일이야." 하고 대답해 주니 보이가 힘없이 웃는다.

그러던 보이가 갑자기 눈을 반짝이며 묻는다. "저기요, 크리스, 한 가지 의문이 있어요." 내가 '아' 하고 짧게 탄식했더니 결국은 묻는다. "그런데 왜 한국인들은 단체로 여기 카미노로 찾아오나요? 듣기로는 카미노 관련 리얼리티 쇼가 있다는데 사실인가요?" 한다.

어쩜 이리 예외 없이 대화 끝에 외국인이 내게 묻는지. 아무래도 녹음해둬야 겠다. "보이, 잘 들어요. 나도 잘 모르지만, 조금은 이유가 있거든요."

_아스토르가에서

독일의 젠틀맨, 안톤 헤리베르트 / 12

　애초에는 라바날Rabanal del camino을 지나 다음 마을인 폰세바돈까지는 가야겠네 하는 마음을 먹었다. 한데 카미노 도상에서 부산에서 온 한국인 처자 수진 양이 알려준다. "한국 단체객들이 tvN에서 방영한 〈스페인 하숙〉의 무대, 폰세바돈으로 간다 하네요." 이런다. '그러면 영락없는 관광객인데 이거 대단하군.' 생각하고 오늘은 라바날에 묵자 마음먹었다.

　결국 외국인들이 '한국의 리얼리티 쇼 아냐?'고 내게 집요하게 물어보던 프로그램이 이거로구나 생각했다. 저번 당시 오스피탈 데 오르비고Hospital de orbigo 마을, 산 미구엘San Miguel 알베르게의 호스트는 이틀 있다 자기 알베르게로 두 그룹의 한국인 단체객들이 온다 말했다. 이러면 뒤에 오는 단체객들과 마주칠 가능성이 농후하다 싶어, 그냥 라바날에 머무르기로 한 거다.

　그간의 피로가 한 번에 몰려드는 듯하다. 몸도 으슬으슬, 신호가 오니 조심해야겠다. 역시 사립 알베르게는 한국 단체객들로 완전 풀 부킹 상태. 알베르게마다 컴플리토[COMPLETO]라고 크게 써서 붙여 놓았다. 시설이 다소 열악하다는 주변 공립 알베르게로 수진 양과 함께 발길을 돌렸다. 선착순인지라 무사히 체크인. 조금 마음이 놓인다.

아스토르가를 떠나는 길에 독일인 안톤 헤르베르트Anton Heribert를 만났다. 오스피탈 데 오르비고 마을의 알베르게 산 미구엘에서 만난 데 이어 세 번째 만남이다. 그를 처음 만난 건 산 니콜라스에 위치한 알베르게의 디너 미팅에서였다. 당시 디너 모임에는 독일인 3명(안톤, 잉카, 한 명은 이름이 기억 안 난다)과 이태리인 까밀로 그리고 나 이렇게 5명이 참여하고 있었다.

돌아가며 이러저러한 이야기를 나누게 되었다. 말했듯이 카미노에서는 누가 묻지 않아도 자신의 사생활과 인생사를 잘들 털어놓는다. 마음을 열고 있다 보니, 쉽게 대화가 오갈 수 있는 분위기가 되어 질문을 기꺼이 받아들이고 대답한다.

안톤은 가톨릭 신자로 프랑크푸르트 교외에서 온 자동차 엔지니어이다. 그간 자동차 엔진 관련하여 개발 일을 하는데, 업무로 인해 직업적인 스트레스가 심했단다. 그래도 나름 업무에 최선을 다했는데, 아내가 덜컥 유방암에 걸리고 만다. 결국 아내는 병마를 이기지 못해 숨지게 되었단다.

아내는 평소 카미노 순례를 소원했던지라 유언으로 대신 카미노에 가달라고 했다. 남편인 안톤을 통해 대신 순례해줄 것을 부탁한 셈이다. 앞서 말한 '대리 순례'에 해당된다. 이 경우 아내는 안톤과 함께 걷는 망자亡者가 된다. 참 이런 사연을 듣자니 마음이 아려온다. 뭐라 위로해줄 말이 없었다.

올 초, 아내 장례 후 망연해 있는 자신에게, 성당 커뮤니티에서도 카미노를 속히 가볼 것을 권하고 일부 위로 비용까지도 지원했단다. 커뮤니티의 힘이다. 지역 커뮤

니티 그리고 종교 커뮤니티가 긍정적으로 작동하여 위로가 이루어지는 순간은 참 보기 좋다.

지역 커뮤니티가 이기주의와 지방색에 빠지고, 종교 커뮤니티가 교조에 빠져 배타적으로 타 교파 다른 종교마저 공격하는 게 문제이다. 가까운 주변에 루터교 커뮤니티도 있는데 아직 서로 소통은 없단다.

말했듯이 산 미구엘 알베르게에서 누가 "크리스~" 하며 부른다. 돌아보았더니 안톤. 천생 젠틀맨이다. 동작이나 움직임 그리고 차분한 성량이 항시 똑같다. 서로 반갑게 허그 했는데, 자기가 지금 해물 볶음밥인 빠에야Paella를 만들려는데 같이 하지 않겠느냐고 제안한다.

조금은 곤란했다. 내가 "도와주어야 하는데, 사실 지금은 글 쓰는 중이라 곤란해요." 하고 솔직하게 말했다. 안톤은 "내가 만들 터이니 먹기만 하면 돼요." 하며 강권한다. "거기서 뭔지 필요한 일 하다, 30분 있다 나와 같이 식사해요." 한다. 미안했다. 하지만 '정 그러시다면야If you insist.'

안톤이 만든 스페인 음식 빠에야, 참으로 기가 막힌 맛이었다. 오징어 해물과 야

채, 각종 시즈닝에 섞여 볶인 쌀알이 한껏 풍미를 더하고 있었다. 일전 나헤라Najera 에서 알베르게 호스트는 12€ 받고 빠에야를 만들어준 적이 있었다. 쌀알들이 모조리 건방지게 목이 곤두서 있어 중간에 먹기를 그만두었다. 그 황당하고도 불쾌한 기억을 단숨에 잊게 만든 훌륭한 맛이다. 빠에야의 완성도에 대해 극찬을 하자 "평소 요리하기를 좋아했어요."라고 대답한다.

어렵게 자라나 나름 여러 일을 해봤는데, 요리하는 것이 제일 즐겁단다. 공자 말하기를 '오소야천교야吾少也賤巧也'라 했다. 곧, '내가 어렵게 자라서, 여러 일을 잘한다'는 의미이다. 안톤은 "아내가 내 요리를 제일 좋아했는데." 하며 말끝을 흐린다.

식사하면서 한국의 통일 문제 등 몇 가지 주제로 이야기를 나누는데, 불쑥 주방으로 필리핀의 안나Anna 아줌마가 들어온다. 활발한 움직임에 유쾌한 목청을 지녔는데, 부드러운 목소리의 안톤이 "식사가 남는데 같이 하실래요." 하니 깜짝 반가워한다.

둘의 대화가 잘되는 것 같고, 이어 프랑스 마담도 와서 합류하기에 살짝 뒤로 빠져나왔다. 대리 순례를 하는 안톤의 마음을 헤아려 본다. 망자인 아내의 영혼과 더불어 순례하면서 과거의 기억과 대화를 하며 카미노를 순례하고 있다. 순례의 끝인 산티아고 대성당에서 망자인 아내의 영혼과 어떤 대화를 나눌 것인가 문득 궁금해진다.

 안톤의 이야기를 들으며 제법 마음이 쓰였는지, 나자레스Nazareth의 〈아이 돈 원트 투 고우 온 위드아웃 유I don't want to go on without you〉의 첫 소절이 내

내 머릿속에 맴돌고 있다.

"I don't want to go on without you It's so bad to be alone~"

　알베르게의 바깥 하늘이 몹시 어두워진다. 비가 오려나 보다. 빨래를 안 하길 다행
이라 생각했다.

_라바날에서

철의 십자가 앞에 선 사람들

폰세바돈Foncebadón 마을을 지난다. 철의 십자가를 대략 2km 앞둔 지점이다. 1,500 고지라 기온은 쌀쌀하고 바람이 분다. 도로 저 너머로 마을 입구에 체리나무가 보인다.

지나갈 때, 〈스페인 하숙〉의 장소가 어디인가 살짝 살펴보았으나 확인할 수는 없었다. 다만 캐나다에서 온 세프 프랑수아François가 동네의 정확한 발음과 악센트를 알려주며 '폰세바̂돈' 하고 '바' 뒤에 강조를 두어야 한다며 웃는다. 유쾌하고 즐거운 친구이다. 한국이었다면, 위치를 아마도 크게 써서 붙였을 것이다.

수많은 사람들이 철의 십자가를 향해 오르고 있다. 보자니, LE-142번 국도 옆에 대형 버스가 서고 거기서 사람들이 줄줄이 내리고 있다. 대략 고도 1,500m를 넘어서는 고지 등선으로 올라가고 있다. 얇은 키 작은 관목과 전방으로 펼쳐진 전망은 가히 장관이다. 어제의 몸살기도 걷히고, 제법 가벼운 발걸음이었다.

어제 외국인들은 다들 오늘 올라갈 고지를 걱정했다. 난 막상 저번 메세타 고원에 이어 별 어려움은 못 느낀다. 이런 이유는 간단하다. 코리아둘레길에서 영육 간에 워낙 단련해 놓아(사실은 시달려 놓았더니), 무엇 하나 힘든 줄 모르는 상태가 되었다.

    그 끝없이 펼쳐진 농로에서 일찍 찾아온 6월의 폭염 아래 땡볕 하나 피하지 못하고 매일 대여섯 시간씩 걸어보라. 본인이 원하든 아니하든 나처럼 이리 된다. 공자 말하기를 '세한연후歲寒然後 지송백지후조야知松柏之後凋也'라 했다. 곧, '날씨가 추워진 뒤에야 소나무 잣나무가 시들지 않음을 알게 된다'는 의미이다.

    카미노의 최고 언덕이라 할 해발 1,500m, '철의 십자가Cruz de Ferro'의 돌무더기를 지나간다. 카미노 길에서 가장 유명한 장소가 아닌가 싶다. '철의 십자가'는 6m 정도

되는 떡갈나무 기둥 위에 박혀 있었다. 그 밑으로는 자그마한 자갈 더미가 지천으로 쌓여 있다.

    예전 갈리시아의 농부들은 카스티야Castilla로 일자리를 구하러 가는 길에 이곳에 돌을 하나씩 던지고 갔다 한다. 이전부터 도보 여행자들이 이 언덕에 돌을 하나씩 던지는 행위는 카미노에서 가장 오래 이어지는 의식일 것이다. 오늘날 순례객들이라면 이곳에 와서 사연을 쓴 자갈이나 사진이나 편지 등 유품을 내려놓는다. 꽃, 가리비 껍데기, 소망을 쓴 쪽지나 가족사진, 봉헌물 등이 십자가상 주변에 수북하게 쌓여 있다.

순례자들은 돌의 무게란 각자가 짊어진 내면의 부담과 무게를 상징한다고 생각한 단다. 인간은 누구나 본성으로 인한 죄악을 저지른다. 나름의 사연이 담긴 돌멩이를 들고 누군가는 채색을 하고 이곳에 돌을 던진다. 그러면 비로소 마음속에 있는 그 죄악의 무게가 덜어진다는 믿음을 가지고 있었으리라.

아마 카트리나도 유명을 달리한 친구들의 유품이나 자갈을 이곳에 남기고 싶었을 것이다. 안톤도 아내 유품을 여기에 내려놓지 않을까 싶다. 주위를 둘러보았지만 어디에도 그들의 모습은 보이지 않는다.

예전 기록에 의하면 이곳 폰세바돈 근처 철의 십자가 인근에 들개들이 자주 출몰했다고 한다. 하나 지금 이곳에 들개 무리의 자취는 잘 보이지 않는다. 1990년대 이후 순례객이 급증하면서 들개의 위협은 빠르게 감소한 듯하다. 일부 들개가 남아 있긴 하나 위협적이진 않단다. 하긴 동네 개들도 순례객들을 자주 보다 보니 잘 짖지 않는 실정이다.

한 여성 순례자가 주변에서 기도를 하는 듯하더니, 하염없이 눈물을 흘리고 있다. 떼어 놓지 못한 것, 그 남은 것과도 드디어 이별하는 최후의 의식을 치르고 있으리라. 그녀에게 그 마지막 이별의 시간이 된 듯싶어 바라보자니 숙연해진다. '용서의 언덕'에서 느낀 것과는 다른 그 뭉클한 감정이 하염없이 밀려온다.

 하늘을 쳐다보았다. '철의 십자가' 끝, 그 위 저 하늘 너머로는 수리 한 마리가 빙빙 돌고 있었다. 스티브 밀러 밴드Steve Miller Band의 〈플라이 라이크 언이글Fly Like An Eagle〉의 멜로디와 가사가 머릿속에 재생되고 있었다.

노래는 '틱톡 티두' 하는 구음口音으로 시작한다. "I want to fly like an eagle to the sea, Fly like an eagle Let my spirit carry me, I want to fly like an eagle till I'm free." 그래, 나도 저 독수리처럼 자유롭게 바다로 날을 수 있기를… 그래서 내 영혼을 데려갈 수 있다면….

독수리를 따라 빙빙 돌며 깊은 상념에 빠졌다. 은퇴한 내가 내려놓을 것은 무엇인가. 카미노를 걸으며 제법 많은 것을 내려놓았다. 이제는 남은 그 무엇을 가져가야만 한다.

바람 부는 '철의 십자가', 그 앞에서 나를 포함한 순례객들은 그들의 방식으로 자신만의 의식을 조용히 치르고 있었다.

_ '철의 십자가'를 지나며

프랑스인 교사 마리옹

어제 라바날이 복잡했던 것은 한국 단체객들 때문만은 아니었다. 일군의 프랑스 중학교 학생들이 있었다. 그들은 파리 남부에 위치한 노트르담Notre-Dame 중학교 학생들로 수학여행을 와 있었다. 인솔교사 7명, 그 중 마리옹Marion이 있었다.

일단의 학생들이 우리 순례객을 지나쳐간다. LE-142번 국도 옆에 대형 버스가 서고 거기서 줄줄이 내리던 사람들이 바로 이 학생들이었던 거다. 한데 인사하는 모습들이 매우 즐거워 보인다. 그런 거다. 원래 학생들은 즐거워야만 한다. 우리 중학교 학생들을 생각해 보았다. 무거운 마음이 든다. 그들은 중학교 시작부터 다가올 대학 입시 대비에 시달려야 한다.

이 학생들 가운데 마리옹이 있었다. 끊임없이 학생들에게 말을 걸고 있는 모습이다. 중학 3학년의 7일간 수학여행. 올해부터 수학여행지로 이곳 카미노를 찾아 걷는 것으로 결정했는데, 그 첫 시행이란다. 자신을 포함해 총 7명의 교사가 50명의 학생을 인솔하고 왔단다. 아울러 프랑스어가 가능한 스페인 가이드를 대동하고 있다 한다.

내 눈은 반짝이고 있었다. 이야기를 들어야만 했다. "마리옹, 왜 하필 여기를 택해서 가고 있나요?", "네, 공부만 하면 무슨 소용 있나요, 아이들이 사색을 하게끔 지도하려구요.", "그러는 마리옹, 당신은 어때요?", "저도 걷고 생각하는 것 좋아하지만, 일단은 아이들 지도하는 것이 우선이죠.", "아, 아이들에게 뭔 일 있었나요?", "학생 둘이 다쳤어요.", "큰일인가요?", "한 학생은 크게 물집 잡히고, 한 학생은 다리를 접질렀어요. 둘 다 지금 버스에 있네요." '에이, 뭘 그 정도 가지고.'라고 속으로 생각했다.

프랑스 카미노를 일주일간 버스로 가면서, 필요 구간을 정해 걷는 방식이란다. 한데, 이 처자 발걸음이 제법 빠르다. 학생들을 지도하려니 당연 그러하겠으나, 나로선 이런 이야깃거리를 놓치면 절대 안 되겠다 싶어 정신없이 그녀의 발걸음을 따라간다. 다행히 한 장소에 멈춰 휴식을 취하기에 좀 더 이야기를 나눌 수 있었다.

프랑스 파리 남부 외곽에 위치한 노트르담 공립 중학교에 근무한다 했다. 리용Lyon에서 태어나 자란 그녀가 교사 임용시험에 합격하고, 거의 4시간 떨어진 이곳서 생활하려니 매우 쓸쓸하다 한다. 쓸쓸함, 이 얼마나 대책 없는 감정이랴. 아무런 고려 없이 무작위로 임지 발령한 교육당국에 대해서는 불만이 많아 보인다.

내가 "공립학교 생활이란 본디 그러합니다. 적응하셔야지요." 했다. 힘없이 웃는다. 자신은 적막과 고독을 사랑하지만, 3년간 가족과도 떨어져 있어야 했단다. 게다가 학교 위치가 남자 친구조차 사귀기 힘든 교외 외곽 지역이라 어려움이 크단다. 그녀가 학생들을 사랑하는 마음만은 가득했다. 프랑스 문학과 언어를 가르친단다. "학생들을 가르치는 건 쉬운데, 그들을 지도하는 건 어렵네요." 한다. 이것이 본디 그런 법이다.

하지만 마리옹은 자신이 학생들에게 단순한 지식을 넘어 사색하게 하고 소통하게끔 지도하는 일에 보람을 느낀단다. 공자 말하기를 '학이불사즉망學而不思則罔 사이불학즉태思而不學則殆'라 했다. 곧, '공부만 하고 사

색하지 않으면 멍청해지고, 사색만 하고 공부하지 않으면 위태로워진다'는 의미이다. 밸런스, 밸런스~~

학업과 함께 사색의 힘을 기르게 하는 일은 결코 쉬운 일이 아니다. 그녀에게 32년간 보낸 내 직장 생활에 대해 설명해주었다. 마리옹은 매우 주의 깊게 듣고 있었다. 그리고 한국의 교육 시스템이 지식 정보에 치우쳐 있고, 매우 경쟁적이라는 사실에 대해서는 대단히 놀라고 있었다.

마리옹은 "왜 그럴 필요가 있나요?"를 연발한다. 내가 마리옹에게 말했다. "당신은 매우 훌륭한 교사예요. 하지만 지치지 않으려면, 당신만의 히든카드를 지녀야 해요, 남자친구도 어서 사귈 수 있기를 바랄게요."

평소의 루틴을 잃어버리고 이 처자 뒤를 쫓아가느라 제법 힘들었나 보다. 말 그대로 오버 페이스한 건데, 내려가는 좁은 길에서 큰 자갈을 밟고 휘청거리다 옆 덤불 수풀로 굴렀다. 구르는 순간, 내 딴에는 매우 부드럽게 옆으로 한 바퀴 돌았다. 백팩이 등의 쿠션 역할을 부드럽게 아주 제대로 해주었다. 멀쩡하다.

서너 사람이 급히 달려오고, 아까 '철의 십자가' 인근 능선에서 내 사진을 찍어준 캐나다 처자가 손을 내밀어 주기에, 날름 잡아채며 올라왔다. 대한민국 선비 체면에 좀 그러하다 하여 사람들에게 일장 한마디 했다. "카미노에 갈 때는 반드시 자기 등짐은 자기가 지라고 했는데, 그 이유를 제대로 알겠지요? 이런 만일의 경우in case에 대비해서지요."

　주변에 둘러 모인 외국인들이 '도와줬더니 이게 뭔 소리여.' 하는 표정으로 날 쳐다보고 있었다.

_아세보Acebo에서

대만 사람 크리스 리엔

생각이 담긴 글들을 계속해서 커뮤니티 사람들과 집안 식구들에게 보내고 있다. 한데 기대를 한참 초월하여 딸들이 내 글을 몹시 좋아한다.

첫째는 아빠의 잡학 잡식에 대해 계속 놀라는 중이고, 둘째는 어찌 그리 공자 인용이 끊임없냐며 '이공자'라 놀리며 좋아한다. 딸들이 아빠를 자랑스러워하는 것 같아 마음이 매우 흡족하다.

한데, 애비와 자식 간의 관계라는 것이 좀 어렵다. 그러기에 공자 말하기를 '근지즉불손近之則不孫 원지즉원遠之則怨'이라 했다. 즉, '가까이하면 불손해지고, 멀리하면 원망하게 된다'는 의미이다. 이런 의미에서 가족, 친척 관계라는 것이 좀 어렵다.

주변에서들 "어찌 그리 계속 공자를 인용할 수 있냐?"라고 묻는다. 그 물음에는 막 끌어다 붙이고 '던지는 건' 아니냐는 다소의 의혹도 있는 것이 사실이다. 사실 논어는 강講을 통해 외우는 훈련을 받았다. '강講'이란 '예전에, 서당이나 글방 같은 데서 배운 글을 선생이나 웃어른 앞에서 외는 것'을 의미한다. 맹자와는 달리 논어의 문장이 축약과 함축이 심해 자칫 함부로 인용하면 그 내용 의미가 꼬이고, 인용 의도가 아주 우스워진다.

대학 4학년때, 선경 그룹의 SK장학생으로 선발되어 한국고등교육재단의 프로그램으로 2년간 사서삼경 강독을 받은 적이 있다. 당시 교육 과정은 참으로 행복했다. 학문과 사색이 어우러져 '문질빈빈文質彬彬'한, 즉 '내용과 형식이 교묘하게 잘 어우러진' 시절이었으니까.

지나고 보니 공부가 그리도 즐거운, 참 행복한 시절이었다. 이때 논어를 외울 수 있었다. 고등학교 때 외운 시조 50수와 더불어 평생의 기억으로 남는 일이 되었다.

딸들 이야기에서 공자 이야기로 벗어나 흘렀다. 여하튼 라바날로 가는 도중에 대만 사람 크리스 리엔Chris Lien을 만났다. 내 이름 '크리스 리'와 비슷하다며 웃는다. 이후에도 카미노에서 한 번 더 만나 이야기를 나눌 수 있었다.

이 남자의 표정에서 삶의 무게에 억눌려 있는 큰 고통을 읽을 수 있었다. 45세, 이제 막 이혼 소송을 마무리 짓고 여기 카미노로 달려왔단다. 옆에 있노라니 그 고통이 내게도 전해진다. 11살 딸이 있어 양육권 문제를 아직 해결하지 못했단다.

이곳 카미노에는 이렇듯 가족 혹은 지인과의 사별 이후 그리고 배우자와의 이혼 이후 카미노를 찾는 이들이 제법 많이 온다. 하고 있는 일은 보험 세일즈. 지금은 단순 세일즈에서 벗어나 보험사와 보험사 간의 브로커 일을 하고 있단다. 재보험 reinsurance이냐 했더니 대략 '그런 종류'란다. 폭증하는 업무로 인한 스트레스가 실로 엄청나단다. 월말마다 실적으로 그 사람의 능력이 평가받고 순식간에 직급이 뒤바뀌기도 한단다.

잠시 옛 생각이 났다. 1994년부터 2007년까지 대략 10여 년 넘게 자의든 타의든 심각한 일거리에 병적으로 짓눌려 살던 스스로의 모습이 반추된다. 대학 후배들을 이끌고 팀을 만들어 출판사와 EBS에서 보낸 적이 있었다. 일반 세일즈만큼은 아니라 해도, 모든 것이 정량화되고 계량화되던 정글이었다.

그 가운데에서도 난 제법 상층의 포식자 역할을 하며 이리저리 치이고 가끔씩은 물어뜯고 싸우고 있었다. 그러다 정신 차리고 보니 10여 년 이상의 세월이 흘러갔다. 뭔가 규정하기 힘든 참 애매하고도 애매한 세월의 흐름이었다.

여하튼 리엔 씨는 쉴 새 없이 찾아드는 스트레스에 폭식으로 체중이 늘고 건강에 빨간 신호등이 켜졌단다. 이때 동시에 찾아온 결혼 파경의 위기. 이혼 소송과 양육권 문제로 허우적거리다 보니, 변호사만 돈 벌어주고 자신은 극심한 스트레스로 인해 살만 더 찌더란다.

자신이 누구인지를 모르겠더란다. 그래서 모든 것 내치고 이곳 카미노에 왔다는 것이다. "그래 뭘 좀 찾았어요?" 하고 물었더니 "여전히 찾고 있는 중"이라 한다. 다만 3주 넘게 걷다 보니 살은 많이 빠졌다며, 웃으며 스마트 앱에 기록한 걷기 전의 얼굴 사진과 체중 기록, 그리고 현재의 기록을 비교해 보여준다.

심각한 말이 많이 오간지라 잠시 말을 돌려 가볍게 한국인들의 대만에 대한 안보

걱정을 전해 주었다. 하니 웃으며 한국이나 걱정하란다. 대만 사람은 대만 사람끼리 잘 살고 있으니 전혀 걱정하지 말란다. 외려 "미사일이 오가는 한국이 더 위험하지 않은가요?" 하고 반문한다. '과연 그러한가?' 하며 말문이 막혀 순간 가만히 있어야 했다.

갑자기 예전 후라이보이 곽규석 씨가 TV에서 〈쏘쏘쏘〉라는 프로그램을 진행하던 중, 초대된 대만인(당시는 자유중국)에게 했던 말이 기억난다. "본토 수복되는 날이어서 돌아오기를 기대합니다."라고. 아마 당시 중학교 학생 때였는데, 속마음으로 '으음, 저 아저씨, 너무 나가시는데.' 했던 기억이 생생하다.

_ 나라야로 가는 길에서

독일인 마티아스가 사는 방법 / 16

트라바델로Trabadelo 인근에서 마티아스Matthias를 만나 인사를 나누었다. "너는 누구니?", " 마티아스", "나는 크리스." 하며 인사 나누다 서로 동갑이라며 좋아했었다. 마티아스는 8월, 나는 12월. 거참, 동갑만이 느끼는 공감대가 살짝 순간에 흘렀다. 마티아스는 청동 공예를 다루는 청동 공예가이다. 예술가artist냐 했더니, 그건 아니란다.

자기는 워커worker란다. 만들어진 주물로 필요한 물건을 일률적으로 뽑아내는 게 무슨 아티스트냐는 거다. '겸손인가, 진심인가?' 했다. 자신의 할아버지 정도라야 아티스트란다. 교회에 페인트로 그림을 그리셨단다. 반가움에 "그러면 스테인드글라스 뭐 이런 것도 했냐?" 했더니, 아니란다. 그냥 작은 교회 벽에 페인트로 성화 그리는 수준이었단다. 아, 뺑끼칠painting 아티스트.

아버지도 워커였단다. 철물, 청동 등 여러 장식을 손대었고, 그 가업을 자신이 이어 받았다는 것이다. 마티아스는 현재 노동을 품격 있게 만들고 공동체를 견고하게 지켜내는 전통 공예를 추구하고 있다. 나는 지금 기품 있는 예술가이자 위대한 장인을 만나보고 있는 것이다.

스틱으로 카미노의 상징인 가리비 청동 장식을 가리킨다. "독일에서 예컨대 저런거를 내가 만드는 거야." 한다. 아들까지 4대에 걸쳐 이런 예술가 비슷한 워커의 피가 이어지는, 참으로 대단한 가문이다. 이 가문이야말로 독일의 국가 공동체를 건강하게 하는 그러한 영감과 평생의 헌신, 기예와 근면함을 지닌 장인 가문이다.

마티아스 가문은 완벽한 숙련 기술을 지니고 커뮤니티의 정직한 구성원으로서 대를 이어 이웃들을 위해 좋고 유용한 것을 만드는 장인 가문이다. 이태리의 메디치 가문, 영국의 로스 차일드 가문, 미국의 케네디 가문만이 명문 가문만은 아닌 듯하다. 독일의 마티아스 가문도 있으니까. 이런 마티아스 가문의 일원을 만날 수 있었으니 행운인 것이다.

브레멘Bremen 출신이란다. 그림 형제 동화에 나오는 브레멘 음악대의 고장 브레멘. '사람들에게 버려진 동물 당나귀, 개, 닭, 고양이들이 일치단결해 자신들의 새로운 생활을 개척해나간다'는 내용의 이야기 말이다. 내가 "맨날 궁금한 건, 아니 그래서 이 동물들이 브레멘에 갔다는 건가, 아닌가?" 하고 물으니, 마티아스가 "그건 판본 따라 다르다." 한다.

한데 정말 놀랍고도 놀라운 지점은 마티아스의 상당한 독서량이다. 자기는 워커라 중학교밖에 안 나왔지만 세상 모든 지식은 책에 있으니 거기서 배운단다. 평소 역사에 관심이 많았으며, 여기 오기 전에도 카미노에 관한 역사서와 생활사를 다룬 책들을 읽고 왔단다.

흥미로운 것은 독일에는 카미노의 역사를 다룬 책들이 너무도 많단다. 내가 그간 카미노 관련 국내 책을 찾았을 때, 보이는 것은 예외 없이 날짜순 여행 감상기들이었다. 카미노의 역사 생활사에 관한 책을 찾다 포기한지라, 마티아스의 이 말은 매우 신선하게 들렸다. 자신은 종교가 없지만, 역사적 관심이 많다 보니 잠시 하던 일을 아들에게 맡겨두고 이곳을 찾았단다.

실용적이라는 생각이 절로 든다. 마티아스는 굳이 고등교육의 필요성을 못 느꼈을 터이다. 정치 리더나 첨단 전문가가 될 생각이라면 대학을 가야 할 것이다. 하지만 그렇지 않다면야, 굳이. 마티아스 가문의 존재는 공동체에서 대학을 안 가도 삶에 지장이 없는 세상을 잘 살고 있다는 산 증거이다.

마티아스는 남과 비교하는 삶이 아닌, 스스로가 만족하며 선택하는 삶을 살고 있다. 그러기에 자기의 중졸이라는 최종 학력을 결코 부끄럽게 여기지 않는다. 마티아스 가문은 매사에 자기 분수를 알고 만족을 추구하는 삶을 추구한단다. 공자 말하기를 '불의이부차귀不義而富且貴 어아여부운於我如浮雲'이라 했다. 곧, '불의로운 부귀는 내게는 뜬 구름이로다.'라는 의미이다.

대단한 물질은 안 가졌지만 지금껏 잘 살았고 건강했고 쓸 수 있는 돈이 있단다.

그리하여 오고 싶었던 여기 카미노에 왔으니 자신의 삶에 매우 만족한단다. 진심이 얼굴 표정에 가득 넘쳐흐른다.

다들 대학으로 몰리고 지난 시절 80만이 대입시를 치르던 시절을 겪은 우리 사회이다. 옆집 자식이 어느 대학에 갔는지가 초미의 관심사이던 시절이었다. 박완서의 『도시의 흉년』이란 소설에 보면 이 등장인물들은 동창 아들 서울대학교 떨어진 일에 '안 되었네.'라 말한다. 하지만 서로 깊이 안도하는 그들의 비교 심리를 참 잘도 보여 줬다.

비교하지 않고 자족하며, 4대에 걸쳐 묵묵히 가업을 이어 나가는 마티아스 일가. 그 근면성의 원천만큼은 우리가 깊이 배워야 할 듯하다. 한데 "크리스, 프랑스 노인들이 왜 영어를 안 배우는지 아나요?" 하며 내게 묻는다. 그러더니 프랑스 왕가와 영국 왕가의 결혼 및 영토 통치 지배 관계를 이어 설명한다. 내가 "오, 마티아스 교수님." 하며 큰 리액션으로 맞장구쳐 주니 어색해한다.

마티아스를 만나 선善과 미美에 대해 생각하고, 일과 공동체에 대한 생각을 할 수 있어 참 다행이었다. '노동을 통한 행복과 자족감'이라는 점에서 나의 식견을 넓힐 수 있는 귀중한 시간이 되었다. 공동체를 지속시키는 근면성과 대를 이은 헌신, 장인의 근면함과 진정한 노동이라는 여러 문제를 알려준 시간이었다. 매우 기분이 좋았다. 한데 사이가 뜨자, 마티아스는 뭔가 생각난 듯이 내게 물으려 한다.
'아 묻지마 묻지마 묻지 말라구~' 그가 결국 묻고 만다. "왜 한국인은 그룹으로 오나요? 그리고 한국에는 카미노를 다루는 리얼리티 쇼가 여럿 있다는데 사실인가요?" 한다. "네? 여럿이라구요?" 나도 좀 이상해서 인터넷 검색을 했더니, tvN의 〈스페인 하숙〉 말고도, 프로그램이 하나 더 있다. Jtbc 〈지오디의 같이 걸어요〉 10부작. '뭐야 나도 모르는걸.'

'아니 그리고 말이야, 혼자 걸어, 혼자 걸으라니까.'

_라 파바에서

멕시칸 걸, 호세 마리아

27살의 한 청춘에 대해 말해보고자 한다. 어제 라 파바La Faba의 알베르게에서 한 처자를 만났다. 라 파바는 오세브레이로 산중턱 해발 1,000m 가까운 지점에 있는 마을이다.

호세 마리아José María. 그녀를 처음 대한 건 성당에서 운영하는 알베르게 파바의 실내에 서였다. 겉보기로는 표정도 편안하고, 태도도 세련되어 보였다. 얼핏 외견상 스페인 출신의 헐리우드 배우, 페넬로페 크루즈Penelope Cruz와 도 닮아보였다. 산중 바르에서 막 글을 쓰기 시작하려던 참이었는데, 다른 자리가 없으니, 내 앞자리에 와서 앉는다.

알베르게에서 인사는 나눴다지만, 순간 고민되었다. 글을 써야 하나, 대화를 해야 하나 애매했기 때문이었다. 속으로는 "이름이 호세 마리아라고 했지." 하며 기억을 끌어냈다. "하이 마리아." 하며, 이야기가 이어졌다. 글 쓰는 걸 중단하기로 마음먹었다. 그리고 저녁 식사를 곁들여 길고 긴 대화가 이어졌다.

"멕시코에는 두 가지가 유명해요, 하나는 데킬라Tequila, 또 하나는 마리아치Mariachi 예요. 아버지가 카미노를 사랑하셔 매년 오시는데, 그 권유로 저도 여기에 왔어요." 한다. 마리아의 말에 이어 여러 그만그만한 인사치레가 서로 이어졌다. 한데 이 처자의 표정이 복잡하게 변해간다. 그 변화가 내 무딘 눈으로도 보이니 그게 더 신기했다. 카미노에 대한 내 언급이 그 처자의 마음을 치는 지점이 분명 있었나 보다.

내가 말하였다. "여기 잘 왔어요. 이 카미노는 특별해요. 많은 사람들은 서로를 진정으로 이해하려 하고, 지고 있는 인생의 짐, 그 걱정거리나 고민에 대해 감정을 공유하려 해요. 해결책을 주려 애쓴다기보다는, 각자 지닌 아픔의 깊이를 나눠가지려 해요. 그 진심이 전해지니까요. 여기는 사생활의 한계를 용납하고 이해하려는 마음이 흘러가는 장소이지요. 다들 진정 내일처럼 고민을 나눠가지니까요."

한데 사실은 이 말에 앞서 마리아와의 대화가 시작될 수 있었던 진정한 접점은 프란시스코 교황에 대한 이야기였다. 마리아가 현 교황을 좋아한다고 하자, 나도 크게 동의하며 동성애와 낙태에 대한 교황의 입장을 인용해 주었다.
얼마 전, 교황은 인터뷰에서 '동성애자이든 낙태한 자이든 모든 사람은 하나님의 고귀한 자녀다. 교회가 그들을 포용해 고립시키거나 하지 말고 함께 있어줘야 한다. 다만 동성애나 낙태는 반성경적인 행위이다. 그 행동을 정당화할 수 없으며 행위 자체는 허용할 수 없다'며 자신의 입장을 밝혔다. 아마도 이 말에 대한 나의 인용과 언급이 마리아의 마음을 연 결정적인 계기가 된 것 같다.

사실 자신이 정말 많은 고민으로 머리가 터질 지경이란다. 3년 전부터 어머니와 아버지는 별거하고 서로 다른 가정을 꾸렸단다. "과달라하라Guadalajara에 있는 나와 멕시코시티Mexico City에 있는 동생은 뭘 어찌해야 할지 감당이 안 되어요." 한다. 참 마음이 아프다. 가정 해체로 그 어려움을 겪는 청춘들이 많으니까. 한데 그 처자의 다음 이야기가 더욱 마음을 아프게 한다.

자신은 나름 좋은 대학에서 오디오 비주얼 아트 학과를 졸업하고, 관련 직종에 프리랜서로 있는데, 현재 양성애에 빠져 있단다. 이게 아트 관련 일을 하는 사람들이 간혹 동성애나 양성애에 빠져 있는 경우가 있다더니, 그 경우인가 보다. "이해해요. 나는 마리아를 정죄하지 않습니다. 그럴 자격도 없어요. 하지만 성경은 이런 행위를 분명히 금지했어요. 양성이 가능하다니, 위험한 동성을 버리고 좋은 남자를 만나 정상적인 사랑을 하고 가정을 가져요."라며 조심스레 말해주었다.

"동성 사랑이 왜 안 되나요?"라고 되묻는다. "마리아, 위험을 군이 경험할 필요는 없어요. 한국에는 둘레길 중 남파랑길이란 데가 있어요. 난 딸들에게 그 길을 굳이 가보라 하지 않아요. 공사판에 갇히고, 개에 쫓기고, 배타적 시선에 쏘이고, 잠자리, 먹거리 없는 상태에 몰리게 할 이유가 없으니까요. 그런 거예요." 했다. 물론 내가 사용한 남파랑길 비유가 그리 적절하지는 않다고 생각했다.

한동안 말이 없다. "나를 이해해 줄 사람이 많지 않아요." 하며 울먹인다. "원래 그런 거예요. 인생길에서는 고독하게 혼자 가게 되지요. 하지만 주변에 선한 영향을 줄 수 있는 큰 나무, 곧 그런 사람과 장소를 가까이 하도록 노력해 봐요. 눈을 크게 뜨고요. 상식적인 청년, 멘토가 될 만한 모범적인 시민, 건강한 커뮤니티, 허용과 용납의 폭이 큰 종교 단체 등을 찾아봐요." 했다.

대화 내내, 공자 말 '조문도朝聞道 석사가의夕死可矣'가 생각났다. '아침에 도道에 대해 들으면 저녁에 죽어도 좋다'는 의미이다. '道'는 카미노의 길이며, 삶의 길이며, 우리가 마땅히 살아야 할 올바른 길, '正道[정도]'이다.

"마리아, 당신은 혼자가 아니에요. 게다가 내가 성경 말씀으로 당신을 정죄하려는 건 더더욱 아니에요. 다만 당신은 스스로를 귀중히 여겨야만 해요. 당신이 생각한 것 이상으로 당신은 소중한 존재이니까요. 스스로를 사랑할 줄 알아야 그래야만 남을 사랑할 수 있어요. 게다가 중국의 맹자라는 사람은 '대저 사람이 스스로를 업신여긴 뒤에야 남이 그 사람을 업신여긴다'는 말도 했어요." 했다.

다행히 마리아와 영어 소통이 제법 잘 이루어졌다. 하여도 난 의미 전달에 온 신경을 집중해야만 했다. 구사하는 말에 온 진심과 전심을 담아, 처자의 불안한 영혼을 위해 함께 대화했다.

마리아가 내게 물은 것도 많았다. 내 젊은 날의 삶을 이야기해줬다. 아내에게조차도 잘 말하지 않았던 흑역사들. 젊은 날의 수없는 좌절, 그 뒤에 따르는 행악, 자살 충동 등 돌이켜 보자니 꽤나 극단적인 사건들도 있었다. 하지만 이를 극복하기 위해 기울인 영적 노력들. 여하튼 나름 정제해서 마음으로 담아 이 모든 것들을 전달하고

자 노력했다.

 마무리로 짧게 기원했다. "흔들리는 이 젊은 영혼, 마리아의 영혼을 굳게 지켜주시길 간구합니다." 했다. 그녀가 눈물진 얼굴 사이로 옅게 미소를 지었다.

_길에서 길을 물으며, 폰프리아에서

베네수엘라의 전직 농장주, / 18
마르코 산토스

라 파바를 지나 오세브레이로O Cebreiro 마을에 이르기까지 산중턱 작은 마을에 없는 게 없었다. 성당, 티엔다Tienda[상점], 바르, 레스타우란테 등, 순례객의 순례를 위한 물리적 정신적 필요를 마을이 공급하고 있다. 마을에서는 산 아래가 아스라이 내려다보인다.

1,300m 산 꼭대기에서 잠시 안전으로 펼쳐진 경치에 감탄에 감탄을 거듭하였다. 멀리 계곡을 이루며 보이는 들판, 상쾌하게 다가오는 온갖 색의 향연들, 차갑지만

그 모두가 신선하기 이를 데 없는 공기의 질감, 높게 다가오는 산꼭대기. 오늘 하루는 이전 하루와 많이 달리 이루 비교할 수 없을 정도의 개별성과 독특성으로 힘차게 살아 움직이고 있었다. 잠시 카페에서 충분하게 시간을 보냈다. 혼자 있는 이 시간이 그 자체로 참 좋았다.

이 높은 산골 마을에까지 물류는 이어지고 있었다. 알베르게와 카페 그리고 레스타우란테가 있다는 것이 실로 믿기지 않는다. 걷기 흐름으로 이곳을 지나쳐야 한다는 사실이 몹시 아쉬웠다. 하나 이제 사리아가 가까울수록 마음에 부담이 생겨나고 있다.

많은 외국인들이 내게 경고한다. 지금 사리아Saria로 워낙 많은 사람들이 몰리고 있어, 숙소 사정이 극도로 나빠질 것이니 유의하란다. 아니나 다를까 사리아 10km 전방 마을부터 숙소다 싶으면 '방 없음[COMPLETO]' 안내가 붙어 있다. '여태 예약 없이 발길 따라 왔는데, 이제 와 뭐 새삼스럽게 신경 쓸까?' 하는 생각은 하지만, 그래도 마음만은 살짝 무겁다.

예상치 않게 마르코 산토스Marco Santos를 만났다. 예상치 않았다는 것은 그가 베네수엘라에서 온 농장주[아센다도hacendado] 정확히는 전직 농장주였기 때문이다. 여기 카미노에서 브라질 이외의 남미 사람 특히 베네수엘라 사람을 만나리라 기대치 않은 까닭이다. 그는 과리코Guárico에서 제법 큰 농토를 지닌 농장주였단다. 처음에는 정부가 강물의 수로를 막고는 엄청난 세금(농수세)을 받아갔단다.

하더니, 3년 전 어느 날 갱단들 10여 명이 농장으로 들이닥쳤단다. 기관총을 들이대며 농장을 누군가에게 팔라고 하며, 사인 받아 헐값에 인수해 갔단다. 하여 온 가족을 이끌고 현재는 카라카스Caracas에 가 있다는 이야기다. 마침 동생이 스페인에 있어 이곳에 이

민을 알아보려 왔단다.

소식을 들어서 알다시피, 지금 베네수엘라는 나라꼴이 말이 아닌가 싶다. 경제 파탄에 정치 불안, 치안 부재가 이어지며 이미 나라는 거덜이 난 상태. 10년 전에는 자기네들이 콜롬비아 치안을 걱정했는데, 이제는 콜롬비아보다 더 못한 상태로 전락했다는 거다.

북중미로는 멕시코를 거쳐 미국으로 불법 체류하러 떠나고, 남미에서는 형편이 많이 나은 칠레로 떠나간단다. 여력 있는 사람들은 북유럽과 남부 유럽 특히 언어가 같은 스페인으로 떠나가고 있어, 이미 500만 명 이상의 이주 난민이 발생한 상황이란다.

세계적인 산유국, 세계적 미녀들의 나라 베네수엘라의 광휘는 대체 송두리째 다 어디로 사라져간 건가. 내가 "차베스 죽고 아들 마두로가 권력을 계승했을 때가 민중 봉기의 기회[비등점沸騰點 boiling point] 아니었냐?" 물었다. 산토스는 "거 잘 모르는 소리 말라." 한다. "이미 저항 세력은 다 제거되고, 정권 지지의 3% 세력만이 남고, 나머지는 모조리 빈곤층으로 떨어진 상태인데 뭔 비등점 여부를 따질 수 있겠느냐?"라고 대답한다.

아주 심각한 상태인 것 같다. 굶는 이들이 속출하고 경제 기반 자체가 붕괴되어 회복의 가능성은 없다고 한다. 1,000% 인플레이션에 현지 화폐인 현금 자산 자체가 의미 없다 한다. 은행 시스템도 망가져 오로지 달러만이 화폐로 기능하는 그런 상황. 산토스는 "휘발유가 떨어진 차를 석유를 못 구해 한 달 만에 회수해 가져왔다면, 그런 상황을 믿겠느냐?"라고 반문한다.

산토스는 나라에 대한 기대가 아예 없었다. 공자 말하기를 '위방불입난방불거危邦不入亂邦不居 천하유도즉현天下有道則見 무도즉은無道則隱'이라 했다. 즉, '나라가 위태하고 어지러우면 들어가 살지 않고, 천하에 도가 있으면 나타나고 무도하면 숨는다'는 의미이다. 이제는 나타나고 숨고를 떠나 나라가 아예 거덜이 나 있단다. 거의 아이티 수준.

가족들을 이끌고 외국으로 나갈 생각이란다. 지금 비행편도 카라카스에서 터키 이스탄불과 스페인 마드리드 두 군데만이 열려 있고 다 닫혀 있단다. 이제는 항공기를 운영할 인력도 시스템도 남아 있지 않다는 소식이란다. 나갈 사람이 자꾸 나가니 오히려 마두로의 지지율은 올라가는 웃지 못할 일도 벌어진단다. 베네수엘라 국내에는 이제는 야당이나 정치적 반대파도 없고 외국의 저항 세력도 없단다. 그러니 막가는, 말 그대로 '이게 나라냐.' 수준으로 전락했다는 것이다.

'어찌 이렇게까지 되었을까.' 15년 전 유가가 제법이었을 때, 대비를 못한 정치적 실책, 차베스의 외국 자본 국유화가 남긴 경제적 고립과 천연 자원의 매각 등 그 실정이야 '불가승수不可勝數', 이루 다 헤아릴 수 없었을 것이다. 맹자가 양혜왕에게 세상 다스리는 도리에 대해 묻자, '언타言他' 했단다. 즉, '딴소리했다'는 의미이다.

차베스의 '언타'가 많은 베네수엘라 민중을 사지로 내몰고 있다. 이래저래 카미노에는 여러 크고 작은 가슴 아픈 사연들이 참 많지 않나 싶다. 한데 우러 전쟁과 이스라엘 하마스 전쟁이 터지고 미국의 외교적 이해로 인해, 산유국 베네수엘라가 다시 주목을 받고 있다. 마두로가 이 기회를 어찌 활용할지 주목된다. 제발 자국 백성의 삶을 돌아보길.

한데 산토스가 묻는다. "근데요 크리스, 얼마전 폰페라다Ponferrada에서 말이죠. 알베르게마다 방이 없어 할 수 없이 호텔서 묵었거든요. 그날 폰페라다에 한국인들이 무척 많았는데, 여기 카미노에 한국인 단체가 그리고 리얼리티 프로그램이~" 아.

_ 핀틴 마을에서

아일랜드에서 온 상담전문가, 칼럼

폰프리아Fonfria 마을의 알베르게에서부터 이 남자를 알고는 있었다. 우연찮게 알베르게 미팅 룸에서 그가 다음 숙소를 예약을 하는 것을 지켜보았다. '칼럼Colm'이라 말하고, 철자를 하나씩 또박또박 불러 확인시키는 걸 옆에서 들었다. 당시 '이 사람은 착오를 싫어하는 조금은 까탈스러운 성격이겠다.' 하는 생각을 분명히 했다.

한데 언덕을 넘는 도중에 칼럼을 다시 만났다. 자신이 핀틴Pintin 마을 펜션형 호텔을 예약했으니, 20€씩 내고 같이 묵잔다. 숙소 문제로 근심하던 차라 그 제안을 내가 흔쾌히 받아들였다. 와서 보니 여기 펜션, 룸 컨디션이 제법 좋다. 한데 같이 자보니 이 사람이 전반적으로 호흡기 관련하여 허다한 문제점들이 보인다.

자기 전에 식염수로 코 세척하고, 자면서 코 골고 도중에 일어나 코 풀고, 그러다 다시 코 골고 도중에 일어나 코 세척하는 걸 반복했다. 코만 고나, 수면 무호흡에 잠꼬대까지 한다. 아침에 많이 미안해하기에 "노 니드 투 마인드 미." 하면서 걱정을 담아 흔쾌하게 대했다. 한데 이런 나의 태도가 칼럼에게 뭔가 감동적으로 다가선 일면이 있었나 보다.

모르가데Morgade 마을 숙소에서 칼럼을 다시 마주쳤다. 한데 웬걸 이 양반 태도가 완전히 달라져 있다. 먼저 이렇게 묻는다. "자세히 보았는데, 네가 양보하고 배려하는 태도가 매우 인상적이었어. 내가 아는 모든 사람에게서 그런 경우를 보지 못했거든. 그리고 너 어디서 영어를 배웠니?" 등등.

동양적 태도에 대해 짧게 설명해줬다. '연장자에 대한 공경respect of the elders', '부모에 대한 효treatment of parents' 등등. 한국의 경우 내 또래들은 이러한 의식이 있지만, 아래 세대와 젊은이들은 이런 의식이 급격히 무너져 있다는 사실도 함께 전해주었다. '하나 뭐 유감은 없다, 너무 세상이 급속하게 변하고 있어 걱정된다.' 정도의 말로 마무리했다.

묻지도 않은 자기 이야기를 술술 풀어 놓는다. 자신은 아일랜드 남부 티퍼래리tipperary 출신으로 나름 대학의 최고 학부를 나왔다 한다. 학부에서 역사학, 대학원에서 심리학 전공 후 심리 상담 전문가로 45년간 많은 상담을 진행해 왔단다.

말했듯이 이 사람, 잘 때 심각한 코골이와 무호흡 증상[stop breathing]이 있다. 내가 생각난 김에 그 위험성을 말해줬다. "칼럼, 당신이 잘 때 보니 심한 수면 무호흡 증상이 있어요. 당장 병원 가서 검사 받고 치료해야 해요. 자다가 갑자기 죽을 수 있어요. 내 형이라면 당장 옷소매 끌고 병원 갔을 것이어요." 했다. 하니 진심으로 고마워하는 태도이다. "와이프는 뭐라 하나요?" 하니, "죽은 지 20년이 되었어요." 하는 대답이 돌아온다. "아임 소리, 칼럼." 잠시 침묵.

칼럼과 함께 삶과 죽음과 신앙에 대한 여러 이야기를 장시간 나누었다. 독실한 가톨릭 신자. 내게 "한데 뭘 쓰고 있느냐?" 묻는다. 솔직히 말했다. "카미노에서 만난 여러 사람 이야기를 써요. 당신은 까다로워 스스로 말할 때까지 기다렸어요." 하니, "그럴 줄 알았다." 한다. 전문 상담가라 그런지 눈치가 어마어마하다. "당신 이야기 써도 되지요?" 하고 물었다. "그럼요." 한다. 말끝에 자신이 영어, 불어, 게일어, 스페인어 그리고 라틴어를 말할 줄 안단다. 라틴어로 대화가 가능하다니.

"그간 부부간의 문제 상담을 할 때는 최선을 다했어요. 삶을 사랑하고 서로를 깊이 사랑하라고 늘 말을 했어요." 한다. 공자가 말하기를 '애이불상哀而不傷'이라 했다. 곧, '슬퍼하지만 깊이 상심하지는 않는다'는 의미이다. 사별한 부인 이야기를 하는 칼럼에게서 이런 격조 있는 슬픔을 보았다.

잠시 침묵. 하더니 분위기가 바뀌며 다시 "크리스, 어디서 영어를 배웠나요?" 한다. '드디어 이 엉터리 영어가 전문가를 만나 만천하에 들통났네.' 생각했더니, 천만뜻밖의 말을 한다. "만난 동양인 중에 당신이 제법 영어를 잘해요." 한다. "네 나이 사람들 중에 말이야, 발음도 좋고 표현이 매우 간결해, 진짜로. 한데 어디서 그런 영

어를 배운 것이어요?" 한다.

대답했다. "인도 여행 중에 먹고살려고 배웠어요. 그리고 주로 70년대 영미 대중 음악의 가사를 외웠어요." 했다. 칼럼은 '도저히 안 믿긴다'는 그런 표정을 짓는다. 한데 칼럼이 '네 나이 사람들 중에'라 했으니, 뭐 그리 이해하면 되겠다.

잠시 기분이 좋아져 덕담을 건넸다. "내가요, 85세 남아공의 토니가 부인과 카미노를 가는 걸 봤는데 참 건강해요, 아마도 90까지는 거뜬할 거요." 하니 건성으로 대답을 하는데, 심히 그 표정이 어둡다. 괜한 남의 부인 언급을 했나 싶다.

이 카미노에는 아픈 추억을 가슴에 안고 걸어가는 노년의 남자들이 정녕 참으로 많은가 싶다.

_제법 편안한 시설의
모르가데 마을 숙소에서

오후 시간 몬테 델 고소 Monte del Gozo를 지나며 거대한 숙박 단지를 왼쪽으로 보았다. 전방 6km만 걸으면 이제 콤포스텔라 시인데, 여기서 처음으로 산티아고 대성당 첨탑이 보인다.

콤포스텔라 시에 가까워지면서 사람들이 무척 많아졌다. 주변 스페인 지역민으로부터 세계 각지의 단체객과 개인에 이르기까지 많은 순례객들과 함께 콤포스텔라 시를 향해 걷게 되었다. 그런 만큼 만남에 대한 기대도 많아졌다. 새 만남에 대한 기대보다는 광장에서 만나 얘기 나누자고 약속한 만남들이 제법 있었으니까.

미국 템파베이에서 온 다큐멘타리 작가 스티븐Steven(사진기가 고장나 레온에서 겪은 7일의 고생담을 지닌), 생장에서부터 전 코스를 걷다 사리아부터는 부모님을 모시고 걷는다는 닉Nick, 브라질에서 온 모델 일을 한다는 나라Nara(일본인 친구 조언으로 쓰는 닉네임), 이태리에서 온 신실한 가톨릭 신자 엑시오Ezio, 타이페이에서 온 광고 기획 전문가 앤지 루Angie Lou─다들 광장에서 만나게 되면 남은 이야기를 하자고 약속한 순례객들이다.

문득 오후 4시 가까운 시간을 보고는 숙소를 못 구했다는 심한 심리적 압박에 시달리게 되었다. 사실 그 조짐은 여러 날 전부터 마음에 자리 잡고 있었다. 콤포스텔라 시에 가까이 갈수록, 사리아로부터 사람들이 많아질수록 내 마음은 외려 가라앉고 있었다. 목적지에 다가갈수록 자아의 정체에서 내 스스로 물러나고 있는 성싶었다.

최종 도착일이 금요일 주말이라는 사실을 까맣게 잊고는, 가는 도중 난데없이 갈리시아식 문어 숙회요리인 뿔뽀Pulpo 탐식에 빠졌다. 하여 점심에 한껏 늑장을 부린 것이 문제의 서곡이 되었다. 결과론이지만 어떻게 해서든 숙소를 먼저 정해두고 성당을 향해 움직여야 했다. 한데 아무 생각 없이 산티아고 대성당의 오브라도이로Obradoiro 광장으로 불쑥 먼저 들어왔으니까.

예전 신학교를 개조해 만든 170석을 자랑한다는 대형 알베르게 세미나리오 메노르Seminario Menor에는 문제없이 쉽게 들어가리라 생각했다. 주변 건물을 찬찬히 보고 싶었다. 세미나리오Seminario란 말이 신학교 세미나리seminary의 스페인식 발음이었다. 한데 이미 만실로 예약자들로만 잔뜩 붐비는 것을 보고, 애써 다시 돌아 나오려니, 어깨는 배낭 무게로 짓눌리고 급속히 힘이 빠졌다. 알베르게부터 까사 펜션 호텔까지 다들 만실이라 외치고 있었다.

숙소를 구하지 못했다는 마음에 더해, 신학교의 현실에 대한 소회도 남달랐다. 예전 신학은 모든 학문의 상위 학문이었다. 세상 보편 학문이 바탕이 되어야만 수학이 가능한 세미너리는 바로 대학원 코스였다. 요즘 신학생들의 수준에 한탄하던 최용선 교수의 얼굴도 문득 떠올랐다. 수년 전 우즈베키스탄의 사마르칸트, 레기스탄Registan 광장에서 바라본 신학교 마두라사Madurasa. 그것이 공예품 상점으로 변한 걸 바라본 그와 비슷한 심정이랄까.

그간 꿈꿔왔던 오브라도이로 광장이나 산티아고 대성당 정오 미사에서의 사람과의 만남에 대한 기대가, 나 자신 신변 문제에 대한 염려로 순식간에 바뀌었다. 아니나 다를까 주변 수 킬로 이내의 모든 알베르게를 비롯한 숙소는 있는 그대로 만실이었다. 숙소 문제가 감정을 촉발한 듯하나 순식간에 우울감이 온몸을 감쌌다.

순례가 끝났다는 허탈감, 순례자 사무소에서 '순례완료증서Compostela'를 받으면서도 사무적으로 취급받고 환영받지 못했다는 느낌까지 든다. 순례가 몹시 상업화되었다는 느낌, 예상 못 한 산티아고의 비에 기분마저 몹시 우울해졌다. 게다가 순례객과 함께 자동차 여행객 버스 관광객들로 붐비는 광장의 모습에 순례자로서의 특별한 느낌은 순식간에 사라지고 말았다. 대신에 나 역시 '군중 속의 일부'라는 의식이 강하게 지배했다.

　여하튼 만남에 대한 기대를 일단 접었다. 마지막 희망인 산티아고 유일의 공립 알베르게(여기는 선착순)에서 숙소를 잡자 하는 생각으로 거리를 살피니, 거의 4km 가까이 걸어야 했다. 공자가 말한 '임중도원任重道遠'의 심정, 뭐 흔히 말하는 '일모도원日暮途遠'의 그러한 마음이랄까. '할 일도 갈 길도 남았는데 해가 저물어 간다'는 그런 허망함. 제법 순례 뒤끝의 모든 스트레스가 온몸을 엄습하는 순간이었다.

　기진맥진 찾아간 공립 알베르게 산나자로San Lazzaro의 오스피탈레로 마누엘Manuel은 완전히 한국통이었다. 진이 빠져 감기까지 있는 나를 붙잡고는, 서툰 한국어로 애쓰기에 "마누엘, 한국말을 제대로 하려면 조금 더 열심히 배워야겠어."라고 우리말로 말했다. 결국은 못 알아듣기에 막상 영어로 말했더니, "네."라고 한국어로 대답한다.

　어디서 갑자기 딸 둘을 데려와 팔뚝에 스페인어로 이름을 써놓고는 위에 한국어로 딸들 이름을 쓰라 한다. 써 줬더니 지나가던 브라질 처자를 붙잡고는 그 팔뚝에도 쓰라 한다. '마누엘, 이 사람과 만남의 인연도 참 별나구나.' 하는 생각을 했다. 걷고 걸어 순례객으로 콤포스텔라 시에 도착하자니 분명 성취감이란 있었다. 하나 규명하기 힘든 모호한 우울감에 사로잡힌 하루이기도 했다.

　내일 오브라도이로에서 새 만남을 기대하며 하루를 마감했다. 산티아고에 비는 내리고 있었다.

조금은 가벼운 마음으로 산티아고 성당 앞의 거대한 오브라도이로 광장에 갔다. 순례자들을 위한 정오 미사에 참여했으나, 곧 복잡하고 산만해져서 얼마 아니 되어 나왔다.

내 본디 신앙적 형식이나 제례에는 많이 무심한 편이다. 나의 순례가 자칫 유적지를 돌아보는 일 같은 행위가 될까 해서였다. 예전 아내와 함께 가우디가 세운 성 파밀리아 성당La sagrada familia을 둘러보던 일이 생생하게 기억난다. '이 종교적인 구조물을 세운 그 뒤에는 과연 무엇이 자리 잡고 있는가? 세대를 넘어선 신앙의 힘이라고 단순히 말할 수 있는가? 그 구조물을 세운 민중의 땀은 과연 진실된 노동이었는가?' 이런 여러 생각으로 그 당시에도 난 몹시 생각이 어지러웠다.

누누이 말했거니와 순례길은 건축물이나 유적이 아닌, '길' 그 자체가 가장 중요한 것이다. 화려한 색상이나 정교한 의식으로 짜인 작품이나 행위는 존중한다. 하지만 순례 그 자체와는 본질적 상관이 없다고 굳게 믿는다. 특히 향유물을 담아 흔드는 보타푸메이로Botafumeiro 행사에는 워낙 관광객이 몰려 시간 자체를 공지 안 한다 하니, 그 느낌을 알 만하다. 관중들이 의식에 환호나 지지를 보내는 모습은 응집되는 힘은 있지만 불편하다. 내 내면의 자아는 자꾸만 죽어 나간다.

걷고 보니 내 나름의 시각과 통찰은 확실하게 생긴다. 예루살렘에 있는 예수님의 무덤은 빈 무덤이다. 우리는 부활하신 예수님을 믿지, 그 빈 무덤을 신앙 대상으로 삼지는 않는다. 산티아고(야고보) 사도의 무덤은 결국 그곳을 찾아 묵묵하게 온몸으로 걷는 순례객들의 신앙 속에서만 살아날 수 있다. 신앙이란 그런 것이다.

이런 상념을 의식하며 돌아 오브라도이로 광장으로 나왔더니, 비가 흩뿌리고 있다. 비는 순례자의 친구이다. 이곳 현지인들은 산티아고를 가리켜 '비가 예술인 곳 donde la lluvia es arte'이라 한단다. 입구 통로에 백파이프는 여전히 들려오는 가운데 많은 인파들이 자리하고 있다. 순례자들은 벅찬 표정으로 포옹하며 눈물을 주고받고 있다. 사람들은 배낭을 멘 채 서로 얼싸안고 춤을 추기도 한다. 어떤 이는 배낭을 베개로 삼아 대성당을 바라보며 누워 있다.

모두는 각자가 준비한 각자의 의식을 치르고 있었다. 개성 넘치는 축하 세리머니도 동반되고 있었다. 어떤 젊은이들은 열정적으로 키스를 나누고 있다. 또 어떤 커플은 남자가 여자에게 청혼하며 반지를 건네고 있다. 실로 많은 이들이 커플을 위해 박수를 쳐주니 그야말로 모두가 축하객인 셈이다. 서서 대성당을 바라보며 하염없이 눈물 흘리는 이들이 많았다. 난 대성당에 들어가 있는 것보다 그냥 광장에 있는 게 좋았다.

한 처자는 펑펑 울고 있었다. 사진을 찍어주고는, 가볍게 허그해 주었다. 나는 "다 잘될 것이야." 이리 말해주었다. 모르는 사이임에도 그녀는 내 팔에 기대 울었다. 이러한 감정 분출의 경위나 이유에 대해 내가 묻지도 그녀가 대답하지도 않았다. 무엇이 그녀의 감정을 건드렸을까. 산티아고 대성당이라는 장중함이 주는 공간적인 이유 때문이었는지, 아니면 혼자 감춰두었던 내밀한 개인적인 사연 때문이었는지. 혹은 도보 순례의 완성이라는 경험적 이유 때문이었는지, 나로서는 영영 알 수는 없었다.

나도 오브라이도 광장 한구석에 서서 슬쩍 눈물을 훔쳤다. 이 눈물의 의미는 또 무엇일까. 그 눈물의 순간, 순례 내내 따라 붙던 다리와 발톱의 통증, 순례 도중 만난 사람들, 지나쳐 온 장소에서 오감을 통해 느끼던 감각. 육체적 공간적 시간적으로 이동해 온 순간과 공간 이 모두가 생각이 난다. 보고 듣고 겪은 은혜의 순간들이 파노라마가 되어서 흘러간다.

약속했던 사람들은 죄다 만나지 못했다. 하기야 순례객들이라면 매 순간 순간이 만남이고 이별이기에, 섣부른 약속은 하지 못할 것이다. 만날 줄 알았던 사람은 영영 만나지 못하고 만나기 어려우리라 생각했던 사람과 쉬 마주친다. 카트리나를 영영 보지 못하고, 뮬러 할배와 사비나를 그리도 자주 보리라 생각조차도 못했다.

매 순간을 마지막 날인 것처럼 대하는 일. 그것이 카미노를 걷는 순례객이 택해야 할 일이라고 생각했다. 그러나 내가 늦어도 너무 늦었다. 뜻밖에 프랑스인 로제Rose와 플로렌스Florence 부부를 만났다. 라 파바 마을과 핀틴에서 같이 묵었던 커플이다. 서로 말은 안 통하지만, 만국어인 바디 랭기지로 반가움을 나누고, 허그에 허그를 거듭하며, 도착에의 감격을 나누었다.

빗줄기가 굵어져 간다. 광장을 빠져 나왔다. 그간 살아오면서 많은 만남을 해왔다.

어떤 만남은 너무 쉽게 끝나 아쉬웠는가 하면 어떤 만남은 끈질긴 악연으로 이어지기도 했다. 어떤 만남은 짧아도 그 강렬함이 오래 남았고, 어떤 만남은 의무감으로 이상하게 길어져 심지어 지루해지기도 했다.

한데 여기 카미노에서의 만남은 그 모두가 특별했다. 처음에는 내가 원해서 카미노에 가는 줄로 알았다. 가서 사람들과 만나려 말이다. 한데 지나보니 그것이 아니었다. 내가 마련하고 준비하여 카미노로 간 것이 아니라, 더 큰 일을 위해 카미노가 나를 부른 것이었다.

가려고 했던 모든 형태의 동행이 여지없이 틀어지고, 오로지 혼자서 가게 되었다. 그리고 카미노는 한껏 침체되어 있는 내 영혼에게 해야 할 일들을 전체적으로, 심지어 구체적으로 속삭여 알려주었다. '이제부터는 사람들 이야기를 써요. 당신이 지닌 나름의 재능을 가지고요.' 했다. 카미노에서 한 순례객은 내게 이런 이야기를 했다. "카미노는 그대가 원하는 것을 주지 않을지 몰라요. 하지만 그대가 인생에서 꼭 필요한 것을 줄 겁니다."라고. 이 말에 자꾸만 가슴이 저며오고 있었다.

공자 말 '오불시고예吾不試故藝'가 생각났다. 곧 '나는 세상에 쓰이지 못해 기예를 익혔다'는 의미이다. 세상(지역, 직장, 커뮤니티)에 별 쓰이지 못한 거야 할 말 없다. 비록 그러하더라도 글 쓰는 기예가 아직 남아 있다면, 카미노의 사람 이야기를 바탕으로 사람 이야기를 쓰려 한다. 카미노가 불러서 부탁한 말이니까. 한데 너무 늦지는 말아야 하리라.

특히 매사에 늦되었기에 그러하다. 1990년 아카데미 평생공로상을 수상한 구로사와 아키라Kurosawa Akira 감독은 "이제 보이는 것들이 있다. 하지만 너무 늦었다."라 했다. '많은 것이 제대로 보인다. 한데 그걸 예술적으로 형상화하기에는 너무 늦은 나이이다.' 이런 의미였으리라. 그가 80세 나이에 한 말이었고, 이후 89세에 돌아가셨다. 그래도 그는 세계 영화계의 거장이었다. 탄식이 흐른다. 내 경우 '뭔가 해보기도 전에 나이가 찼다'는 만시지탄이 이제 막 터져 나올 셈이었다.

비가 세차게 내려 광장을 빠져 나왔다. 전반적으로 조금은 늦게 도착한 듯하다. 그래왔다. 인생 전반이 그랬다. 뭔가 항상 남들보다는 한 발 늦은 늦된 인생. 그들도 나와의 약속을 기억할까.

기억 못 해도 할 수 없지만, 그들을 만난 것만으로도 나는 행복했음을 고백한다. 이곳 산티아고에서.

_비 오는, 산티아고 데 콤포스텔라에서

기억 못 해도 할 수 없지만,

그들을 만난 것만으로도

나는 행복했음을 고백한다.

이곳 산티아고에서.

제 3 장 /

회상

카미노에서 울고 있는 어린 나

"우리 모두는 전혀 다른 길을 가지만
같은 목적지를 향해 가는 순례자이다."

－생텍쥐페리

포르투갈 카미노 순례를 위해 기차로 포르투Forto를 향해 이동하여 가다. 스페인 국경도시 비고Vigo에서 느닷없이 기차 플랫폼에 추락해 제법 심한 타박상을 입다. 해안 길에서 심한 피곤과 여러 통증에 시달리지만, 감각의 고양을 통해 어린 시절 회상을 하게 된다. 카미노에서 처음으로 지난 시절의 어린 자아와 부모님을 만나다. 부모님과 화해하고 용서하며 치유하는 시간을 보내게 된다.

부엔 카미노는 뭔 부엔 카미노여

포르투갈 카미노 여정을 위해 콤포스텔라 시에서 열차를 탔다. 스페인과 포르투갈의 국경 지방인 비고VIGO 역으로 가는 열차 칸.

밖의 날씨는 흐려 있고 간간히 빗방울이 흩날려 차창을 두드리고 있다. 혼자 걷다 보니 나 스스로를 찬찬히 돌아보는 여유가 생겨난다. 전에는 의식하지 못했던 내면의 상처, 욕망, 기억들이 내게 자꾸 말을 걸어오고 있다. 지난 시기의 나 자신이 불려오고 있다. 더불어 70년대에 내가 듣던 음악들도 같이 소환되고 있다. 내게 이들 음악이란 구체적 정경과 연관한 강력한 추억이다. 이 곡들은 평생 과거 풍경의 추억과 긴밀히 매듭지어져 기능하고 있기 때문이다.

일단 사람 만남에 대한 마음의 부담이 크게 줄어들었다. 그간 순례객들과의 만남을 통해 많은 교감을 이루었고, 대화를 통해 내적 치유도 이루어졌다. 그러나 대화를 제대로 이끌기까지 제법 '빌드 업build-up'이 필요한 만큼, 그 이끌어내는 과정에 대한 부담이 있었던 것도 사실이다. 그러니 이제 이번 회상은 제법 느슨하게 진행되리라.

먼저 가볍게 가족 간의 여행 추억을 소환해 본다. 장모님은 95세이시다. 우리 부부가 곁에 모시고 있으며, 양가 부모님 중 유일하게 생존해 계신다. 한데 총기가 보통이 아니시다. 그 예전 함경도에서 여고를 나오셨으니, 제대로 교육을 받으신 분이다. 영어도 제법 하시고, 일본어에는 능통하시다. 교회에서 설교를 듣고 나오면 막상 난 맹한데, 장모님은 설교 내용을 하나, 둘, 개조식으로 읊으신다.

내가 카미노로 오기 전, 장모님은 꽤 편찮으셨다. 이리되면 이별을 준비해야 하나 생각까지 들 정도였으니까. 손발도 너무 찬데, 게다가 아내가 챙겨주는 약도 거부하신다. 하며, "나 이대로 하늘나라로 가련다." 하신다. 급히 집히는 것이 있어, 내가 오메가3를 들고 와 이리 말했다. "어머니, 이거 확실해요. 이거 드시면 100살까지 사십니다." 하니 스윽 관심을 주신다.

그거 드시고 바로 손발 따뜻해지고 컨디션이 정상으로 돌아왔다. 물론 다소의 플라시보 효과placebo effect도 있었겠다. 여하튼 난 며칠 있다 카미노로 떠날 수 있었다. 이곳 카미노에 와서 장모님께 영상 통화를 했다. 몹시 좋아하셨다. 이런저런 카미노의 위치를 알려드리고 간단하게나마 특징도 알려드렸다. 전화 끊을 때, 아내가 알려준 대로 장모님은 "부엔 카미노Buen Camino." 하시었다.

그것이 아마도 2004년도 어간이런가. 두 딸아이들도 어렸을 때, 가족들과 함께 11일간의 뉴질랜드 여행을 떠났다. 어머님을 모시고 떠나려는데, 장모님이 몹시 걸렸다. 하여 두 분을 같이 모시고 떠났다. 처음에는 두 분 다 잘 지내셨다. 2차 선교 여행 떠나기 전의 바울과 바나바처럼. 서로 예의를 차리시고 평화로워, 실로 보기에 좋았더라.

한데 삼사일 시간이 흐르고 나니, 두 분 사이의 공기 기압골 차이가 겉으로 표면화

된다. 점차 어머니의 강한 성격이 드러나고 있었다. 좀 적극적이시고, 어찌 보자면 공격적이기도 하시다. 맘에 안 들면 품지 않고, 어쨌든 뱉으시는 편이라. 뉴질랜드 현지에서 일본인들과 일어로 대화하시는 장모님 모습이 제법 불편하셨던 듯했다.

아침에 가족들이 다들 모였다. 장모님께서 방긋 웃으시며 "굿모닝." 하셨다. 그 순간 어머님 하시는 말씀. "굿모닝은 무슨 굿모닝이여." 순간 가족들 일순 모두 얼어붙고, 그야말로 웃을 수도 울 수도 없는 기막힌 상황이 연출되었다. 어머님은 코로나가 오기 전인 2019년 2월, 소천하셨다. 장모님의 "부엔 카미노." 목소리에 이어, 어머니의 목소리가 음성 지원되는 듯하다. "부엔 카미노는 뭔 부엔 카미노여."

다시 비가 내리고, 빗물이 차창을 친다. 내 안의 눈물과 창밖의 빗물이 섞인다.

아프로디테스 차일드Aprodite's Child의 노래, 〈레인 앤 티어즈Rain and Tears〉이다. 삶의 변화무쌍한 본질을 나타내면서도, 일상의 자연에 빗대 그 변화와 함께 찾아오는 감정의 복잡성을 나타내고 있다.

"빗물과 눈물은 같아 보여요. 하지만 햇살이 비치는 날에는 눈물을 빗물인 것처럼 속일 수는 없어요. 마음에 상처를 입고 당신이 눈물 흘릴 때, 그것이 단지 빗물일 뿐이라고 그런 척할 수는 없는 거잖아요."

_비 오는 날 열차간에서, 어머니를 그리며

걸어가면서 반추하기

  포르투갈 카미노를 시작하려 이동 중이다. 아마도 헨리 소로우Henry D Thoreau의 말로 기억한다. '낙타는 걸어가면서 반추하는 유일한 동물인데, 인간은 낙타처럼 반추하며 걸어간다.' 내게 앞으로 이 포르투갈 카미노는 과거 회상과 사색으로 점철된 길이 될 것이다.

  예전 몹시도 젊은 날, 동가식서가숙東家食西家宿하면서 유랑한 적이 있었다. 70년대 말, 몹시도 오래 전이다. 이곳저곳 떠돌다 한 장소에 잠시 머물기도 했다. 그러다 집에 돌아와서는 제법 머무르는가 싶다가는 다시 길을 떠났다. 남들은 대학 입시로 목숨을 걸던 시절에 부평초처럼 이리 떠다니고 있었으니, 부모님 속 제대로 썩힌 셈이다. 이런 젊은 시절에 익힌 방랑과 유랑의 기질은 핏속에 흐르다가, 기회가 되면 현실의 자리에 터져서는 흥건히 흘러나오곤 했다.

  혹자는 내게 젊은 날 시간을 허송한 것이 아깝지 않냐 묻는다. 하긴 실상을 보자면 그때뿐 아니라 인생 전환기에 이런저런 방황하느라 흘려보낸 시간들이 제법 많다. 진실로 후회는 없다. 이때의 유랑과 방랑이 내게 준 고마운 교훈들이 너무도 컸기 때문이다.

  일단은 겸손해질 수 있었고, 다양한 접근 방식들을 이해하는 계기가 되었다. 공자 말에 '왕자불가간往者不可諫 내자유가추來者猶可追'이라 했다. 곧, '지나간 일은 탓할 수 없어도, 다가올 일은 쫓을 수 있다'는 의미이다. 사람 보는 시야와 일에 대한 예지력이 늘었으니까 그렇다.

죽음 같은 방황을 하고서도 그래도 대학에는 들어갔다. 그리고 결혼하여 가정을 갖고 직장에서 책임자의 위치에 서게 되었다. 엠티 · 연수 · 답사 · 순례 등을 이끌다 보니, 기획력과 치밀한 준비와 같은 디테일은 저절로 갖춰지게 되었다. 누구나 양면성을 지니기 마련인데, 이런 점에서는 그 누구보다 극단적 양면성을 지닌 사람이 되었다.

직장과 커뮤니티 그리고 가정에서는 어떻게든 재미있고 편안하게 분위기를 이끌어내고자 노력한다. 하나 진심으로 혼자 있고 싶어 하며, 자꾸만 무리에서 떠나 머물고 싶어 하는 그러한 최고도의 극단적 양면성을 지니고 있다. 그러한 극단적 양면성이 겉으로 잘 표출된 것이 퇴직 후 보낸 지난 3년간의 시간이 아니었나 싶다.

2년간 커뮤니티 내에서의 봉사, 그리고 이후 1년간 거의 5,500km 이상을 걸으며 연중 3분의 2 이상 되는 시간을 바깥에서 지냈다. 그간 커뮤니티 활동에서의 움직임이 제법 성실해 보였나 보다. 나의 예상을 훨씬 뛰어넘는 이러한 거취와 동선에 대해서 다들 의외라는 말을 많이 한다.

유랑하고 방랑하는 사람이 그 어디를 예약하고 기필하고 다닌다는 건 어려운 일일 것이다. 그러기에 혼자 다닐 때에는 예약하고 다니려 하지 않았다. 물론 가족과 같이 움직일 때에는 그리할 수 없었다. 가족을 책임져야 하는 가장의 위치는 다르기 때문이다.

예약 않고 다니다 보면 예기치 않은 일들이 생겨나곤 한다. 프랑스 카미노에서는 사리아 이후에 주말을 각별히 조심하라는 말을 종종 들었다. 숙소, 기차 편, 버스 편 등등 말이다. 혼자 있다 보니 아무 생각이 없었다. 귓등으로 들었는지라 그냥 콤포스텔라 시의 종합터미널로 갔다.

포르투Porto 행 버스가 다 예약 만석이라 한다. 카미노에서 되새기던 근본적 질문은 현실적 질문으로 바뀌고 있었다. '나는 어디로 가는가?'라는 실존적 질문들은 당장 '기차표나 버스표를 어디서 어떻게 구해야 할 것인가?'라는 실제적 질문으로 바뀌었다.

하다못해 국내 시외버스 고속버스들도 요즘은 티머니 예약으로 움직이다 보니, 주말은 조심해야 한다. 잘못하면 노인네들은 창구에서 하염없이 기다리고, 젊은이들은 5분 전에 도착해 버스에 타게 된다. 포르투행 티켓 사정이 이렇게 되면 좀 많이 달라진다. 짧은 다리가 빨라지면서, 생존 의지와 전투력이 급상승한다.

기차역으로 바삐 옮겨갔더니, 30분 전에 포르투행 기차가 떠났단다. 하루 2번 출발이니, 저녁이 되어야 한단다. 한데 그 티켓인들 과연 온전하게 구할 수 있겠는가. 역무원 말이 비고에 가보란다. 포르투갈과의 국경 도시인지라, 버스 편, 기차 편을 구하기 용이할 것이란다. 하여 비고로 먼저 가기로 했다.

비고로 가는 기차는 빗길을 향해 달려가기 시작하였다. 범상치 않은 포르투갈 카미노의 시작이 이루어지고 있었다.

 쥬다스 프리스트Judas Priest의 〈비포 더 던Before The Dawn〉이라는 노래이다. 롭 핼포드Rob Halford의 차가우면서도 처절한 목소리가 이별의 상황을 이야기한다. 우울하고 서정적인 분위기의 기타 연주가 압권인 메탈 발라드 곡이다.

"동이 트기 전 그대가 속삭이는 게 들려요. 잠결에 아침이 이 이를 데려가게 하지 마세요 라면서요. 바깥에서 새들은 부르기 시작하네요. 마치 나의 떠남을 재촉이라도 하는 듯."

_ 비 내리는 비고 항을 바라다보면서

그날 비고 역에는 비가 내렸다

일단 기차 타고 비고로 먼저 왔다. 비고는 스페인 갈리시아Galicia 지방에서 가장 큰 도시로, 폰테베드라Pontevedra 주에 속한다. 한데 여기 역에서 불의의 사고를 당했다.

하차하면서 열차 칸과 플랫폼 사이가 정황상 뭔가 멀다고는 느꼈다. 한데 짧은 다리로 부주의하게 내리다 플랫폼 중간에 왼쪽 다리를 헛디뎠다. 휘청거리는 순간 빠지며 다리로 콘크리트 벽을 긁으면서 거세게 부딪혔다. 실로 격심한 통증이 다리에서 머리끝까지 감전된 듯 온몸으로 전해졌다. 너무도 고통스러워 크게 비명을 질러야 했다.

플랫폼에 빠지고 나서는 오로지 단 한 가지 장면만이 어른거렸다. 다리가 부러져 병원에 누워 있는 모습, 곧, '순례의 종말'이었다. 확인해 보자니 다행히 곱게 잘 빠지는 바람에, 정강이에 찰과상과 타박상만 깊게 입고 말았다. 팔목으로 받치고 천천히 몸을 당겨 플랫폼으로 다가서 일어서 보았다. 저 멀리서 역무원이 휠체어를 챙겨 밀며 달려오고 있었다.

똑바로 서서 천천히 걸어보았다. 충격으로 인해 몸이야 후들거리지만 걸을 수는 있었다. 손으로 정강이뼈를 만져보니, 눌려 들어갔지만 부러지지는 않았다. 다행이다. 정말 다행이라고 생각했다. 멈추지 않고 계속 걸었다. 팔꿈치 아래로는 떨어지는 몸을 받치느라 부딪치며 생긴 무지막지한 혹이 불룩 튀어나와 있다. 역무원이 끌고 온 휠체어를 돌려보냈다. 완전히 다리 부러질 뻔했으니 생각해 보자니 참 아찔하다. 어쩌다 보니 여행자 보험도 바로 하루 전에 이미 끝난 상황이었다.

한데 이런 어려움을 겪고 비고 기사르Vigo Gixar에 위치한 종합 터미널에 겨우 도착했다. 마음을 비워 고쳐 잡았다. 다음 날 포르투로 이동할 요량으로 티켓 사고, 비고에 머무르고자 한 것이다.

비고는 사실 포르투갈 카미노에 속해 있는 해안 국경도시이다. 로마 시대부터 유서 깊은 도시로 해안가 경치도 좋으며 유적도 많다. 공립 알베르게를 찾아갔더니, 순례자 여권인 '크레덴시알credencial'이 없다고 안 받아준다. 하여 이전 프랑스 카미노에서 사용한 크레덴시알을 내미니, 이번에는 여백에 확인 스탬프 도장인 세요sello를 꾹 찍어준다. '뭐가 되고, 뭐가 안 되는 것인지', 난 그저 혼란스럽기만 하다.

요즘은 예약이 활성화되어 있는지라 유랑하기도 쉽지 않더라 하는 이야기가 이리 길어졌다. 유랑길은 나름 참맛이 있다. 민낯의 자아를 만날 수 있는 귀한 기회이다.

물론 적당해야만 한다. 무책임이나 방종의 함정에 걸리지 않는 선에서 말이다. 길어지면 막장 인생으로 가는 지름길이 된다.

유랑길 1979년도 1월의 추운 겨울날, 난 남원에 홀로 나가 있었다. 그 시절에 만나 사귀었던 처자와 일방적으로 이별 통보를 받고 헤어진 직후였다. 나름 심정적으로는 처절한 상황이었다. 그야말로 입시에도 사랑에도 실패한 인생 루저가 아니었던가.

미대를 다니던 포항 출신의 그 처자는 단호하게 내게 이별을 통보하며 이렇게 말하였다. "당신의 눈에서 미래를 찾을 수 없어요. 그대는 그 알량한 음악 지식 말고 무엇을 내세울 수 있나요?"라고 했다. 하기야 내세울 것이 없었다. 그 음악 지식인들 제대로 알았겠는가. 그러니 그녀가 보기는 제대로 알아본 것이었다. 당시 나는 아무런 미래를 생각하지 않고 하루살이처럼 날아다니며 살고 있었다.

남원읍을 걷다 김치 쪼가리에 술 한잔 걸치고자 막걸리 집에 들었다. 주인아줌마가 말을 시키고 내 행색을 찬찬히 살피더니, 느닷없이 제육을 볶아주었다. 공자 말에 '청기언이관기행聽其言而觀其行'이라 했다. 곧, '그의 말을 듣고 그의 행실을 살핀다'는 의미이다.

필시 젊디젊어 보이는 사람의 그 우울한 분위기가 맘에 걸렸던 듯하다. 맞은편 전파사(요즘으로 말하자면 소규모 음반 가게인데, 이런 유행 음악을 틀던 전파사들이 다 사라지고 없어졌다.)에서 노래가 흘러나오고 있었다.

딥 퍼플Deep Purple의 〈솔져 오브 포춘Soldier of Fortune〉이다. 누구나 들으면 금방 알 노래이다. 전파사에서 흘러나오는 데이비드 커버데일David Coverdale 목소리를 듣고는 난 그냥 그 자리에 무너져 아예 일어나지 못했다. 남자는 여자와 사랑을 꿈꿔왔으면서도, 결국 정착하지 못하고 떠도는 것을 자신의 운명으로 받아들이고 있었다. 그 한 남자의 목소리가 노래에 담긴다.

"난 새로운 것을 추구했어요. 그 옛날에 몹시도 추운 밤이었을 때, 난 그대 없이 방황했지요. 하지만 그 시절에 당신이 가까이 서 있는 걸 봤다고 생각했어요. 난 아마 언제나 떠돌이 용병일 거 같아요."

비고 항에는 안개가 짙게 끼었고, 계속 비는 흩뿌리고 있다.

_비고 항이 바라다 보이는
공립 알베르게에서

외로움과 아픔, 그 더블 트러블 / 04

주말을 넘기며 비고 역에 내리다 입은 정강이 타박상과 감기기로 인해 제법 고생했다.

감기기가 있을 때에는 하루 푹 자면 바로 떨어지던데, 이번은 제법 오래 간다. 프랑스 카미노를 끝내며 그간 유지되었던 긴장이 한 번에 풀리면서 생긴 현상 같기도 하다. 그나마 비고 역 현장에서 다리 부러지지 않은 것은 실로 큰 다행이라 생각했다.

포르투로 들어오고부터는 왼쪽 다리 정강이의 타격과 찰과상으로 인해 뼈마디가 본격적으로 시려온다. 모든 사람은 자기 나름의 습관에 대한 성찰 방식과 해결 형식을 갖는다. 나는 일신이 편하면 일종의 무기력과 권태에 잘 빠지곤 한다.

그럴 때에 발생하는 고통과 피곤감은 나의 무력한 현실을 자극하여 성찰하게 하는 훌륭한 매개체이다. 하지만 외로움만큼은 어쩔 수 없이 짙게 남는다. 외로움과 통증이라는 '더블 트러블double trouble', 그 이중적인 고통이 있다 보니 가족과 떨어져 '대체 이 뭐하는 궁상인가.' 하는 외로운 생각이 든다.

예전 파키스탄 카라코람 하이웨이Karakoram Highway 상의 실크로드 길을 걷던 때가 생각난다. 20년 가까이 된 일이다. 앞으로 실용문 쓰는 일은 접어두고 실크로드 길에 대한 글을 쓰겠노라 다짐하고 떠난 여정이었다. 훈자Hunza라는 실크로드 상의 도시가 있다. 간다라 미술의 본고장인데 장수 마을로도 유명하고, 미야자키 하야오Miyazaki Hayao의 애니메이션 〈바람계곡의 나우시카〉의 배경이 된 곳이다. 이곳에서 실로 몹시 아팠다. 워낙 오지라 의료 시설도 변변치 않은 장소에서 장염과 설사로 심하게 앓고 나니, 실크로드 답사고 뭐고 눈에 안 들어왔다.

하니 참으로 외롭고 외로웠다. 여행 중 아파본 사람만이 알 수 있는 그 막막함과 한심함이 있다. 딱하긴 한데, 아파도 아프다는 말을 할 데가 없었다. 말하면 아내가 크게 걱정할 터이니. 공자 말에 '덕불고필유린德不孤必有隣'이라 했다. '덕이 있으면 외롭지 않나니, 반드시 이웃이 있으니까.' 이런 뜻이다. 한데 이런 문자 속으로도 말할 것이란 없다. 잠시 지나치는 여행객에게 내 덕을 기억하고 돌봐줄 이웃이나 있었으리요.

부모님의 외로움으로 미루어 볼진대, 나의 외로움이란 필시 혈통 있는 숙명이었을 듯하다. 아버지는 아내 자식 등 북녘에 두고 온 가족을 그리워하셨다. 나는 아버지의 그 깊게 주름진 외로움을 곁에서 보며 자랐다. 외로움이란 어쩌면 우리 가족 모두에게 주어진 등짐과도 같다고 생각했다. 벗어버리고 싶어도 막상 벗어내면 허전하여 다시 찾게 되는 그런 배낭의 등짐 말이다. 22년 차이의 남편과 살아야 했던 어머니의 외로움은 과연 어땠을까. 여기에도 필시 사연이 제법 많다.

혼자 가는 순례길은 어차피 외로움을 안고 가는 과정이다. 하지만 그나마 이 카미노에서는 수많은 외로운 다른 영혼들을 만날 수 있어 그나마 다행이었다. '외로움은 나누면 줄어들고 즐거움은 나누면 커진다.' 한다. 그러기에 이 카미노는 유형무형의 나눔[셰어링sharing]이 자연스레 일어나는 곳이다.

하지만 우리가 아무리 애쓴다고는 해도 어쩔 수 없는 본원적 고독은 남는 것 같다. 그런 것이 인생인 듯하다. 절대적으로 본인이 안고만 가야 하는 고독. 그 무섭도록 진한 고독을 난 보이의 눈에서 보았다. '철의 십자가', 알토 데 페로를 지난 능선에서 그 처자는 드론을 날리고 있었다. "하이 크리스." 하던, 그 힘없는 인사가 유독 오래도록 계속 귀에 남는다.

남파랑길. 남해의 산길에서 서창항으로 향해 들어가는 소로였다. 여러 번 언급했다시피, 이 남파랑길 자체가 인프라가 부분적으로 부족하다 보니, 걷는 이들이 많지 않았다. 여성 트레커는 아주 드물었다. 앞에 어떤 처자가 한 분 걷고 있었다. 보아하니 장기 트레킹 차림새. 외로운 길에서 만났는지라 제법 반가웠다.

한데 앞서 가는 그분은 나를 경계하며 몹시 두려워하는 것 같았다. 구석진 으슥한 산길. 문득 깨달았다. 외로움이고 뭐고 간에, 누군가의 존재 자체가 경우에 따라서는 큰 위협이 된다는 사실을. 계용묵의 수필 「구두」가 생각났다. 의도치 않은 오해에서 벌어지는 서로 간의 신경전. 남녀 구분 없이 이런 소모적 감정은 살면서 다들 경험해 보셨을 듯하다.

우리 모두는 낯선 사람에 대한 두려움을 가진다. 하지만 더욱 무서운 것은 내 안의 낯설고 낯선 자아일지도 모른다.

미국의 재즈 가수 애니타 오데이Anita O'Day의 〈외로움은 우물Loneliness Is a Well〉이란 재즈곡이다. 오데이는 풍부한 음성과 감정적인 표현력으로 고독함과 외로움에 대한 주제를 다루고 있다. 무라카미 하루키Murakami Haruki는 그녀의 노래를 가리켜 '단순하고 직설적인 재즈 혼魂의 발로'라고 평했다. 동의한다.

"어제 나의 삶은 외로웠습니다. 내 얼굴은 절망의 가면이었습니다. 오늘, 나의 세상은 나를 위해 변했습니다. 나의 우물은 더 이상 그곳에 없습니다. 외로움은 우물입니다. 불행이 깃든 깊고 어두운 구멍, 나는 외로웠어요."

_포르투 대성당을 지나 길가 카페에서

캣츠 호스텔에서의 혼란한 하룻밤 / 05

여기 포르투에서 먼저 대성당에 들렀다. 2€를 주고 순례자 여권[크레덴시알 credential]을 구하고 나서 대성당 건물 모퉁이에서 카미노 방향을 지시하는 최초의 노란 화살표를 확인했다.

화살표에 대해 생각해 보았다. 가끔 노란 화살표가 안 보일 때 슬며시 차고 오르는 불안감과 다시 나타냈을 때의 안도감이라는 상반된 감정이 있다. 이러한 경험은 너무도 평범하지만 복합적이어서 결코 일반 관광객들과는 공유하기 힘든 감정이다.

시작점을 확인한 후 이곳에 먼저 와 있는 미스터 문을 다시 만나 다양한 환담을 나누었다. 순례 초기에 수비리 인근에서 그를 만나 사흘을 동행했었다. 서로 소식을 주고받다 실로 45여 일 만에 그를 만난 것 같다. 포르투 인도 이민자 골목에 위치한 식당에서 난Naan과 커리curry로 점심을 함께 했다. 이곳 골목의 상점과 레스토랑의 주인은 대다수가 이민자들로 구성되어 있는데 인도계가 다수이다. 그는 이제 파티마 Fátima를 거쳐 프랑스로 넘어 간 후, 여정을 이어갈 생각을 하고 있었다. 귀국하여 직장을 잘 찾으라는 덕담을 건넸다.

미스터 문의 소개로 주변에 위치한 '캣츠 호스텔cats hostel'로 발길을 돌렸다. 이곳 호스텔은 주로 외국 여행객을 상대로 하고 있었다. 한데 이 선택이 제법 큰 실수였음을 깨닫는 데에는 시간이 얼마 걸리지 않았다. 22€라는 가격의 인간 닭장이었다. 근데 여기 갇힌 닭들이 세계 각지에서 온지라, 각자의 언어로 마구 떠들어댄다.

순례객이란 아예 찾아볼 수 없고, 이제 막 도착한 커플이나 친구 위주의 젊은 외국 여행객들이 대부분이다. 내 이럴 줄 알았다면 전방 8km 외곽에 위치한 알베르게로 더 갔어야 했다. 아니라면 감기와 온갖 상처로 인해 컨디션이 엉망이니, 아예 몸도 추스르를 겸 편히 호텔급을 찾았어야 했다.

시내에서 머무르며 컨디션을 보살피겠다고 생각한 게 큰 패착이었다. 방에는 12명이 배정이다. 한데, 다 젊은이들인데 밤 10시 넘어서도 잘 생각은 않고 와당탕 하며 뭔가를 부숴댄다. 대도시 관광 위주의 시설인지라, 순례객인 나로서는 체감하는 환경 차이가 너무나도 컸다.

그중 한 젊은 처자가 유독 큰 목소리로 떠들기에, 불러서 처음부터 끝까지 한국말로 심각하게 말했다. "내가 말이에요, 한국에서 온 사람인데 말이죠, 아내도 없이 혼자 외롭게 말이에요, 내가 지금 카미노 걷다 말이죠, 지금 감기가 걸린 데다 부딪힌 뼈마디가 시려서 말이에요, 지금 자야 하는데 말이죠. 지금 10시 넘었으니 말이에요, 제발 좀 조용히 하지요." 했다. 끝에 '조용히 하지요.'는 조금은 살짝 목소리 톤을 높여서.

다른 사람들도 이 한국말을 듣고 있었다. 한국말도 이제 영어처럼 세계인이 다들 알아듣는지, 신기하게도 순식간에 조용해졌다. 진짜 이제 자야겠다고 누웠다. 끙끙

앓는 소리를 내며 자다 깨다 어느 순간에 훅 하며 깨어났다. 시계를 보니 새벽 4시이다.

희미한 등불 아래 옆 베드에서는 누군가 나체로 덮지도 않고 자고 있다. 이곳 카미노에서 서양인들이 웃통 벗는 일이야 많고 많았다. 한데 나체라니. 일어나 상의 탈의 상태 그대로 화장실을 가는 것 같은데, 아니 아니, 이건 분명코 여자 사람이다~!

비몽사몽간에 난 도대체 뭘 본 것일까. 참으로 혼란스러운 포르투의 밤이다.

에릭 카멘Eric Carmen의 〈올 바이 마이셀프All by Myself〉이다. 라흐마니노프의 피아노협주곡 2번의 선율을 기반으로 하고 있다. 감정적인 보컬과 피아노 연주가 돋보이며, 가사는 외로움과 이별에 대한 감정을 다루고 있다.

"어렸을 때 난 누구도 필요하지 않았어요. 그리고 단지 재미로 사랑을 했었죠. 그런 날들은 지나가 버렸어요…. 언제나 홀로 있고 싶지 않아요. 더 이상은 혼자이고 싶지 않아요. 언제나 혼자 살고 싶지 않아요."

_첫날 채비를 하며, 포르투 캣츠Cats 호스텔에서

내면으로 침투하는 어두운 기억

도우로Douro 강을 지나 포르투의 알베르게 스라 다 호라Sr ª da Hora로 이동했다. 비가 조금씩 내리고 있다. 빗발이 소나기처럼 굵게 내리는 것은 아니다. 하지만 조금씩 지속적으로 내리니, 배낭에만 레인 커버 씌우고 그냥 고어텍스 자켓을 입고 걸었다.

오가는 도중 만나는 현지인들에게 '올라Hola' 하고 인사하면 '부에노스 디아스Buenos Dias' 하면서 밝게 맞아준다. 이 아침 이방인을 맞이하는 포르투갈 사람들의 정겨움이 인상적이다. 간혹 숲길을 지날라치면 우중이지만, 깊어가는 녹음을 피부로 냄새로 느낄 수 있다. 저 나무도 계절에 따라 성장과 소멸을 겪겠지 하고 잠시 생각하다 어느덧 죽음에 대한 생각에 미쳤다.

이렇듯 문득 과거의 망각의 기억으로 남아 있던 어두운 생각들이 카미노를 걷는 동안 자주 내면

으로 침투하고 있다. 일상과는 다른 카미노라는 시공간이 그 특수함을 제공하여 오래 잊고 지냈던 기억을 많이 떠오르게 한다. 가족과 친구, 유년 시절의 모습과 기억, 고통스럽던 방황, 죽음과 소멸 등등.

나도 모르는 사이에 잊고 지냈던 과거의 내밀한 내면의 장소로 걸어서 들어가게 되는 것이다. 특히 방황, 죽음과 같은 고통스럽고 부정적인 기억들은 일상의 공간에서는 억압해 누르고 있던 기억이다. 혼신의 힘으로 참아내고 있던 그 기억들이 흥건하게 흘러나오고 있다.

잠시 부모님 이야기를 꺼내 본다. 무엇에 비교할 수 없는 가장 강력한 고통으로 남는다. 그중 어머니 사별에 연관한 이야기는 누구에게도 언급을 꺼리던 내용이다. 카미노 내내 부모님의 영혼과 함께 걸으며 순례했다. 이제 포르투갈 카미노에 이르러 몸의 통증이 다양하게 커질수록 어머니와 사별에의 기억은 더 생생하게 증폭된다. 하나 이제는 부모님을 추도하고 고통스러워하는 일에서도 종결을 지어야 할 때가 왔음을 느낀다.

인간관계 특히 가족 관계에서 기쁨과 슬픔을 주고받고, 종국에는 이별을 맞는 이 관계는 지극히 자연스러운 일이다. 이 과정에서 많은 상처를 주고받기도 한다. 나의 실패와 성취에 함께 울고 함께 기뻐한 부모님이셨다. 특히 어머니와는 그 누구도 이해하기 힘든 내밀한 감정적 연결선이 많았다.

카미노에서는 단순한 동행을 넘어, 망자(亡者)인 어머니와 심각한 대화를 많이 했다.

하지만 내내 이런 무거운 감정에 함몰해 있는 것이 어머니가 바라던 일은 아닐 것이라 생각했다. 이 고통을 단순한 괴로움으로 간직하지 않고, 내 삶을 이끌어줄 경험으로 끌어안아야 하리라.

코리아둘레길을 다닐 때에도 부모님, 특히 어머니와의 사별에 관한 기억은 내내 큰 고통으로 따라다녔다. 이번 카미노 순례에서는 보다 더 생생하게 과거의 괴로웠던 기억을 직시할 수 있었다. 애써 억압하고 외면해왔던 기억이었다.

이제는 인생의 그림자를 고통 그 자체로만 수용하지 않고 더 나은 차원으로 나아가야 할 때이다. 나이 60대 중반이 넘어서야 부모님과 마주볼 수 있었으니 시간이 제법 오래 걸렸다. 매사에 늦되던 내 삶의 방식을 버리지 못하고, 늦어도 너무 늦어 버린 것이다.

유년기 자신에 대한 자각이 생겨난 후 문득문득 남는 생각은 매우 파편적이다. 그 대부분의 파편은 동생 춘실이와 놀던 일이다. 특히 손잡고 전농동 채석장 샘터에서 놀던 일이 많이 생각난다. 그곳에 춘실이와 손잡고 같이 자주 갔던 것이다. 그러던 춘실이가 내가 5세 되던 그 어느 해인가 생을 마쳤다. 백혈병으로 삶을 마감한 것이다.

전농동 채석장 샘터는 너무도 어린 과거 순간이 담긴 유년 시절의 비밀 장소였다. 춘실이와 난 그 동행의 비밀을 공유했다. 카미노에 와 걸으며 그간 기억의 저 너머로 꼭꼭 여며두었던 비밀이 봉인되고 있다. 하지만 춘실이와 나 사이에 특별하게 남은 추억이나 기억들이 많은 것도 아니다. 그 당시 우리 모두는 너무도 어렸으니까 말이다.

분명한 것은 그 사건으로 내가 죽음과 소멸이란 개념을 처음으로 느낀 계기가 된 듯하다. 마냥 같이 놀고 가까이 있던, 피를 나눈 동생이 어느 날 갑자기 없어졌다. 그냥 사라진 것이다. 손을 잡을 사람, 채석장 샘터에 같이 놀러갈 동기가 없어지고 만 일이다. 그러니 상실에 대한 감정이 어린 영혼에 제법 크게 남은 듯하다.

이곳 포르투 외곽의 알베르게, 교교하게 밤은 깊어가고 있다.

 무디 블루스Moody Blues의 〈나이츠 인 화이트 새틴Nights In White Satin〉이다. 아름다운 멜로디에 감각적인 오케스트레이션과 몽환적인 가사로 구성되어 있다. 가사는 그리움과 사랑에 관한 화자의 깨달음을 전달하고 있다.

"흰 비단에 싸인 밤들은, 결코 끝나지 않으리라. 써내려간 편지들은, 결코 보내지 않으리라. 마주했었던 아름다움은 항상 놓치고 마네요. 진실이란, 더 이상 내가 말할 수 없으니까. 그대를 사랑하기에, 당신을 사랑하기에, 오, 당신을 사랑하기에."

_또 잠 못 이루는 밤, 알베르게 스라 다 호라에서

어린 영혼을 돌본 두 사람

여기 알베르게 스라 다 호라는 뭔가 영적 에너지가 강하게 작동하는 장소였다. 이는 아마도 호스트 람Ralm의 분위기 때문인 듯하다.

람이 이름을 묻기에 '크리스 리'라 했더니 본명을 묻는다. 발음하기 어려울 거라 했다. 굳이 원하기에 알려줬더니 '이.화.규'를 아주 정확히 발음한다. 자신이 4성조에 익숙하여, 신경 쓰면 어떤 발음도 할 수 있다 한다. 남인도에서 나서 미국에서 교육받고 마이애미에서 아이티IT 관련 교수 생활을 하다, 모든 것을 버리고 이곳 포르투갈 카미노에 정착을 했단다.

아주 검박하고 검약하게 생활하고 있다. 직설적으로 물으니 자기 스스로가 그리 생활한다 말한다. 공자 말하기를 '이약실지자선의以約失之者鮮矣'라 했다. '검약하면 잃는 것이 적다'는 의미이다. 마이애미에서 큰 부를 이루었단다. 2008년 금융위기 바로 직전에 다 정리하고, 그 모두를 기부한 이야기를 한다.

그 변화를 어찌 알았냐 했더니 '인튜이션intuition'이라 대답한다. 참 쉽지 않은 대화였다. 이번 호스트 람은 지영육, 이 세 가지를 다 갖춘 흔치 않은 인물이라고 생각했다. '시간도 있으니 하루 더 머무르며 잠시 가르침을 얻을 걸 그랬나.' 하는 생각을 잠시 했다.

아침에 떠나려는데 람이 문밖까지 굳이 따라나선다. 동양인 제자를 두고 싶었는지 같은 이야기를 거듭한다. "화.규, 당신 안의 에너지를 충분히 이끌어내며 살 수 있기를 바라요." 한다. "내 이름 잘 발음해줘 매우 고맙고, 지금 애써 이끌어내는 중이니, 다음에 인연이 닿으면 보지요." 했다. 바람이 머무는 곳, 발길이 닿는 그곳에서 말이다.

다시 돌멩이가 발부리에 차이는 외로운 길로 나섰다. 이렇게 혼자 몸을 움직여 공간을 이동하자면 내면과 대화가 저절로 이루어진다. 과거의 순간이나 꼭꼭 여며둔 비밀들이 불현듯 떠올라 내 자아를 따라 같이 움직이기 시작한다. 문득 생각 끝에 정말 문득, 어린 영혼에 결정적인 영향을 준 두 인물이 생각났다.

그 한 분은 답십리국민학교[초등학교]를 다니던 4학년 때 담임 선생님. 어머니를 전격 호출했다. 어머니에게 "이 아이는 책을 좋아하니, 원하는 책을 사주라."고 하셨다. 이것이 왜 정말 결정적이었느냐면 당시 난 집에서 가사 노동을 해야 했고, 아버지는 교과서 외의 책이란 실로 무용하다고 생각한 지독한 실용주의자셨기 때문이었다. 나는 읽고자 원하는 책을 얻으려, 앓는 병아리마냥 전전긍긍해야 했다.

당시 방문 판매상들이 집으로 전집 판매를 다니던 시절이었다. 나는 전집 있는 친구들 책을 빌려다 읽곤 했다. 그러다 부모님께 걸리면 '남의 물건 왜 빌려 오냐'며 혼나던, 실로 한심하고도 참으로 딱한 처지였다. 친구와 친구 부모 눈치, 내 부모 눈치라는 삼중고, 사중고를 겪어야 했다.

당시만 해도 선생님의 권위가 생생하게 살아 있던 시절이었다. 담임 선생님의 호출이라는 이 일이 일순간 내 삶의 일정 지점을 바꿔 놓았다. 부모님이 책은 안 사주셨지만, 일단 책을 빌려 읽는 데서 오는 핍박은 면한 셈이다. 담임 선생님이 나를 다시 부르셨다. "근데 어머님이 책은 사주시던?" 나는 말없이 땅만 내려다보고 있었다.

선생님은 물끄러미 쳐다보시더니, 이런 나를 구석진 교실로 데려가셨다. 그러고는 순간 내게 뭔가를 내미셨다. 아 그건, 도서관 열쇠였다. 의심할 바 없는 내 인생의 가장 매혹적인 순간이었다. 사서 없이 큰 교실 둘을 이어 책만 꽂아놓고 문 잠가 놓은 보물 창고, 그 창고의 문을 열 비밀 열쇠를 내게 주신 거다. 난 두 해에 걸쳐 그 보물 창고의 책을 거의 다 읽었다.

같은 해 시골에서 엄마 사촌조카가 상경했다. 결국 내게는 형뻘이지만 나이 차가 제법 많이 났다. 지방의 대학교를 나와 취업차 상경하여 우리 집서 기숙하며, 누나와 나를 가르쳤다. 참 박식하신 분이셨다. 특히 우리나라 역사 관련하여 야담을 풍성하게 알려주고 공부 재미를 가르쳐준 분이었다. 한 가지 문제는 옛 이야기를 하다 가끔씩 음담패설을 하는 바람에 어린 마음에 이해가 가기도, 안 가기도 해서 이 무슨 일인가 했다. 이제는 뭐, 다 이해합니다. 네.

내 코흘리개 어린 시절 작은 풍경, 아니 나로서는 어마하게 큰 풍경의 한 자락이다. 국민학교 4학년, 그때 그 1년간에 모든 일이 순식간에 이루어졌다. 자아가 정리되고 세상 세계관이 형성되던 시기였는데, 그때 두 분이 없었다면 나는 어찌 되었을까. 살다 보면 분명히 엄청난 영향을 받는 시간과 그때의 매혹적 인물이 반드시 등장한다.

이제 이 두 분 다 세상에 안 계신다. 하지만 결정적신 영향을 주신 분들이니 내 어찌 평생 잊을 수 있겠는가.

 로드 맥쿠엔Rod McKuen의 곡 중, 가장 좋아하는 〈유You〉라는 노래이다. 이 곡으로 내겐 결코 잊지 못할 두 분 당신을 기려본다.

"작은 고양이 발걸음 같은 밤이 서둘러 하루를 마무리하고 있네요. 남아 있는 여름의 무엇이 남아 있는지 멀리 떠나가네요. 나는 항상 알았다고 생각해요. 어느 바람 부는 구석으로 돌아보면 '당신'이 거기 있었으니까요."

_ 해안가 절경이 내려 보이는, 빌라 차에서

일인가 노동인가, 아니면 놀이인가 / 08

빌라 차_{Villa Cha}로 오는 도중이다. 컨디션이 한 80% 정도 올라온 것 같다. 그간 제법 혼났다.

포르투갈 카미노는 가다 보면 조금씩 길이 나뉜다. 크게는 두 내륙 길과 하나의 해안 길로 구성된다. 내가 가고 있는 이 해안 길은 듣던 대로 절경이다. 흠뻑 경치에 취하며 로마시대 유적지, 오벨리스크와 2차대전 U보트 가라앉힌 장소 등을 한눈으로 보며 지나쳐 간다.

한데 걷다 문득 든 의문이다. '이 카미노 순례는 일인가 노동인가 아니면 놀이인가?' '이 모두가 아닐 수도 있고, 이 모두일 수도 있겠다'는 생각이 들었다. 왜냐하면 난 지금 은퇴자이니까 말이다. 일 삼아 하는 순례일

진데도 남들이 볼 때는 설렁설렁 논다고 충분히 생각할 터이니 그러하다. 지금의 순례는 진지한 노동이며 숭고한 놀이이다. 하나 또 다른 결론은 카미노 순례는 이도 저도 아닌 오직 '순례'라는 것이다.

어린 시절이 생각났다. 나는 국민학생 고학년부터 중학생 때까지 심한 가사 노동에 시달려야 했다. 별 다른 이유는 없고 '그래야만 했던' 것이다. 위로 누나는 여자라 빠지고, 밑에 동생은 막내라 빠졌으니, 장남인 내 몫이 컸던지라 그러했다. 닭을 키웠다. 양계장. 많을 때에는 5천~6천 수까지 키워야 했다.

이 노동은 내가 고등학교 들어서야 겨우 끝났다. 서울 전역에 양계·양돈 등 가금류 축산을 금지시켜서이다. 하지만 닭을 키우는 동안에는 별의별 잡다한 일들, 개중에는 심각하기도 한 여러 일이 다 일어났다. 가끔씩 중랑천에 홍수 나서 떼죽음, 더 가끔씩 전염병이 돌아서 떼죽음. 이런 일들이 벌어지면 우리 온 가족은 초죽음, 뭐 이런 일이 반복되곤 했던 것이다.

닭은 병아리, 중닭 그리고 성계로 분류된다. 병아리 때에는 방 안에서 따뜻하게 키운다. 노린내가 좀 나긴 하지만 참을 만하다. 감별사에 의해 수컷은 걸러진 모두 다 암컷들이다. 보기만 해도 예쁘다. 노란 녀석들이 부리로 연신 물을 삼켜 넘기는 장면을 보자니 참 귀엽고도 귀엽다.

중닭부터가 문제이다. 이놈들이 털갈이를 시작하는 것이다. 여기저기 드문드문 털이 빠지고 부리도 제법 자라난다. 자라난 부리로 서로를 쪼아댄다. 특히 털이 빠진 항문 부위는 약한지라 쪼여 피가 나면 심각한 문제가 발생한다. 여럿이 달려들어 자라는 부리로 쪼아 터뜨리고 결국 쪼인 놈은 탈항으로 죽고 만다. 집단 괴롭힘. 이쪽 전문 용어로는 카니발리즘Carnivalism이라 한다.

이를 막기 위한 행사를 1년 두 번씩 한다. 닭 부리 자르기. 일본서 수입한 특수 기계가 있다. 중세의 사형도구인 길로틴Guillotine같이 생긴 둥그런 철제 커터 부위에 전기가 흘러 달궈지면, 페달을 발로 밟아 순간에 닭의 부리 끝을 잘라낸다. 그리고는 또 실로 순식간에 그 잘린 부위를 고열로 지진다. 문제는 중닭은 놓아 길러야 하는데, 이를 잡아서 아버지에게로 가져가는 일이다.

이 일을 내가 도맡아 했다. 닭의 꽁무니 움직임만 봐도 안다. 이놈을 왼쪽으로 가서 잡아야 할지, 오른쪽으로 가서 잡아야 할지를. 막상 부리가 잘려나가는 순간, 닭도 소리를 지르는지라 대부분 일부 혀끝도 같이 잘려나간다. 참 목불인견이다. 부리 끝과 혀끝이 같이 잘린 중닭이 퍼드덕 대고 달아나는 장면이라니.

내 경우 닭을 잡아 가는 것이 어느 경지에 이르면, 일이 아니라 놀이가 된다. 꼬리에 꼬리를 무는, 꼬리잡기 놀이 말이다. 어디 그뿐인가. 뉴캐슬병 닭 페스트 등 전염병 예방 주사를 맞히는 일도 연례 행사였다. 이러다 보니 어린 중학생이 나중에는 마당에 있는 두어 마리 정도는 순간에 낚아채는 어마어마한 득도의 경지에 이르게 되었다.

지금도 내공이 살아 있어 날아가는 파리를 순간에 손으로 낚아챈다. 앉아 있는 파리를 손으로 낚아채는 정도야 그냥 껌이다. 알베르게의 외국인들이 이런 날 보고 박수를 친다. 이래서 어려 배운 학습이 무서운 것이다.

내가 원해 배운 노동과 고된 반복으로 얼어진 노동, 어느 것이 진짜 노동인가.

 미국의 소울 그룹 시라이츠Chi-Lites의 노래, 〈더 콜디스트 데이즈 오브 마이 라이프The Coldest Days Of My Life〉이다. 리드 보컬인 유진 레코오드Eugene Lecord의 호소력 있는 흑인 특유의 창법과 소울풍의 애절함이 특징적으로 담긴 곡이다. 가사 는 사랑이 끝난 후의 아픈 감정을 다루고 있으며, 그로 인한 감정적인 상처와 고통을 그려낸다.

"흠흠… 음음… 기억나네요, 아, 그래요. 난 너무 높이 달리고 있었어요. 어린아이 의 눈으로. 아. 너무 밝게 빛나, 그래, 그랬지요. 내 인생에서 가장 추운 날들, 내 인 생에서 가장 추운 날들이었어요."

_ 빌라 차 마을 알베르게에서

소년이 짊어진 마지막 과업

양계장을 위해 집 안에 마련된 600여 평의 땅덩어리는 내 성장에의 자양분이었다. 유년기, 난 이 땅 곳곳을 꾹꾹 밟으며 걸어 다녔다.

집 앞 마당에는 꽃밭이 있었고, 살림집 문을 나서면 양어장이 있었다. 자그마하지만 텃밭도 자리 잡고 있었다. 꽃밭과 양어장을 들른 후 여기 텃밭에 옥수수 씨앗이나 배추를 심고 나가 둘러보는 일을 재미 삼아 반복하고 있었다.

하나 소년은 학교 다녀오면 닭을 돌보는 보조 역할을 중점적으로 해야 했다. 양어장을 중심으로 왼쪽 방향으로는 성계를 위한 케이지를 갖춘 계사가 있었고, 오른쪽 방향으로는 중닭을 위한 운동장과 계사가 있었다.

계속 그 '닭 이야기'이다. 이제 중닭이 커 성계가 되어 알을 낳게 되면 닭장에 가두어 관리해야 한다. 계란은 계란대로 수거되고 사료는 사료대로 공급된다. 문제는 밤이다. 닭장에 있는 닭들에게 쥐들이 다가간다. 닭 사료만 먹고 가는 게 아니라, 닭의 연약한 부분인 항문을 공격하는 게 문제다. 하여 반드시 쥐 잡이를 해야만 한다. 쥐약이나 쥐덫과 같은 포획틀로는 이를 다 감당을 못 한다.

밤 11시. 날카롭게 벼린 쇠꼬챙이와 대형 랜턴을 들고 난 닭장으로 진군해야만 했다. 서걱서걱 닭 사료를 주워 먹는 쥐의 저작음[咀嚼音, 씹는 소리]이 들린다. 중간쯤서서 갑자기 대형 랜턴을 켜면 쥐가 꼼짝 않고 랜턴 불빛만을 쳐다본다. 코만 벌름벌름, 하여 벼린 쇠꼬챙이로 꼬챙이질 하면 그 일은 완성된다. 어설피 불빛을 피해 쥐가 도망가는 일이란 없다. 2~3시간 하면 새벽이 닥쳐온다.

그래도 중닭을 마당에서 낚아채는 일이나 닭장에 있는 성계를 위한 쥐 포획은 노동이고 놀이(?)의 성격도 제법 있었다. 가장 괴로운 일이 하나 남았다. 울면서 해야하는 중노동이다. 성계가 되어 닭장에 가두기 전의 중닭들은 어차피 놓아 길러야 한다. 한데 이놈들이 겨울에 실내 계사에서 서로의 체온을 나누려 뒤엉킨다. 당연히 압사 사고, 질식 사고가 난다.

중닭을 위한 실내 계사가 네댓 칸 있는데, 난 각 칸을 반복해서 돌아야만 했다. 이놈들이 엉겨 붙지 않도록 방지하는 일을 해야 해서다. 겨울밤 10시경, 첫 칸부터 돌면서 뭉쳐 있는 중닭들 가운데로 손을 집어넣는다. 저 안의 질식 직전의 닭을 끄집어내고 나머지 놈들을 헤쳐 놓는다.

그렇게 네댓 칸 돌고 나서 다시 첫 칸으로 가보면 닭들은 도로 엉켜 있다. 할 수 없이 처음부터 다시 실시한다. 이렇게 새벽까지 했다. 어떤 때는 울면서 했다. 이렇게해도 일부 중닭들은 어쩔 수 없이 깔려 압사하고 질식사한다.

이 마지막 과업인 중닭 압사 방지 노동은 너무도 지루하고 힘든 과정이었다. 돌이켜 보면 저절로 진저리쳐지며 실로 끔찍한 느낌마저 든다. 차라리 쥐 잡는 게 열 배나았다. 뜨듯한 닭의 체온을 느끼며 쌓여 엉켜 있는 닭들 그 한가운데로 손을 밀어

넣어야만 했다. 그 미적지근한 체온을 느끼며 거의 질식 직전에 간 닭을 끌어 잡아내는 일이란 소년에겐 거의 트라우마 수준이었다.

아버지는 이 모든 일을 총괄하셨다. 어머니는 계란을 크기별로 분류하여 판매처에 넘기는 일을 도맡아 하셨다. 두 명의 일꾼이야 있었다. 그들은 다 닭장 관리나 계분 치우는 큰일을 했다. 공자 말로, '할계언용우도割雞焉用牛刀'라 했다. '어찌 닭 잡는 데 소 잡는 칼을 쓸까?'라는 의미이다. 비유가 이상한 듯하나 사실 정확하게 들어맞는다. (소 잡는) 귀한 일꾼을 중요한 일에 써야 했다. 하니 (닭 잡는) 내가 소소한 여러 일을 맡아 했던 것이다.

이야기하다 보니 심하게 마음이 무거워져 힘들다. 저 멀리 내면의 심연에서 울고 있는 낯선 아이 하나가 툭 튀어나오고 있다. 그 아이는 불안해하고 힘들어하고 외로워하고 있다. 가사 노동에 휩쓸려 있다 보니 또래 친구들하고 어울릴 사이나 있었겠는가?

사실 어울리고 싶어도 동네의 또래 친구들은 날 양계장 집 아이라고 하며 잘 끼워주지 않았다. 이게 당시 못사는 것도 잘사는 것도 아니었기 때문이다. 못살거나 잘사는 두 집단 모두에게 어정쩡한 상태로 따돌림 당하는 이상한 일이 벌어진 것이다.

　당시 내 유일한 친구는 책과 야외 전축으로 듣는 클래식 소품과 팝송이었다. 그나마 그 야외 전축을 아버지가 부수는 통에 눈물을 훔쳐야 했다. 공부는 안 하고 음악이나 듣는다며 부수신 것이다. 아버지는 왜 그러셨을까. 이해는 간다. 그 막중한 삶의 무게를 큰아들이란 녀석이 소홀히 할까 했던 것이다.

 폴 앵커Paul Anka의 〈파파Papa〉이다. 아버지와 아들 간의 관계를 다룬 노래이다. 아버지의 사랑과 관심, 그리고 어려움과 갈등 같은 주제를 다루며, 가족의 중요성과 감사함을 표현하고 있다.

　"매일 나의 아버지께서는 일을 하러 가셨어. 우리가 생계를 꾸려나갈 수 있도록 말이야. 우리가 먹는 것을 보기 위해, 그리고 우리에게 신발을 사주기 위해서. 시간은 그저 지나갔지. 세월이 흐르기 시작하고, 그도 늙고, 나도 나이가 들어갔어."

_아버지를 기리며, 빌라 차에서

길 가다 만난 어머니

10

걷기를 반복한다. 반복되는 이 행위 속에서 나는 과거와 직면하곤 한다.

어렸을 때 최초의 시각화된 기억은 밑엣 동생 춘실이를 데리고 전농동 채석장 약수터에 갔던 일이다. 또 어머니가 동생 화룡이를 낳으러 방에 들어가는 걸 본 일 정도이다. 후각적인 기억은 어머니 손길에 이끌리어 전농동 산길을 가다 맡았던 아카시아 향기이다.

고무신을 신고 바람에 날리던 어머니의 한복 치마의 끝을 잡고 어린 나는 터벅터벅 전농동 산길로 걸어가고 있다. 그러다 대부분의 기억은 돌연 점프하여 국민학교 2학년으로 넘어가 버린다. 어찌 그럴 수가 있는지 그도 참 신기하다. 춘실이는 내가 5살 때 백혈병으로 우리 곁을 떠나고 말았다.

어머니는 기억력이 아주 대단하신 분이셨다. 주변 교회의 당신 친구들 전화번호를 죄다 기억할 정도였다. 성경 암송도 참 많이 하시었다. 나의 과한 행동을 책망하실 때면, 많은 성경 구절들이 동반되곤 했다. '제사보다 순종이 낫다'는 마무리 성경 언급은 최종 통보용으로 쓰시는 아주 강력한 무기셨다.

그런 분이 뇌졸중으로 어느 날 기억을 잃고, 심지어 표현할 대부분의 언어를 잃어버리셨다. 생각은 있으신데 표현할 수단을 잃으시어, 완벽하게 언어의 감옥에 갇히신 거다. 뇌경색이 찾아왔을 때 마땅히 신속하게 응급조치를 받으셔야만 했다.

하나 그 시기를 놓치시고, 뇌부종과 출혈로 인해 뇌기능의 일부가 손상을 받은 것이었다. 이래로 찾아온 섬망증. 이 증세 이후로 기억 저장에도 문제가 생기고 표현능력은 나날이 급속하게 소실되어갔다.

어머니는 당시 내게 하시고 싶은 말씀이 많으셨다. 기억이 있을 때에 내게 당부하고 싶은 말들이 많으셨던 것이다. 어머니와 나 사이에는 가족과 연관하여 기억해야만 하는 내밀한 많은 이야기들이 있었다. 평상시에도 가족에 관한 그런 당부들을 많이 하셨다. 게다가 정서적으로도 서로 간에 매듭지어야만 하는 일들도 남아 있었다.

그런 모자지간 필요한 일에 외삼촌이 참으로 과다하게 개입하셨다. 이 개입은 어머니와 나 사이에 필요한 정서적 정리와 매듭을 아주 무참하게 끊어버리고 말았다. 어머니는 이제 인생의 날카롭게 벼리어진 끝자락에 홀로 서시어 위태롭게 흔들거리고 계셨다. 기억이 있든 없든, 이제는 언어로 표현해내지 못하는 이 처참한 현실을 인정해야만 했던 것이었다.

어머니는 예전의 당당한 그 자아를 찾고자 무진 애를 쓰셨다. 그러려면 옆에서 어머니의 요청에 부응해서 찬찬히 그 표현을 하나하나 찾아 드리고 반복하여 확인하는 작업을 누군가는 해야만 했다. 누나가 애쓰고 있었고, 나도 할 수는 있었다. 하나 직장 생활을 해야 하는 내 입장에서는 쉬운 일은 분명 아니었다.

서서히 어머니는 일상의 삶과 희망을 포기하고 계셨다. 이런 어머니를 곁에서 지켜 바라보는 일은 결코 쉬운 일이 아니었다. 성경 한 구절 못 읽고, 기도 한마디 못 하시는 그런 어머니를 곁에서 보자니, 참 너무도 슬프고도 슬펐다. 특별한 도움을 주지 못하고 바라보고만 있는 나 자신이 너무도 무력하였다.

그간 다른 지난 기억은 쉽게 잘 잊으면서도 어머니에 대한 기억으로 인해 너무도 많이 고통스러웠다. 이제 그 육신의 어머니를 편하게 놓아드리려 한다. 회한으로 인해 아들이 오랜 기간 이리도 고통스러워하는 것을 어머니께서는 원치 않으실 것이다. 분명 큰아들이 통회하며 무거운 감정 안에 잠식되어 갇히는 것을 어머니는 원치 않으셨을 것이다. 슬픔은 슬픔 자체로 그대로 두되, 다른 삶의 마땅한 감정으로 옮겨가야 할 때이다. 이 카미노가 그걸 내게 말해주고 있었다.

1993년에 리들리 스콧Ridley Scott이 만든 〈블레이드 러너Blade Runner〉의 그 명대사. 주인공 데커드Deckard를 살려주며 복제 인간 로이Roy가 죽기 전, 비를 맞으며 마지막으로 하던 말, 그 대사 말이다.

나는 당신네 인간이 믿지 못할 것들을 보아왔어. 오리온좌 너머에서 불에 타던 전함. 탠 하우저 게이트 근처에서 어둠속에 반짝이는 C-빔도 보았지. 그 모든 순간들이 이제 시간 속에서 망각으로 사라지겠지. 빗속의 내 눈물처럼…. 이제 내가 죽을 시간이야.

 에밀로 해리스Emmylou Harris가 부른 〈웨이페어링 스트레인저Wayfaring Stranger〉이다. 미국의 전통 가스펠 민요인 만큼 많은 재즈 여가수들이 불렀고, 컨트리 가수인 해리스는 여기에 현대인 해석을 가미하여 불렀다. 화자는 고독하게 떠도는 이 세상을 넘어서 '길에 대한 그리움과 갈망'을 표현하고 있다.

"나는 고통으로 가득한 이 세상의 인생길을 방황하고 있는 가련한 길손입니다. 하지만 더 이상 병도 없고 고생이나 위험도 없는 밝고 빛나는 세상을 찾아가고 있습니다. 어머니를 만나기 위해 나는 그곳으로 가고 있습니다."

_아구카데이라 카페에서

어린 아들을 동반한 아버지, / 11
그 남자의 인생극장

뜬금없이 마을 입구에서 극장 포스터를 보았다. 붙이는 포스터는 아닌 것 같지만, 매우 반가웠다. 포르투갈 국내 영화인데, 사진을 찍어둔다 생각만 하다가 깜빡했다.

어제 오늘 문득 아버지가 생각났다. 평택 인근 진위振威에서 살던 본관 진위 이씨들이 북한으로 옮겨갔단다. 아버지는 평양 강동 출신으로 농업전문대를 졸업하고 과수원과 축산 농가를 소유한 지주. 잠시 박해를 피해 내려갔다 온다 생각하고, 아내와 자식을 두고 38선 내려왔다 평생 실향민이 되신 속칭 '38따라지'이시다.

평생 일밖에 모르던 아버지도 나름의 취미가 몇 가지가 있었다. 소개하자면 원예, 양어, 연 제작 그리고 영화 보기이다. 이중 내게 결정적 영향을 미친 것은 영화 보기였다. 답십리 전농동 일대가 삶의 근거지였던 까닭에 아버지께서 답십리극장과 경미극장에 가실 때면 꼭 나를 데리고 가셨다.

한데 정말 아무 말씀이 없으셨다. 극장 오가는 길, 사랑하는 아들에게 뭔가 한 말씀 하실 만도 했다. 한데 정말 지독히도 아무런 말씀이 없으셨다. 그저 데리고 다니셨을 뿐. 그게 아버지 나름의 사랑의 한 방법이었다는 걸 그 당시는 몰랐다.

메밀국수, 냉면도 사주셨지만 역시 묵묵. 특히 밥 먹을 때 말하는 것을 극도로 싫어하셨다. 뭔가 한마디라도 할라 치면 "거 괜한 소리 집어치라우." 하는 아버지의 꾸지람이 바로 날아들었다. 그러니 모든 식구는 식사 시간에는 그저 밥만 먹어야 했다. 아버지는 결국 공자의 '식불어食不語 침불언寢不言'을 잘도 실천하셨던 분이셨다. 곧 '식사하며 대화하지 않고, 잠자리에서 말하지 않는다'는 의미이다.

앞서 극장 가던 길을 말했다. 답십리와 전농동에는 어린 시절의 추억이 많다. 전농동 사거리가 내 나름의 인생 허브였다. 북쪽이 시립대학교 배봉산 방향, 남쪽으로는 답십리 방향으로 나갈 수 있었다. 동쪽으로는 내가 태어난 전농동 산38번지와 촬영소 고개, 서쪽으로는 동대문여중 지나 경미극장 입구로 갈 수 있었다.

아버지와 장안동 집에서 나와, 둑방 길로 올라 곧장 가로지르면 답십리시장 입구이다. 거기서 오른쪽으로 나가 답십리극장으로 갔다. 또는 답십리시장 입구에서 바로 조금만 나가면 답십리국민학교가 나온다. 거기서 지름길로 경미극장으로 향하곤 했다. 답십리극장은 단본 상영관이었고, 경미극장은 이본 동시상영관이었다. 아버지와는 주로 경미극장을 더 자주 갔다. 생각하기엔 극장비가 아마도 쌌으니까 그랬을 거다.

미성년자 상영 불가도 있었지만 그게 입장에 상관은 없었다. 사실 요즘 시각으로 보자면 뭐 별 내용도 없었다. 〈탄생의 비밀〉이라는 제목의 영화가 기억난다. 성교육 교재로 삼기에도 시시한 화면이었다. 아니면 국산영화[방화邦畫라 했다]에 사또로 허장강 배우가 나와 '저 X을 잡아다 실오라기 하나 남기지 말고, 어쩌구' 대사만 하고 그냥 끝나는. 기대했던 어린 내가 보기에도 '으음, 이러면 곤란한데 뭐 이래.' 싶은 정도였다.

어떤 경우에도 아버지는 영화 내용에 대한 언급은 없으셨다. 아버지는 그날 시간이 있었던 것이다. 그래서 아들을 데리고 영화관에 갔던 것이다. 그날 영화를 보고 집으로 가는 길에 메밀국수를 먹었던 것이다. 일이 그리되었던 것이다. 그게 그 당시 아버지와 아들이 같이 공유했던 여가의 한 풍경이었다. 중학교 들어가니, 아버지는 그나마 아들을 동반한 극장 방문을 끊으셨다.

극장에 데려가며 아버지는 어린 아들을 바라보며 무슨 생각을 했을까. 아마 많이 안타깝고 답답했을 터이다. 그러나 그도 어찌하랴. 아버지 환갑 때 난 국민학교 4학년생인 10살이었다. 주변인들이 '장남인 네가 아버지께 술 따르라' 하던 일이 기억난다. 고등학교 입학 후 제법 철들고 나니, 이미 아버지와 아버지 주변인들은 죄다 너무도 늙어 있었다.

철들고 바라본 아버지, 이제 내가 아버지의 그 나이가 되었다. 살아가기 몹시도 쉽지 않았던 시절, 1960년대 말, 그 3년간의 풍경이었다. 어린 아들을 동반하고 극장에 간 내 아버지. 그 인생극장의 한 모습이 뼈가 저리도록 그리워진다.

카미노에 와서 육신의 아버지를 만날 수 있었다. 살아계실 때보다 더 분명하게 아버지를 볼 수 있었다. 아버지는 짧게 말씀을 하셨다. 돌아가신 이후 처음으로 아버지가 내게 하시는 말씀을 이 카미노에 와서야 들을 수가 있었다. "애야, 어려웠던 그 시기에 제대로 해줄 수 없어 미안했단다."

카미노에 와서야 비로소 아버지의 아들이 될 수 있었던 순간이다. 아버지의 그 나이가 지나고서야 이제 비로소 아버지를 제대로 바라보다니. 내가 지금 아는 것을 그 나이에 알았더라면.

톰 러시Tom Rush의 〈올드 맨즈 송Old Man's Song〉이다. 노년의 노쇠함과 지난 추억, 그리고 속절없는 삶의 변화에 대한 감정을 표현하고 있다. 가사는 세월의 흐름과 함께 변해가는 것들에 대한 정서를 담고 있다.

"당신의 머리 위에 내린 눈처럼, 흰 백발노인이 서서 비둘기들에게 먹이를 주고 있다네. 당신의 몸은 녹슬고, 피부는 먼지 같아, 지난 저녁 어스름 빛 속을 바라보는 것 같다네. 하나하나가 행복이었고 노정이었다네."

_ 아버지를 생각하며, 아풀리아 마을로 가는 카페에서

간만에 푹 잤다. 잠이야말로 인간의 몸과 마음을 분명하게 복원시키는 최고의 묘약이다. 독실 싱글 베드에서 정신없이 곯아 떨어져 잤다.

여기 아풀리아Apulia 마을의 알베르게, 산티아고 다 코스타Santiago da Costa, 참 좋은 장소이다. 자칭 오스피탈레로, 페르난도Fernando는 매우 노련하다. 왜 자칭이라 했냐면 본인은 카미노 상의 무급 봉사자인 '오스피탈레로'라 말하지만, 내가 볼 때는 그냥 여기 직원이다. 그야 어쨌건 게스트들을 편안하게 눈치껏 잘 모신다. 내가 극도로 피곤한 상태인 것을 간파하고, 가능한 편하게 유도하였다. 서비스 노동자들은 이런 유연한 응대가 몹시 중요하다.

저번 날 유랑에 대한 이야기를 했었다. 아마도 이런 방랑벽은 고등학교 입학하고 나서부터 생긴 듯하다. 고등학교 입학하고 나니 서울시 전역에 가금 축산 금지 처분이 내려졌다. 그 덕분에 지긋지긋한 가사 노동으로부터 벗어날 수 있었다. 난 방학 때가 되면 어머니 고향으로 내려가 은둔해 버렸다.

신경증에 시달리던 시기이기도 했
다. 특히 불면증과 노이로제, 그리고
강박 증상이 심했다. 청량리뇌병원, 우
석대병원(둘 다 지금은 개명이 되었을
듯. 참나, 뇌병원이라니) 등을 다녔다.
실습 나온 인턴들에게 어처구니없는
일도 다 당했다. 인격적 존중이란 없
던, 시대적으로 모든 것이 심하게 미비
한 시절이었다. 신경쇠약 자체가 개인
의 약점이고 수치였던 시절이었다. 난
그저 덕장에 걸어둔 오징어처럼 비쩍
말라갈 수밖에 없었다.

아버지 말씀하셨다, "뭔 신경쇠약, 집안 망했다우." 참으로 날카로운 비수가 되어
내 가슴에 들어와 사정없이 꽂혔다. 몹시도 각박한 시절이었다. 그래도 어머니의 조
카, 내게는 먼 친척 형님의 영향으로 공부 재미도 붙이고, 독서량을 늘려갈 수 있었
다.

그런 가운데 나는 음악을 유일한 위안으로 삼을 수 있었다. 고3 때 집안에 어려운
일이 닥쳤다. 가세가 기우는 것까지는 그렇다 쳐도 아버지가 뇌중풍으로 온전치 않
아진 것이 결정적인 문제였다. 집안의 정상적인 흐름은 무참하게 끊기고 말았다. 참
모든 것이 막막했다.

이후 남들은 대학 입시에 목숨 걸던 시기에 난 유랑객이 되어 남녘을 떠돌고 있었다. 특정 지역에서는 다방가 디제이DJ 노릇도 하고 있었다. 부모 입장에서 보자면 불효자도 세상 이런 불효자가 없었을 것이었다. 하지만 당시 효도라든가 순종하기와 같은 의식이 내게 남아 있지 않았다. 난 상실된 주체성과 다친 자존감을 붙들고 있기에도 버거워 흔들리고 있었다.

아버지 먼 친척으로 같이 이북에서 내려온 명우네 부부가 있었다. 명우 아버지는 내 아버지의 조카뻘이었다. 그 명우 엄마 곧 아버지 입장에서는 조카며느리가 날 보자며 했던 말이 기억난다. 요약하자면 '부모님 생각 좀 하라'는 건데, 문제는 그 번들거리는 얼굴과 걱정하는 듯한 말투에 담긴, '희번덕이는 기쁨의 속살'을 내가 간파하고야 말았다는 것이다. 그녀는 집 두 아들이 다 대학 입시에 실패하여 낙심해 있던 차였다.

남의 슬픔이 나의 기쁨이 되는, 사람 내면의 그 오묘한 속내를 속절없이 앉아 바라보고 있었다. 슬펐다. 공자 말하기를 '교언영색巧言令色 선의인鮮矣仁'이라 했다. '교묘하게 말하고, 얼굴색을 꾸미는 자는 어진 사람이 드물다'는 의미이다. 결국 그 부부는 땅 보상금으로 받은 우리 집 재산의 대부분을 어음 할인(추렴, 일명 와리깡)으로 불려주겠다며 가져가 낱낱이 다 탕진했다. 어머니께서는 '설마 일부러 그러겠냐' 하고 말하셨지만, 세월 지나 보니 그 만남 자체가 악연이었다.

그래도 누나는 제법 잘해냈다. 대학 잘 들어가 집안 영향에서 어떻게든 벗어나려 애쓰고 있었다. 그 마음 십분 이해된다. 하나 동생에게는 많이 미안했다. 형이 동생에게 선한 영향력을 끼쳤어야 했는데, 내가 보여준 것은 무참하게 바닥으로 추락하여 방황하는 모습뿐이었다.

그래도 날 살린 건 스스로를 믿는 믿음이었다. 마음먹으면 언제든 해낼 수 있다는 그 자존감 말이다. 끝까지 이걸 놓지 않고 있었다. 죽을 고비를 넘기면서까지. 이 마지막까지 버리지 않은 자존감이 결국은 날 진창에서 끌어내 살려냈다. 그 사무치도록 격렬한 유랑과 방랑의 시기를 겪고도 대학은 들어갔고, 이후 나름의 커리어를 가꾸어 나갈 수 있었으니까.

그리고 아내. 아내는 나의 방랑벽을 가라앉혀 주었고, 갈가리 찢긴 내면의 상처를 보듬어주었다. 그리고 내가 가장으로서 무사히 자리 잡을 수 있도록 도와주었다. 폭풍 치던 젊은 날의 그 시기가 생각이 난다. 그 폭풍이 있었기에 그나마 내 인생의 감나무에는 작은 감이나마 익었고, 난 늦게나마 철이 들 수 있었나 보다.

뒤돌아보니 매사에 너무도 늦된 인생이었다. 하지만 여기서 더 이상 늦을 수야 없겠다. 카미노가 내게 내려준 사명이 있으니까.

 피터 폴 앤 메리의 리더, 피터 야로우Peter Yarrow, 그의 싱글 곡, 〈롱 레인보우Wrong Rainbow〉이다. 1994년 국내 드라마에 삽입곡으로 쓰이면서, 대중에 많이 알려지게 된 곡이다. 가사 내용은 실패한 인생의 삶에 대한 회한을 담고 있다. 듣노라면 '다시 시작하기에 너무 늙었노라'는 화자의 자조와 한탄에 마음이 이입되어 가슴이 시려온다.

"가을 낙엽이 발 주변에서 날리네. 겨울바람이 얼굴을 스치네. 잔인한 별들이 반짝이며 내려오네. 나는 이 삶을 잃었다 말하네. 덧없는 무지개를 갖고 있었네. 황금의 그릇을 보지 못했네. 내가 본 건 다시 시작하기엔 너무 늙은 사람일 뿐이네."

_발걸음을 잠시 멈춘 아풀리아 마을, 알베르게에서

폭력의 역사 13

아풀리아 마을 알베르게에서 이틀 멈춰 쉬고 있다. 너무도 아늑하고 좋다. 어제의 불안감도 없고 내일에의 기대감도 없다. 그저 편안한 오늘이 좋을 뿐이다.

이런 안락감이란 카미노 순례 이후 처음 겪는 것 같다. 한데 쉬고 있다 보자니 내일 걸을 일이 번거롭게 도 느껴진다. 그러니 몸의 습관을 잘 길들이는 것이 매우 중요한 것이다. 걷고 멈추고 하는 사소한 일상 에서도 좋은 습관, 삶의 밸  런스를 잘 잡을 줄 아는 태도의 형성이 필요하다. 어린 시절일수록 더 필요한 덕목일 테다.

혹여 폭력에 의존하는 습관이 있다면 이는 큰 문제적 상황으로 비화할 수 있다. 그러니 누구든 죽을힘을 다해 이 습관만큼은 끊어내야만 한다. 다행히 내 경우 언어적 폭력이든 물리적 폭력이든 폭력적 성향이란 없다. 대신에 폭력으로 인해 입은 심한 트라우마는 남아 있다.

아버지나 어머니나 서로에게만큼은 폭력적이지 않으셨다. 두 분이 우리 자녀들 눈앞에서 서로 언어적·물리적 폭력을 가하는 장면을, 적어도 내가 본 적은 없으니까 말이다. 다만 아버지는 우리에게 간혹 우악스러운 물리력을 행사하셨고, 어머니는 아버지 안 계시면 말로 신세 한탄하다, 가끔씩 우리를 분풀이 대상으로 삼으셨다. 그러면 우리는 이런 때에는 일단 피하고 보는 것이 최선이란 것을 경험으로 알아차렸다.

국민학교 가기 전의 기억이다. 아버지에게 세발자전거를 사 달라 바짓가랑이를 붙잡고 졸랐다. 어린 마음에 다른 아이들 자전거 타는 것이 몹시 부러웠다. 결국 조르다 얻어맞았다. 아버지 입장에서야 세발자전거는 세상 아무 실용성이 없는 쓸데없는 노리개였으니까.

국민학교 3학년 때의 기억이 생생하다. 말대답 잘못했다가 아버지를 피해 도망쳐야 했다. 자전거로 쫓는 아버지에게 잡혀 거의 초죽음 상태가 되었다. 폭력은 없었어도, 자전거로 쫓기는 그 사실 자체가 더 무서웠다. 어머니가 아버지에게 대차게 뭐라 하셨다. 아버지에게 거세게 뭐라 하는 아스라한 어머니 목소리에 얹히던 그 뜨거운 눈물과 위안이라니.

가끔 아버지와 어머니 사이에 언쟁이 생기곤 했다. 거개가 어머니 친척들로 인해 생긴 불화였다. 아버지 동의 없이 어머니가 자신의 친척들을 도와주는 일이 잦았으니까 말이다. 이런 날이면 우리 삼 남매는 어머니의 화풀이를 그대로 받아내야 했다. 참 무서운 시간이었다. 아버지는 평생 술 담배를 안 하셨던지라 그저 묵묵. 어머니는 나가 막걸리 한잔을 걸치고 들어오셔야만, 겨우 마음을 가라앉힐 수 있었다.

말하자면 모든 문제의 발단은 결혼 당시 아버지가 어머니를 속이셨다는 것이었다. 아버지는 전농동 오리농장의 일꾼이었음에도 불구하고, 어머니에게 마치 주인인 양 행세를 하셨다는 것이다. 속인 아버지나 속은 어머니나 사실 거기서 거기였다. 그래도 아버지는 그 강인한 생활력으로 곧 장안동에 600평 땅을 사서 양계장 주인이 되어 솔가하고 이사 가게 되었다. 당당하셨다. 돌이켜 생각해보자면 아버지의 생활력은 실로 참 대단하신 것이었다.

아마도 국민학교 4학년 말인가 5학년 초 때로 기억한다. 어머니가 주변 분 권유로 답십리 반석교회를 나가셨다. 그것으로 게임 끝, 모든 것이 바뀐 대사건이었다. 어머니는 '목적이 이끄는 삶'을 확인하셨고, 그로써 두 분의 부부 갈등은 종언을 고하고, 가족 모두가 평안을 되찾는 계기가 되었다. 담임 목사님이 실향민이셔서 아버지를 교회에 쉬 정착하게 이끄셨다.

나의 유년기와 소년기는 한국전쟁의 상처가 채 가시지 않은 시점이었다. 주변은 죄다 삭막했고, 너무도 척박했다. 당시 장안동 양계장 주변으로 재건대원들과 상이군인들이 제법 많이 몰려왔다. 어렵던 시절, 여기저기 아직 한국전쟁의 상흔이 남아 있던 시절이었다. 전쟁이라는 가공할 만한 최고 수준의 폭력을 경험한 시절이었다. 여기저기서 내다 버리지 못한 잉여의 폭력들이 난무하고 있었다.

아마도 구역 다툼으로 인해 재건대 넝마주이 형들 사이에 싸움이 벌어졌는데, 큰 돌을 쳐들어 서로 머리를 내려치는 걸 목격했다. 마침 그게 바로 내 눈앞에서 벌어진 일이었다. 머리가 터져 선혈이 낭자하게 중상을 입은 재건대 한 형의 모습을 본 것이 결국 평생 큰 트라우마로 남아 있다.

전쟁 이후 어려운 시절 태어나 유년 소년기에 후진국의 간고한 삶을 살았던 것이다. 그러다 보니 어린 시절에 바라본 폭력에의 경험은 쉬 잊히지 않는다.

 블랙 사바스Black Sabbath의 〈체인지스Changes〉이다. 사랑과 상실에 대한 노래로 삶이 바뀌었으면 한다는 강한 바람을 표현하고 있다. 서정적인 느낌의 부드럽고 감미로운 멜로디를 가진 곡이다. 피아노와 오르간의 멜로디로 시작하며, 오지 오스본Ozzy Osbourne의 보컬은 매우 감정적이고 따뜻한 느낌이다.

"난 불행하다고 느껴요. 너무도 슬프네요. 나는 가장 친한 친구를 잃었어요. 내가 가지고 있던 모든 것. 그녀는 내 여자였으니까요. 나는 그녀를 너무 사랑해요. 하지만 지금은 너무 늦었어요. 난 그녀를 보내주고 말았어요. 나는 변화를 겪고 있어요."

_아풀리아 마을을 떠나며 아침 카페에서

휘경동의 까까머리 잔혹사, 그 이후 / 14

휘경동 소재 중학교로 통학하던 시절이었다. 이때 받은 폭력에의 경험 또한 너무도 강렬하여, 그 트라우마란 뭐 이루 다 말할 수가 없다.

중학교 1학년 때. 음악 선생이 칠판에 악보를 그렸다. 제대로 가르치지도 않은 상태에서 한 명씩 나와 계명창을 부르게 한 것이다. 제대로 부르는 아이는 거의 없었고, 틀릴 때마다 그 선생은 중학생 아이들의 빡빡 깎은 그 까까머리통을 막대기로 사정없이 두드려댔다. 나 또한 피해 갈 수는 없었다. 세상에 공포도 그런 공포가 없었다. 그때의 트라우마가 얼마나 컸던지, 평생 음악 이론은 쳐다보지도 않고 음악은 감상에 감상만 거듭했다.

에롤 가너Eroll Garner라는 재즈 피아니스트이자 작곡가가 있다. 1954년에 〈미스티Misty〉라는 재즈곡을 작곡하고 연주한 훌륭한 사람이다. 아 왜 젊은 클린트 이스트우스Clint Eastwood가 주인공으로 나오는 영화 〈어둠속에 벨이 울릴 때Play Misty for Me〉의 주제곡으로 나오는 그 '미스티'의 작곡자 말이다. 그는 악보를 볼 줄 모른다. 다만 악상이 떠오르면 사람을 불러 자신이 허밍하여 채보시켰다 한다. 최고의 작곡자 에롤 가너라도 계명창을 제대로 할 리 없었을 것이다.

중2 때 담임 선생님은 체육 선생이셨다. 참 이분이 특이했던 것이 체육 시간에 걷기 이론, 기초 육상 종목 등을 가르쳐 주셨다. 걷기 자세를 열심히 설명하시던 그 모습이 눈에 선하다. 당시로 보아 참 선구적이셨다. 체육 시간에 기초 체력 교육을 지도하기는커녕, 축구공 하나 던져주고 시간 내내 축구하며 놀게 한 경우가 흔했던 시절이었다. 그 선생님 덕분에 내가 장대높이뛰기와 달리기에 소질이 있다는 걸 알았다. 그 점은 참으로 훌륭하신 선생님이셨다.

그런데 그 어느 날, 그 선생님은 학급에 등록금 안 낸 아이들을 호명하시더니 나오게 했다. 한 10명이나 되었을까. 앞에서부터 사정없이 손바닥으로 주먹으로 아이들을 때리는 것이었다. 등록금 못 낸 것도 슬픈데, 얻어맞아야 하다니. 내가 맞았다는 것이 아니다. 나는 무력하게 매 맞는 아이들의 모습을 앉아 지켜보고 그 부조리함이 치가 떨려 하루 종일 부들부들 떨어야 했다. 당시 자습 시간에 폭력을 위임받은 반장 녀석은 마음 내키는 대로 아무나 불러 따귀를 때려댔다. 참으로 어처구니없을 정도로 무도한 시절이었다. 하, 그 반장 녀석의 완장질이라니.

고등학교 시절이라 해서 별반 나아진 것은 없었다. 학교 교정에 폭력은 일상화되어 있었다. 선생은 제자라는 이유로 학생을 때렸고, 선배는 후배라는 이유로 학생을 때렸던 그런 시절. 신문반 방송반에 나름 인재들이 몰리던 시기였다. 신문반 담당 선생은 부조리 시정을 요구한 학생회장을 교무실에서 때려, 고막을 터트리는 사고를 쳤다. 참으로 무도한 시절이었다.

서울대 혁대 버클을 항시 보란 듯이 달고 다니던 물리 선생은 별명이 '미친 개'였다. 어느 날 판서할 때 이유 없이 그냥 학생들이 웃었다. 학생들이란 그냥 그렇게 웃기 마련이다. 그는 웃은 학생들을 다 불러 모아 앞에서부터 개 패듯 패댔다. 열댓 명 나온 중에 나도 다섯 번째인가 나가 있었다. 공자 말하기를 '견의불위見義不爲 무용야無勇也'라 했다. '의를 보고도 행하지 않음은 용기가 없는 것이다'는 의미이다. 순간적으로 뭔가 의분이 앞서던 순간이었다.

내가 "선생님 크게 오해하셨어요!" 하니 "너는 뭐야." 하며, 세상의 온갖 가열한 폭력이 내게 가해졌다. 숨이 턱 막히는 공포. 덕분에 내 뒤에 있던 친구들은 폭력의 사슬에서 벗어날 수 있었다. 말도 못하게 퉁퉁 부은 얼굴로 집에 들어가, 혹시 부모님 볼까 말도 못 하고, 숨도 못 쉬었다. 담임 선생님은 애써 외면하고. 참으로 무도한 시절이었다. 학교 가기가 싫었다. 학교 그만둘 궁리란 궁리는 다 꿈꾸었다.

그 모든 것이 성적 지상주의로 귀결되던 시절인지라, 시험 보면 성적 등수를 복도에 내걸곤 했다. 이른바 족보라 불렸다. 외부 연합 평가 시험이라도 볼라치면, 난 수학은 별 볼 일 없었으나, 국어, 영어 성적은 최상위권이라 아예 웃지도 울지도 못할 상황이었다. 당시 난 독서량 많고, 팝송 가사 많이 아는 사람이었다.

이제 그 무도한 폭력의 시대는 지나갔다. 요즘은 학생과 학부모의 심리적 물리적 폭력으로 교육자가 시달리는 지경이니, 참 세월이 변해도 정말 많이 변했다. 뭐 어찌 되었건 두말할 것 없이 폭력은 어떤 말로도 용납될 수 없다.

어린 시절과 성장기의 과격한 폭력 경험이 너무도 지긋지긋해서인지, 최소한 남에게 물리적 폭력으로 대하진 않겠노라 다짐에 다짐을 거듭하고 세상을 살아왔다. 그 다짐 덕분인지 가정을 이루고 살며 지금까지 아내와 자식들 앞에서 언성 한 번 크게 높인 적이 없다. 아마 살면서 가족들에겐 제법 괜찮은 남편, 아빠, 장인, 할아버지이었을 것이다.

한데 여기 카미노에 와서는 그 누가 화내거나 성내는 목소리를 들어본 적이 없다. 그 단 한 번도. 언어적 폭력이 없는데 물리적 폭력은 상상이나 할 수 있을까. 길에서도 서로 보면 밝게 웃고, 상대를 위해 대화로 마음을 열어 보여준다. 앞으로 남은 생애는 카미노의 만남처럼 이렇게 살고 싶다. 카미노가 가르쳐 준 삶의 방식에 따라서 말이다.

 화이트스네이크Whitesnake의 〈블라인드 맨Blind Man〉이다. 앨범은 두 가지 버전이 있는데 큐알로 첨부한 「David Coverdale/Whitesnake(1977)」 앨범 버전으로 들어야만 한다. 외국의 감상자들은 이 버전이 '날것이면서도 진실한raw and real'이라 평했는데, 난 이 의견에 전적으로 동의한다. 그러니 「Ready and Willing(1979)」 앨범 버전은 '김빠진 맥주'이니 반드시 피하시길 바란다. 어렵던 시절에 접했던지라, 가사는 내게 너무나도 먹먹한 아픔으로 다가오곤 했다. 길이 남는 내 평생의 노래이다.

"나는 과거의 꿈을 꾸고 있었지요. 왜 좋은 시간은 결코 지속되지 않는가요. 도와주세요. 예수님, 길을 보여 주세요. 장님처럼 나는 태양의 열기를 느낄 수 있어요. 그렇지만, 장님처럼 난 몰라요, 그 열기가 어디에서 오는지."

_ 신비한 아풀리아 마을을 떠나며

피로가 유발하는 실존 감각

가다 마르Mar 마을에서 멈춰 섰다. 아침에 어쩌다 상처 난 발톱이 뒤집어지는 사고가 있어, 발톱 통증이 제법 남아서다.

그때 프랑스 카미노에서 몬하르딘Monhardin 모임에 참여하려 무리하게 달리느라 상처를 입은 왼쪽 엄지발톱 때문이다. 아예 발톱이 저절로 빠져버리면 상관없겠다. 하지만 발톱 뿌리가 살에 붙어 신경이 살아 있는 상태로, 발톱 앞부분만 뒤집어져 몹시 아프고 걷기가 정말 불편하다.

감기 뒤끝도 제법 오래 간다. 약을 먹어도 가래가 가시지 않고 기침은 계속 터진다. 현지 병원을 찾아야 했나 싶다. 무릎 아래 정강이 타박상의 통증은 무척 고통스럽다. 뼈가 시려 오고 시큰거리고 욱신거려 지속적인 보행을 내내 방해하고 있다. 하나 이런 피로감에 엄힌 통증이 있어도 정신은 맑게 고양되고 있다.

피로감이 심할수록 실존에 대한 감각은 생생하게 살아난다. 순례에 대한 의지는 더욱 강해지고, 영적 신비에는 더 가까이 다가서는 느낌이다. 이는 분명 긍정적 통증이 주는 힘이다.

한데 순례 도중 과거 일을 회상하노라면 가끔씩은 내면에 부정적 감정이 뭉클거리며 올라올 때가 있다. 그러면 영락없이 피로감은 격렬하게 통증으로 변하여 다시금 부정적 감정이 강화된다. 말하자면 피로감이 통증으로 변하고 그리고 이 통증은 경우에 따라 긍정 부정 감정으로 변하고 강화되어 순환되고 있다.

그 부정적 감정이란 죄책감, 자책감, 실망감, 모욕감, 배신감, 열패감, 연민, 후회 등등 따위이다. 이러한 감정은 과거의 일을 정신없이 상기시킨다. 격렬해지는 통증을 막으려면, 죽순처럼 내면을 뚫고 올라오는 부정적 감정을 죽여야만 한다.

통증과 내면은 서로 길항拮抗 작용을 거듭한다. 부정적 감정이 차오를 때면 아예 내 육신의 움직임을 다른 방식으로 다시금 강화하는 것이 도움이 된다. 그러면 복합적이고 만족스러운 긍정적 피로감이 유발되어, 신기하게도 점차 부정적 감정이 사그라진다.

하니, 경우에 따라 통증이 동반되는 피로감이란 내 정신을 과도하게 썩히는 일을 막아주는 방부제 역할을 한다. 일이 그렇다 해도 10일 감기 앓기란 유례없는 일이다. 그간 이래저래 에너지를 과하게 사용한 건 사실이었다. 포맷을 달리해 쓰고 싶은 글을 이제 비로소 시작하고 있다. 그저 육신이 잘 따라주기를 바랄 뿐이다.

프랑스 카미노는 잘 보낼 수 있어 참으로 감사했다. 제법 잘해냈다. 실로 대단한 여정 800km, 전무후무한 24시간이었다. 거의 20대 청년의 에너지로 걷고 생각하고 만나고 묵상하고 그리고 정말 미친 듯 글을 써댔다. 하니 그런 에너지의 분출이 내 인생에 다시 일어나기는 어려울 듯하다.

그런 후에 여기 포르투갈 카미노 해안 길에 들어와서는 감기 들고, 베드 버그 물리고, 발톱 통증에 정강이 타박통에 시달리고 있다. 네 박자 고통을 영접하자니, 가뜩이나 시원찮던 주행 거리가 눈에 띄게 줄어든다.

오다 호주에서 온 부부 순례객 그리고 캐나다에서 온 부인 한 분을 만났다. 잠시 쉬면서 한담을 나누었는데, 어쩌다 보니 프랑스 카미노와 포르투갈 카미노, 두 카미노를 비교하는 이야기를 집중해서 나누었다. 이미 다들 프랑스 카미노를 순례한 이후의 경험치를 같이 공유한 셈이다.

제법 진지한 대화였는데, 당시 이야기를 정리하자면, 포르투갈 카미노가 덜 붐비고 덜 상업적이며, 물가도 저렴하고 바이크에 덜 시달린다는 결론이다. 하지만 경치는 좋으나 표정이 적어 사람 따라서는 지루할 수 있고, 해안 길의 경우는 햇볕을 피할 수 없으며, 영적인 측면으로는 해안 길보다는 프랑스 카미노 길이 낫지 않냐는 의견도 있었다.

포르투갈 카미노에서 갈리는 중앙 내륙 길의 분위기는

아직 잘 모르겠다. 기존 순례객들의 중평도 서로 같이 나누었다. 미뉴Miño 강 건너 투이Tui에서 갈리시아 지방으로 들어선 파드론Padron까지의 숲길이 아름답고 영적인 분위기가 매우 강하다는 것이다.

뉘엿뉘엇 저녁 햇살은 넘어가고 알베르게에서 저녁을 맞자면 뭔가 깊숙이 침잠해지며 마음이 가라앉는다. 순례길에서 이동할 때와 달리 알베르게에 멈추어 있으면, 가끔씩 이 피로감은 통증으로 변하며 부정적 감정을 촉발하기도 한다. 기분이 태도가 되면 곤란하겠지만, '나 혼자 있으니 그렇다'는 것이다.

햇살이 뉘엿뉘엿 넘어가는 저녁이 다가온다. 그리움이 짙어가는 시간이기도 한다.

 트래픽Traffic의 〈이브닝 블루Evening Blue〉라는 곡이다. 1970년대에 활동한 영국의 록 밴드로, 스티브 윈우드Steve Winwood라는 불세출의 뮤지션이 리더였다. 사이키델릭 록과 프로그레시브 록의 영향을 받아 다양한 음악 스타일을 선보인 그룹이다.

"내 마음을 노래하게 만드는 저녁 그림자, 지는 해가 나뭇잎을 갈색으로 변하게 하네요. 만약 내게 진실한 마음을 가진 연인이 있다면, 이 저녁 푸른색 속에 나 혼자 있지는 않겠지요."

_가던 걸음을 멈추고, 마르Mar 마을에서

통증과 평생 친구로 살아가기　　　　　　　　　 / 16

　회상과 연관하여 통증 이야기를 하던 중이었다. 우리 육신의 작은 고통도 여러 문제를 야기하는데, 평생 여러 통증을 안고 사신 분이 있다. 말하자면 통증과 평생 동거하며 친구로 살아간, 어머니 이야기이다.

　1931년생이니 살아 계셨으면 올해 93세 되시겠다. 어머니는 예전 첫 결혼 후 곧 한국전쟁이 터졌단다. 전남편은 군대에 징집되어 바로 전사하고, 딸 하나는 얼마 안 있다 병사한다. 그러고 나서 1950년대 중반에 아버지를 만나 결혼한다. 전농동의 오리 농장 일꾼을 주인인 줄 알고 속아서.

　전사한 남편을 몹시 사랑해 잊지 못했나 보다. 군복 입은 군인을 보면, 남편이 왔나 멍하니 따라가 바라보았다 한다. 어쩐지 우리 집에는 상이군인들이 자주 찾아왔다. 어머님이 유독 상이군인들을 긍휼히 대하는 통에 그리된 것이었다. 결국 6.25 한국전쟁은 부모님들의 기존 가정을 해체시키고, 새 가정을 꾸리게 했으니 우리 가정으로서도 큰 사건은 큰 사건이었다.

　그러니 전쟁으로 어머니는 옛 남편과의 사별을 겪고, 아버님은 옛 가정과의 이별을 겪으신 것이다. 그 고통의 크기를 우리가 어찌 가늠이나 할 수 있었겠는가. 하기야 어린 삼 남매들에 있어서야 그 무슨 상관이 있으리요. 어머니는 모진 운명의 장난에 그저 막걸리 잔으로 온갖 시름을 날리고 있었고, 아버지야 평생 술 담배를 모르시던 분이니, 그냥 꾸벅꾸벅 일로 근심을 잊으셨다.

아버지는 그 강인한 생활력으로 전농동에서 곧 오리농장을 인수하셨다. 이후 장안동에 제법 큰 땅을 사서 이사 가는 새로운 삶의 전환을 이뤄내셨다. 실로 대단하신 것이었다. 장안동 중앙에 동서로 둑방 길이 있었는데, 무허가 판자촌이 형성되었다. 거기에 전국 각지에서 서울로 상경해 있던 도시 빈민들과 북에서 내려와 있던 실향민들이 밀려들었다. 일부 어머니 친척들도 있었는데, 어머니는 손이 크고 정이 많아 결코 그들을 외면하거나 그냥 돌려보내지 않았다.

우리 집 사랑채와 별채에는 어머니 친척들로 항시 그득하고, 거기 못 있던 사람들은 둑방 판자촌으로 옮겨갔다. 아버지 입장에서는 분명 그들의 생활력을 한심하게 봤을 것이다. 평소 말씀 없으신 아버지도 '둑방촌 사람들이 나태하고 생활력이 무디다'며 불쑥 한 말씀 던지시곤 하셨다. 그리고 사랑채에는 외할머니도 와 계셨다. 나이 차가 안 나던 아버지의 장모, 내 외할머니이시다.

참 그것이 그렇다. 이런 가족사가 어머니와 아버지의 끊임없는 언쟁과 갈등의 핵심 원인이었다. 언쟁이 있다고 해서 별난 스토리가 있었던 건 아니다. 아버지는 짧게 "안 된다우." 한 거고, 어머니는 결과적으로는 그 말씀을 어떻게든 무시한 것이다. 어머니 친척 가운데에서는 온 씨 성을 가진 전남편 친척도 있었다. 그때는 어려 몰랐는데, 참 세월 지나고 보니 아버지야말로 진실로 부처님 가운데 토막이셨다.

어머니인들 마음이 편하실 리 있었으랴. 원래 기질이 강하고 매사에 경우가 밝으신 분이라, 고향에서도 여장부로 불리셨던 분이다. 본디 그 손 크고 인정 많은 것은 절대 안 고쳐지는 일이다. 어머니는 22년 차이 남편으로 인한 자존감의 거친 상처와 친척들 보살피려는 불굴의 의지를 동시에 지니고 있었다.

하여 온통 집안에는 어머니의 분통과 아버지의 침통이 가득했다. 우리 삼 남매, 특히 장남인 나는 그 폭풍을 앞장서 짊어져야 했다. 게다가 어머니는 가끔씩 화가 나시면 순간적으로 말이 험해지셨다. 어머니는 항상 정신적으로 피폐해 계셨다. 밝게 웃으시는 것을 본 기억이 거의 없다. 항시 심각하게 언제 터질지 모르는 울화로 가득 차 있었다. 아버지야 항시 묵묵.

어머니는 짧은 기간의 신혼이었지만 사별한 전남편에 대한 지독한 그리움을 지니셨다. 실상이 그러하니 그에 비례해 남편에 대한 한없는 미움을 키우셨다. 어린 시절 간혹 둑방 길에 내가 있다 보면 5시경 어머니가 부리나케 어디론가 간다. 내가 "엄마 어디 가." 물으면, "어서 들어 가."라는 한마디 하신다. 답십리에 막걸리 걸치며 친구들과 인생 한탄하러 나가시는 길인 것이었다.

그러다 어머니가 신앙을 가지신 것이었다. 모든 것이 정리된 사건이었다. 어머니는 삶의 목적을 찾으셨고, 그 지독했던 정신적 통증은 서서히 사라졌다. 하지만 곧이어 바로 육체적 통증이 찾아오기 시작한다.

내가 외지에서 헤매다 잠시 집에 들어와 있을 때였다. 마침 한 친구가 집에 전화해서 나를 찾았다. 어머니는 "그 아이는 많이 아프단다. 친구하지 말거라." 했다. 참 강인한 분이셨다. 당신의 이 말씀이 알량한 자존감만 남은 날 그나마 살려냈다.

공자 말에 '인지생야직人之生也直 망지생야罔之生也 행이면幸而免'이라 했다. 곧 '사람 사는 거 바르게 살아야 한다. 정신없이 사는 건 요행히 죽음이나 면하는 것이다.'라는 의미이다. 내가 '앞으로는 똑바로 살자'며 각오를 하고, 그리 분명하게 실천하였으니 말이다.

데이비드 소울David Soul이 발표한 〈전선 위의 새Bird on the Wire〉이다. 원곡은 레너드 코헨에 의해 1969년도 발표된 곡으로, 소울이 리바이벌하였다. 소울은 드라마 〈스타스키와 허치〉에서 '허치' 역할을 했던 배우이기도 하다. 톡톡 튀기는 피아노는 세션으로 참여한 거장 니키 홉킨스Nicky Hopkins의 솜씨이다.

"전선 위의 새처럼, 자정 합창단의 술 취한 사람처럼 나는 자유로워지기 위해 나름대로 노력해 왔습니다. 갈고리에 걸린 벌레처럼, 옛날 책에 나오는 기사처럼 나는 당신을 위해 모든 리본을 저장했습니다."

_마르Mar 마을에서

그러나 어머니가 가장 두려워했던 병

안야Anha 마을로 들어섰다. 아직도 브라가Braga 지방을 벗어나지 못했다. 어제 마르 Mar 마을에서 묵는데 게스트하우스 주변에 매우 평판 좋은 카페가 있어 들렀다.

카페 이름이 '에스트레야 다 노이테estrella da noite'라니 '밤별'이다. 카페에 제법 사람들이 많다. 뭔 일인가 물었더니, 포르투갈 리그 축구 경기란다. 몹시 중요한 일정인 듯하다. SC 브라가와 FC 포르투의 경기로 나름 응원이 뜨겁다.

수제 소시지 볶음과 새끼돼지 구이 그리고 환타를 시켜 축구 경기 보며 잠시 구경하다 전반만 보고 나왔다. 이 모두 4€를 받았다. '제법 싸구나.' 생각했다. 스페인에서도 느낀 것이지만 도시 농촌 간의 차이, 곧 도농 간 생활 격차가 크지 않다. 마을 간 경제적 자급과 타 지역과의 물류 유통이 잘 이루어져 있다. 하여 우리처럼 인구밀집도에 있어 격심한 차이가 나지 않는다.

남파랑길, 서해랑길 다닐 때가 생각난다. 도농 간 인프라 차이와 생활 격차가 너무도 심각하다는 걸 실감했다. 하지만 이제는 격차고 뭐고 간에 사람 자체가 없는 현실이 되었다. 도심 유입으로 인한 유령화와 노령화로 시골 마을에 이제 젊은이란 찾아볼 수 없다. 학교는 문 닫고 사람 찾기도 힘든 실정이다. 연간 출생률 0.7을 찍었으니, 이제는 나라의 존립 자체가 문제되는 기막힌 시점이 되었다.

발톱 통증과 정강이 타박상이 여전한 고통으로 남는다. 마르에서 독일인 부부에게서 발톱 골무를 하나 얻었다. 끼우고 걷다 보니, 이것이 작아 외려 발톱을 옥죄니 죽을 지경이다. 약국에 들어갔더니 약사가 "지금 상태로는 끼우면 안 된다." 한다. 아예 발톱이 빠진 후에 끼우라 하며, 손수 소독약과 붕대로 처치를 해주었다. 조금은 살 것 같다.

통증으로 절룩거리자니, 어머니 생각이 절로 난다. 어머니는 평생 여러 육체적 고통으로 그 통증을 호소하셨다. 소천하셨을 때, 추도 예배에서 목사님도 회고하면서, 어머니 통증에 대해 언급하셨을 정도였다.

일단 화병火病. 국어대사전에는 화병을 '억울한 마음을 삭이지 못하여 간의 생리 기능에 장애가 와서 머리와 옆구리가 아프고 가슴이 답답하면서 잠을 잘 자지 못하는 병'이라 정의하고 있다. 울화병이다. 이거 영어로 하자면, 'hwa-byung'이다.
한국 어머니들에 얼마나 흔하면 웹스터 영어대사전에 한국어 발음으로 실렸을까. 소통이란 없는 아버지와 갈등으로 인해 항시 이 화병을 안고 사셨다. 한데 소통이라 할 게 없는 것이 아버지는 항시 "안 된다우." 일색이셨으니까. 아버지는 정말 말씀이 지독히도 없으셨던 분이었다.

다음으로는 평생 달고 사신 담석증. 이 담즙이란 사람 기질과도 연관되는 것이다. 어머니는 기분파에다 불같은 성미라 뜻대로 안 되면 견디지 못하는 성품이신지라 소화기관 내 담즙 생성도 많으셨던 듯하다. 내 국민학교 5학년 때 국립의료원에서 수술을 받아, 노란 계란 크기만 한 담석을 가져오셨다. 그 후 대략 7~8년마다 한 번씩 재발했는데, 만년에는 복강경 시술로 바뀌어 그나마 좀 수월해진 면도 있었다.

다음은 간 절제 수술과 담도 관련 질환 진단. 이게 서울아산병원에 입원하시어 외과 팀과 내과 팀의 진단이 달라 혼란이 왔다. 내과 팀은 담도암, 외과 팀은 담도염으로 달리 진단했다. 여하튼 본인 고집으로 수술을 안 받은 것이 그나마 전화위복이 되었다. 문제는 만년에 뇌졸중이 왔을 때도 이때 경험의 학습으로 병원 가기를 거부하신 일이 문제였다. 결국 치료 시기를 놓치고 치명 상태가 되고 말았으니까.

다음은 무릎 신경통. 평생 쪼그리고 앉은 상태로 계란을 만지며, 그걸 크기별로 분류하여 상품화하는 최종 작업을 하시느라 크게 무리하신 것이었다. 온갖 스테로이드 무릎 주사에 의존하시다, 2000년경에 수술로 인공 관절을 삽입하셨다. 돌아가시니 화장해 드리고 남은 그 인공 관절. 그 태우지 못한 마지막 어머니의 일부를 바라보자니, 참 허망하기가 그지 없었다.

그리고 마지막으로 찾아온 치명적인 뇌졸중. 어머니 주변 친구분들의 부추김과 담도암 진단으로 학습된 치료 거부 확신이 낳은 재앙이 어느 날 찾아왔다. 처음에는 섬망 증세가 오더니, 어느 순간에 생각은 멀쩡하신데 독해 능력과 표현 능력을 상실하시고 언어의 감옥에 갇히고 마셨다.

발톱 통증과 다리 타박상으로 절룩대다, 어머니가 평생 겪은 여러 통증을 생각해 보았다. 어머니는 평생 동시 다발적으로 찾아드는 여러 통증과 싸워야 했다. 통증을 친구 삼아 함께 평생을 살아가신 것이다. 하나 병을 달고 사셨던 어머니가 가장 두려

위했던 병은, 바로 아들이 지닌 그 마음의 병이었다. 해결해줄 방법도 못 찾으면서 한없이 안타까워 하셨다.

그리고 그 마음의 병을 디디고 일어난 아들 모습에 눈물 흘리셨다. 공자 말하기를 '미지사야未之思也 부하원지유夫何遠之有'라 했다. 곧 '생각을 안 한 것이지, 어찌 멀리 있겠느냐'는 의미이다. 항상 주변인들에게는 "우리 아들이 마음이 다쳐 생각을 안 한 거지, 언제든지 해낼 수 있어요."라고 말하셨다 한다.

존 레논John Lennon의 곡, 〈마더Mother〉이다. 이 노래를 들으면 하염없이 마음이 아프다. 정말 이는 일찍이 그 유례를 찾아보기 힘들 정도로 애절한 사모가思母歌이다. 모성의 결핍, 부성의 부재不在로 인한 원망과 그리움은 늘 레논의 마음 한구석 깊이 자리 잡아 그를 끝없이 괴롭혔던 것이다.

"어머니, 당신은 절 가졌었죠. 하지만 전 당신을 가지지 못했어요. 아버지, 당신은 절 떠났었죠. 하지만 전 당신을 떠나지 않았어요. 그러니 당신에게 말할게요. 안녕, 안녕. 엄마 가지 마요, 아빠 돌아와요. 엄마 가지 마요, 아빠 돌아와요."

_ 안야Anha 마을에서

산티아고 카미노 블루

내 마음속의 놀이터   / 18

까레소Carreço 마을 까사Casa에 머무르다 지나왔다. 까사 도 아드로Casa do Adro라는 곳. 알베르게가 아니더라도 까사를 잘 찾으면 공유형의 편한 시설에서 푹 쉴 수 있다.

까사는 일종의 펜션이라 하겠는데, 순례객들을 위해 룸 도미토리 공유가 가능하도록 공유형으로 개조한 곳이 제법 있다. 이번 묵은 까사의 1층은 공유형 도미토리, 2층은 펜션 형태로 구성되어 있었다.

1층 공간의 칸막이 형태는 일반 알베르게의 이층침대보다는 월등하게 프라이버시를 잘 보호하고 있다. 난 격리된 공간에서 맘 놓고 양압기를 사용하며 푹 쉴 수 있었으니까. 비용은 조금 더 치르더라도(5€ 정도 더), 사적 공간이 잘 확보되었고 시설이 제법 좋았다. 2층에는 잘 꾸며진 정원과 함께 수영장이 있었다. 수영장 바라보며 대형견 안드레Andre의 천진한 애교와 함께, 밝은 햇살 아래에서 쉴 수 있었다.

수영장을 바라보다 보니, 어린 시절 뒷집 경순이네 남매와 함께 중랑천으로 멱 감으러 다니던 일이 생각난다. 그러니 유년 시기에 제법 즐거운 놀이가 있었다. 일단 뒷집도 양계장이었으니, 그 집 경순이네 집 아이들과 잘 어울린 건 당연했겠다. 장안동 양계장(그 당시는 행정 구역상 성동구 능동)에서 온갖 논밭을 가로질러 대략 1km 넘게 걸어가자면 중랑천이 나온다. 여기 멱 감으러 누나와 자주 갔다.

그러다 사건이 터졌다. 어느 날 중랑천에 우리 남매는 경순이네 남매와 더불어 넷이서 멱 감으러 갔었다. 넷이 손잡고 깊은 데로 나아갔는데, 경순이가 먼저 물살에 휩쓸렸다. 그 뒤 차례로 넷이 다 빠져 물살에 휩쓸려 가던 절체절명의 위기가 생겨났다. 당시 천변에서 염소에게 풀을 뜯기던 목동 형들이 있었는데, 이들이 우리 모두를 구해주었다. 문제는 혼날까 봐 집에 와서도 한동안 발설을 못한 것이다. 나중에 아신 부모님은 그 목동들에게 은혜 갚을 기회를 놓쳤다고 두고두고 안타까워하셨다.

집에서 중랑천까지 가는 인근 일대는 거의 논이었다. 누나와 어린 동생과 같이 도랑 치러도 많이 다녔다. 논가 도랑과 수로를 족대로 훑어 뒤지면 붕어, 미꾸라지가 제법 나오던 시절이었다. 종아리에 올라붙던 거머리가 무서웠지만. 개구리 잡고 메뚜기도 잡던 참 나름 신났던 시절이었다.

그 일대 겨울이면 썰매를 타러 좀 멀리는 뚝섬까지도 나갔다. 아버지가 썰매를 만들어주셨으니, 아버지는 여러 만드는 솜씨가 있으셨다. 양계장을 혼자서 짓다시피 하시고, 전기 공사도 혼자 하셨다. 혼자 뭘 만들어 내는 데에는 대단한 일가견이 있으셨다. 어머니는 아버지를 워낙 폄하하셨지만, 실상 아버지는 그 생활력과 손재주에 있어서만큼은 특출한 한국인으로 재평가받으셔야 마땅하다. 스스로 공치사를 하시는 법도 없으셨고, 오로지 가족들을 위해 묵묵히 일만 하시던 분이셨다.

나는 겨울이 되면 인근 논밭에서 아버지가 만들어 주신 방패연을 날렸다. 또한 뚝

딱 만들어주신 썰매를 가지고 근방 수로에서 놀곤 했다. 빙질이 마음에 안 들면 둑방 아이들과 같이 뚝섬까지 원정 나갔다. 그러다 5학년 때 아주 신기한 일이 생겨났다. 겨울 날 집 인근에 있는 주변 논을 활용해 스케이트장이 들어선 거다. 전기를 우리 집에서 끌어간지라, 방학 때만 되면 스케이트를 하루 종일 공짜로 타는 큰 즐거움을 누렸다.

5학년 말이었던 것으로 기억한다. 어느 날 같이 멱감고 썰매를 타던 경순이네 집에 놀러갔다. 당시 경순이 말로는 외삼촌이 군대를 갔다 했다. 그 엄마가 커튼 처진 구석을 걷어내고, 동생 소유의 책장 서가를 총채로 탁탁 털던 순간이 있었다. 아니 거의 수백여 권도 넘는 책들이 서가에 따악 꽂혀 있는 거 아닌가. 슬로우 비디오로 풍경이 지나가는 내 일생일대의 매혹적인 순간이 닥쳐왔다. 어마어마한 발견이었다.
그 집 책을 가져 빌려다 읽었다. 서가에 아동서적이란 전혀 없었다. 각 분야의 다양한 책과 함께 가끔씩 묵직한 성인용 서적도 있었다. 그러니 더더욱 큰 발견이었다. 내가 할 수 있는 모든 아양을 경순이와 그 어머니에게 부려야 했지만, 그거야 뭐 일도 아니었다. 그때 본 잊히지 않는 책 제목 하나『벌거벗고 온 손님』, 참 엄청난 발견이었다. 성공회대 김창남 교수는 그의 저서『나의 문화편력기』에서 이 책 제목을 언급하였다. 옛 생각이 새록새록 다시 나던 순간이었다.

집 마당에는 양어장이 있었고 거기서 잉어를 길렀다. 그리고 아버지가 만드신 화단. 채송화 봉선화 백일홍 나팔꽃 등등. 당시 집에는 어머니 친척들이 와서 가정부(당시는 식모라 했다.)로 있는 경우가 많았다. 그중 금자 누나는 봉선화를 따서 우리들 손톱에 물들여주곤 했다. 제법 큰 텃밭도 있어 웬만한 채소와 일부 과수를 심어 길렀다. 옥수수 씨앗을 파종하고, 싹 나고 자라는 걸 매일 쫓아가 확인하던 애틋한 시절이었다.

그러고 보니 많은 놀이를 가르쳐주셨으니, 아버지가 나를 내처 일만 시킨 건 결코 아니었다. 다만 그 놀이라는 것이, 대부분 혼자 하는 것이었다. 양어와 같은 아버지의 그 외로운 취미가 아직도 일부는 가족들 핏속에 흐르고 있다. 동생이 유독 양어를 좋아한다.

클린트 홈즈Clint Homes의 〈플레이그라운드 인 마이 마인드Playground in my Mind〉이다. 가수 이용복도 번안해서 불렀는데, 사람들은 그를 가리켜 꼭 '맹인가수'라 부르곤 했다. 아니 맹인이면 그걸 꼭 '맹인가수'로 불러야 했는지. 그럼 변비 있으면 '변비가수'라 해야 하나. 여하튼 모든 것이 미성숙한 그런 시절이었다. 하지만 그 시절 그리운 것도 제법 많이 남아 있다.

"나는 내 마음속의 놀이터에 있습니다. 아이들이 웃는 곳, 그리고 아이들이 노는 곳. 그리고 우리는 하루 종일 노래를 부릅니다. 아이들이 웃는 곳, 그리고 아이들이 노는 곳. 그리고 우리는 하루 종일 노래를 부릅니다. 바바바바……라라라라……."

_15세기 지어진 발렌샤 성채를 지나며

여름 장마가 두려운 이유

포르투갈 발렌샤Valença 지방을 지나고 있다. 15세기에 지어졌다는 발렌샤 성채는 제법 유명한 관광지이다. 이런 곳을 지날 때에 순례객은 필시 조심해야 한다.

숙소의 가격도 비싸지고 생각하지 않은 일도 생겨나기 쉽다. 호스텔에 가서 1층 베드로 달랐더니 "씨씨Si Si." 이래서, 체크인하고 크레덴시알에 쎄요 찍고 따라갔더니, 예약 안 했으니, 2층 베드로 올라가란다. 강하게 기시감이 든다. 일전 스페인 캄포나라야Camponaraya 마을의 나라야 알베르게에서 일어난 사건과 완전히 같다. 당시 난 좁디좁은 이층 베드에 올라가 자다 양압기를 침대 아래로 떨어뜨린 적이 있었다. 단호히 거부하고 환불 받고 나왔다.

하루 종일 흐려 있더니, 이곳 발렌샤 땅으로 들어서자 빗줄기가 거세진다. 난 비를 몹시 좋아서, 평생 우산을 잘 가지고 다니지를 않는다. 가지고 나가 보았자 거의 잃어버리는 데다, 워낙 비 맞는 걸 개의치 않는 성미라 그렇다. 그래도 양복 입고 비에 젖거나 장맛비를 맞는 건 좀 곤란할 터이다. 알면서도 그냥 비를 맞고 다니니 더욱 문제적이다.

어머니는 비를 몹시 두려워하셨다. 여름 장마가 가까워지면 그 불안감은 한껏 고조된다. 이유는 홍수로 인한 닭의 떼죽음 가능성 때문이다. 내 기억에 확실한 재난만 3번이다. 국민학교 때 2번, 중학교 때 1번. 국민학교 때의 홍수로는 닭 일부가 산 경우도 있었지만, 중학교 때의 홍수는 대단했다. 키우던 5,000여 마리의 닭이 전멸했다. 1972년 8.19 수해로도 알려진 서울 전역의 큰 홍수였다.

아버지는 결코 좌절을 모르는 분이셨다. 항상 표정 없이 묵묵하시다. 하지만 내가 중2때에 발생한 홍수가 현대건설의 중랑천 배수문 개방으로 빚어진 것을 아시고는, 현대건설에서 주는 수재민 구호용 쌀 포대도 거부하시었다. 그리고 3년 넘는 소송 끝에 패소하시었다. 그래도 좌절 안 하시는 그런 천하제일의 강인한 생활력을 지니신 분이셨다.

닭이 홍수로 죽으면 그 뒤처리에도 돈이 필요하다. 포클레인을 불러 닭을 파묻고 구청의 승인을 받아야 모든 일을 끝낼 수 있었으니까. 그 과정에 지금과 같은 정부 지원책이나 제대로 있었겠는가. 그러니 어머니도 비가 오면 혹시 예전 그 일이 닥치지 않을까 노심초사하셨던 거다.

닭을 키우다 보면 홍수와 같은 재해뿐만이 아니다. 닭 전염병이 돌면 온전히 다 폐사하는 경우가 생긴다. 여하튼 이 경우도 기억으로는 서너 번 발생했다. 닭 페스트, 닭 콜레라 그리고 뉴캐슬병. 이 세 가지가 기억난다. 그때 당시는 AI 조류독감 같은 건 없었다. 필시 환경의 변화 때문이라 생각한다.

여전히 떼죽음으로 폐사한 닭은 그 뒤처리 절차가 남게 된다. 아버지께서 참 대단하신 것이 무슨 큰일이 발생해도 절대 당황하거나, 일 처리 후 지난 그 일을 되뇌시질 않으셨다. 그냥 털털 털고 일어나 표정 하나 변치 않고, 새로 시작하시곤 하셨다. 다만 문제가 발생하면 이북5도청, 서울시청 등을 다니시면서 재기를 위한 정지 작업을 시작하시곤 하셨다.

누구에게 하소연하거나 푸념할 시간에 묵묵히 일을 하신 분이셨다. 남과 이익을 놓고 다투거나 하소연이나 푸념하시는 것을 전혀 들어본 적이 없다. 공자 말에 '군자 유어의君子喩於義 소인유어리小人喩於利'라 했다. 곧, '군자는 의에 밝고, 소인은 이익에 밝다'는 의미이다. 확실히 기억하는 것은 검약하신 분이지만, 작은 이익에 연연하지는 않으셨다는 점이다. 원래 태생이 그러신 분이셨다.

고등학교 때인 1974년 서울 전역에 내린 가금 축산 금지령은 아버지에게는 마지막 닥친 재난이었다. 나이도 드셨고, 이제 이 가족들을 데리고 어디 지방으로 내려갈 수도 없었다. 북한에서부터 평생 종사하신 일이 가금 축산과 과수 농장 운영이었다. 아마 그때부터 아버지는 심한 무기력 상태에 빠지신 듯하다. 그런 아버지는 누구에게도 입장을 설명하거나 한탄하지 않으셨다. 있는 그대로를 시지프스의 운명처럼 받아들이셨던 것이다.

그런 강인한 아버지도 육신의 재난을 이겨내지는 못하셨다. 치명적인 뇌경색이 발병했다. 그리고 서서히 아주 서서히 치매 단계로 들어가셨다. 대한민국 어느 누구에게도 뒤지지 않을 어마어마한 생활력을 지니셨던 분. 그러나 가족에게조차도 잘 이해받지 못하신 분이셨다. 전쟁 실향민으로 평생 고향을 그리며, 꿈에서 깊은 한숨으로 고향의 그 어머니를 찾으시던 분, 내 아버지 이야기이다.

카미노에서 걸으면서 아버지를 만났다. 아버지는 내 눈앞에서 점점 커지어 생전보다 더 큰 모습으로 분명하게 만날 수 있었다. 아버지는 한평생 가족을 위해 희생하신 분이셨다. 누구 하나 원망하지 않으시고 묵묵히 그 과업을 수행하신 분이셨다. 나는 아버지와 같은 나이가 되고 나서야 비로소 아버지를 이해하게 되었다. 일생 동안 성실하고 책임감 있게 사신 분. 가족들을 위해 묵묵하게 고결한 삶을 살아오신 분이시다.

왜 이리 깨달음은 늦게야 찾아오는가. 세상사 매사 늦된 것이 내 정체성이긴 하나, 너무도 늦게 그 외롭던 당신, 그 아버지를 그려본다. 밖에 세차게 비가 내린다.

 유라이어 힙Uriah Heep의 〈레인Rain〉이다. 세상의 수많은 비 관련한 노래 가운데 단연 최고의 노래라고 확신한다. 1970년대를 강타한 비 노래로, 데이비스 바이론Davis Byron의 보컬이 우리 인생을 깊이 생각하게 만든다.

"밖에 비가 내려요 특별한 건 아니에요. 하지만 내 감정을 평범하게 만드네요. 비, 비, 비가 내 눈물 속에 나의 삶을 조심히 살피면서. 부끄러움이 나의 마음속에 일어나요. 보세요, 당신이 나에게 무슨 일을 했는지."

_나를 만든 당신을 그리며, 비 내리는 날 발렌샤에서

그날, 사건의 재구성

포르투갈과 스페인의 경계에 있는 미뉴Miño 강을 내려다본다. 한강만큼 강폭이 넓지는 않지만 유속은 제법 빠르다. 도보객을 위해 시설물을 설치해 놓았는데, 도로의 철제 배수 구조물처럼 아래가 뚫려 훤히 내려 보이니 조금은 무섭기도 하다.

넋을 잃고 강물을 바라보자니 대략 30년 전의 큰 사건이 떠오른다.

1994년 10월 21일 오전 7시에 일어난 사건이다. 이름하여 성수대교 붕괴 사건. 당시 답십리동 동서울 한양아파트에 살 때였다. 결혼 후 잠시 장안동에서 살다 답십리동으로 이사 왔다. 당시 누나네, 동생네, 우리 집, 어머니 이렇게 네 가구가 인근 200m 이내 멀지 않은 곳에 옹기종기 모여 살 때였다. 아내와 나, 둘 다 직장은 강남 개포동과 도곡동에 있었다. 그래도 차로 같이 나가니 그럭저럭 다닐 만했다.

성수대교를 타고 언주로를 북남 방향으로 가로질러 가게 되었다. 최단 거리가 되는 까닭에 거의 이렇게 다녔다. 아내와 주차장에 내려왔다 다시 책을 가지러 올라가느라, 출발이 조금은 지체되었다. 워낙 내가 자전거 자동차 등 기계 동력 장치를 싫어한다. 그러다 보니 거의 운전은 아내가 하고 나는 그저 졸며 간다.

한데 성수대교 북단 램프 오르막으로 이제 막 올라 직진하는데, 갑자기 직감적으로 뭔가 아주 이상해 눈을 턱 떴다. 반대편 차선에 차량이 순간 끊기더니, 앞 시야가 뭐가 뭔지 순식간에 몹시 혼란해진다. 눈앞에 아주 비현실적이면서도 기괴한 일이 펼쳐진 순간이다. 엄청난 굉음과 함께 대교의 상판이 무너져 내리고 있었다. 대략 100m 전방. 우리 부부는 자동차 극장에 앉아 재난 영화의 한 장면을 보듯 그저 속절없이 바라보고만 있었다.

마치 한바탕의 흉한 꿈을 꾸는 것 같았다. 보자니 떨어지지 않은 버스는 급정거 후 차를 돌리려 필사적으로 애쓰고 있었다. 지체 없이 평시대로 갔으면, 우리 부부는 그 정중앙 붕괴 지점에 도달해 꼼짝없이 추락했을 것이다. 책을 가지러 다시 집에 들어가 그 엄청난 화근을 피할 수 있게 된 거다. 지금은 그 기억도 안 나는 뭔가의 책.

이 사건은 이후 우리 집안에 가정 해체(?)를 가져온다. 영동대교로 성수대교를 이용하던 차량까지 몰려드는 통에 우리 부부의 출퇴근길은 매일 아수라장으로 변하고 있었다. 그때 지체 없이 바로 직장 따라 이사 가리라는 결단을 내렸다. 집도 급매물로 내놓았다.

당시 등굣길의 무학여고 학생들이 큰 피해를 입어, 정말 두고두고 마음이 많이 아팠다. 다음 해에는 삼풍백화점 붕괴 사건이라는 실로 가공할 만한 초대형 사건이 터진다. 속도와 결과를 중시하며 급속하게 일으켜 세운 산업화 그늘이 낳은 시대의 한 자화상이었다.

공자 말하기를 '과즉물탄개過則勿憚改'라 했다. 곧 '과오가 있으면 고치기를 꺼려하지 않는다'는 의미이다. 한데 어떤가. 우리의 과오는 과연 잘 고쳐졌는지. 여전히 상상하기 힘든 대형사건 사고들은 예나 지금이나 연이어 벌어지고 있다.

이로 무수한 세월의 전농동 답십리 장안동 시대를 뒤로하고, 삼 남매의 가정은 서울 외곽으로 흩어지는 엑서더스의 계기가 된다. 아버지 돌아가신 후, 이 시기까지는 어머니와 내가 나름의 구심점 역할을 해온 시기였다. 장남인 내가 앞장서 직장 인근 지역인 대치동으로 이사를 가버렸다.

그러자 어머니 집을 중심으로 가족 간 모여 살던 주거 유대감이 순식간에 사라졌다. 이어 누나네는 하남시로 동생네는 신내동으로 뿔뿔이 흩어지고, 어머니만 홀로 답십리를 지키시게 된다. 내가 어머니를 모시고자 해도 워낙에 말을 듣지 않으셨다. "어이구야, 너희가 나를 모신다고? 내가 너희를 모시게 될까 두렵다." 이러셨다.

한데 시간 지나보니 어머니의 그 선택은 실로 현명한 처사였다. 처음에는 장남인 나와 같이 살까도 생각해 보신 듯하다. 하지만 우리 부부와 같이 강남에 오셨다면 아마도 필시 적응하기 힘드셨을 것이다. 그냥 어머니는 경제적 자립은 할 수 있으셨으니, 그 구심으로 원심의 세 가정을 일마다 때마다 불러 모을 수 있었다.

당신이 워낙 자립심이 강하신 데다 그 숱한 동네 친구들과 답십리의 오랜 교회 친구들을 떠날 수는 없으셨을 테다. 손도 워낙에 크시고 사람을 좋아해 대학 나온 교회 권사님들을 죄다 여기저기 몰고 다니셨다. 어머니 학력은 요즘 말로 하자면, 홈스쿨링, 옛말로 하자면 무학이나 독학이시다.

영블러즈Youngbloods의 〈겟 투게더Get together〉이다. 가사와 함께 그 특유의 하모니가 자아내는 음색이 좋다. 60년대 히피, 반전과 같은 시대정신을 반영하여, 이해하고 조화롭게 지낼 수 있는 세상을 만들기 위한 염원을 전달한다. 요즘 이런 하모니, 이런 음색의 노래를 듣기란 여간 어려운 것이 아니다.

"사랑은 우리가 부르는 노래이지만, 두려움은 우리가 죽는 방식이지요. 당신은 산을 울리게 할 수도 있고, 아니면 천사들을 울게 할 수도 있어요. 자, 이제 사람들이여, 형제에게 웃어주세요. 모두 모여 함께 지금 서로 사랑하려고 노력해 봐요."

_비가 대차게 퍼붓는 날, 미뉴 강을 바라보며

"자, 이제 사람들이여,

형제에게 웃어주세요.

모두 모여 함께 지금

서로 사랑하려고 노력해 봐요."

– 영블러즈의 노래, 〈겟 투게더〉

제 4 장 /

성찰 1

나를 안고 치유하며 걸어가기

"걸으면 몸과 마음이 하나로 모인다.
걷는 자는 집으로 가는 것이요,
자기 자신에게로 가는 것이다."

- 틱낫한

포르투갈 카미노에서 국경을 넘어 스페인 갈리시아 지역으로 들어가다. 이어지는 숲길에서 자연과 진실한 소통을 하며 영적 충만감과 한없는 행복감을 누리다. 어느덧 번잡한 마음은 사라지고, 성찰과 사색으로 내면의 우물에서 깊은 생각을 길어 올리게 되다.

숲길 사이로 막 가기 / 01

미뉴Miño 강을 건너 스페인 땅 갈리시아 지방 투이Tui로 넘어왔다. 이 미뉴 강을 사이에 두고 포르투갈과 스페인 땅이 갈라진다. 넘어오니 한 시간이 빨라져 마치 거저 시간을 얻게 된 느낌이다.

이곳은 행정구역상 스페인 갈리시아 주에 해당된다. 스페인 북서부에 속하며 일반적으로 숲이 많아 매우 소쇄한 느낌을 준다. 숲길, 개울물, 온갖 새의 지저귐으로 인해 영적인 느낌이 강하게 느껴지니, 이곳을 지날 수 있음에 감사한다. 프랑스 카미노 사리아에서 콤포스텔라 시까지 가는 길과는 다른 의미의 영적인 충만감, 영혼의 정화를 느끼고 있기 때문이다.

이곳에 넘어와 흙, 공기, 물과 너무도 친해졌다. 이들은 그리스 철학자들이 말하는 세상을 구성한 3대 원소들이다. 카미노에서 아스팔트길을 밟으며 걷는 일이란 이제는 거의 없다. 돌길도 없고 거개가 숲길과 흙길이다. 숲의 흙을 밟아 걸으며 나의 맨몸은 땅과 이어지는 접점을 찾았다. 몸의 에너지는 땅의 에너지를 받아들이고 있었다.

투이 마을을 나서자 다시 곧 숲길로 들어선다. 난 이곳이 너무나 좋다. 대기의 질감은 순식간에 변한다. 안개가 짙게 나를 감싸더니 순식간에 가랑비가 내린다. 그러다 어느새 햇살이 나무숲을 뚫고 들어온다. 천변만화千變萬化. 울창한 삼림을 빠져가노라면 마치 내가 서늘한 아프리카의 열대우림 한가운데에 있는 느낌이다. 나는 여기를 선택했노라. 이제 비로소 물리적인 크로노스Chronos의 시간이 아닌, 영적 선택의 시간인 카이로스Kairos의 시간을 걷고 있다.

그러다 꽃과 나무가 지천인 낮은 언덕도 마주친다. 상쾌하고 짙은 향내가 내 곁을 하루 종일 떠나지 않는다. 맑은 공기를 한껏 들이 마신다. 공기에서 나는 진한 냄새가 내 허파를 잔뜩 부풀게 한다. 지극 지순한 자연의 냄새이다. 그리고 물, 물이 지천이다. 개울물, 개천 물 그리고 미뉴 강의 강물. 나는 진정한 행복이 무엇인지 알았노라. 행복감이 밀려온다. 스트레스 호르몬인 코르티솔은 어디 오간 데 없고, 행복 호르몬이라는 세로토닌, 엔도르핀이 내 육체에서 분출되고 있나 보다.

갈리시아의 숲은 천하 으뜸 중의 으뜸이다. 이 사무치도록 환상적인 고립감 속에서, 나는 숲길이 주는 축축함과 회색빛 하늘의 무게를 느끼고 있다. 이 숲에는 떡갈나무, 밤나무, 물푸레나무, 주목나무, 호랑가시나무, 참나무, 자작나무, 유칼립투스, 버드나무, 산사나무, 코르크나무, 너도밤나무 등이 밀집해 있다. 자료를 보자니, 이중 떡갈나무, 밤나무, 코르크나무, 너도밤나무, 물푸레나무, 주목나무는 갈리시아의 7대 우세종이라 한다.

이들 밀집한 나무 사이로 양치류는 지천으로 무성하게 번식하여 있다. 양치류들은 숲속에서 자라거나 땅에 떨어지는 온갖 식물과 어우러져 부식되며 거대한 순환을 이

루고 있다. 갈리시아 땅은 하늘과 땅의 구성물들이 거대하게 움직이며 변화되고 되풀이되는 장소이다. 이 순환의 흐름에 얹혀 양치류 식물과 나무에서 나오는 휘발성 냄새로 숲이 가득 차 있다.

이곳 숲길에는 혼란하고 번쇄한 정신을 다스리는 치유 효과가 있다. 유칼립투스도 비에 젖으면 그 특유의 진하고 강한 냄새가 난다. 이들 나무 주변으로는 감자 꽃이 무리지어 피어나고 있었다. 알싸하게 풍기던 후각은 어느새 내 상상에서 쌉싸름한 미각으로 바뀌어 감각의 전이를 이루고 있었다.

아래로는 곳곳에 실개천이 흐르고, 물소리의 리듬에 따라 나무 위의 숲속 새들이 지저귀고 있다. 나는 여기서 오감을 충족시키는 총체적 경험을 하고 있다. 맑은 공기를 마시며 몸을 움직여 공간을 서서히 아주 서서히 이동하고 있다.

비 온 뒤 더욱 파릇해지는 녹색의 군락을 바라보며 빗살을 뚫고 간간이 훔쳐 들어오는 햇살을 온몸으로 느낀다. 숲속에서 나오는 온갖 소리에 귀를 기울이고, 실개천에 쪼그려 얼굴을 씻고 잠시 손으로 훔쳐 물맛을 맛본다. 풀밭 앞 바위에 걸터앉아 불어오는 소슬바람을 한껏 맞아본다. 나의 시각과 후각, 청각과 촉각 그리고 미각은 최대한 이 숲길을 향해 넓게 열리고 있다.

스트레스, 불편함, 긴장감, 두려움, 부담감, 우울감 같은 정신적 아픔은 아예 송두리째 달아나고 없다. 지금 이곳 갈리시아 숲길에서 나의 내면 자아와 외적 자아는 편히 쉬고 있었다.

 실즈 앤 크로프츠Seals & Crofts의 명곡 〈윈드플라워즈Windflowers〉이다. 노래는 조용하고 감미로운 멜로디와 가사로 이루어져 있다. 윈드플라워는 아네모네꽃(개양귀비)인데, 여기 카미노에는 이 꽃이 많이 핀다. 가사는 달콤하고 로맨틱한 느낌을 전달하며, 듣는 이에게 평온함을 전달한다. 담담하게 독백조로 이어지는 내레이션과 기타 연주가 아주 매력적이다.

"아네모네꽃 한 송이가 피었습니다. 아버지께서는 그 꽃을 멀리하라 하셨습니다. 그 향기는 철모르는 젊은이들을 유혹하고 잡아 가둡니다. 그러나 옛날에 피었던 그 잊을 수 없는 한 송이 아네모네, 난 그만 당신을 사랑하고 말았습니다."

_갈리시아 숲길을 걸어가며

오늘같이 멋진 날 / 02

    스페인 땅으로 들어오자니 날씨가 일변한다. 포르투갈 지역에서는 거개가 흐려 있었는데, 스페인 갈리시아 지역에 들면서는 대체로 비가 온다.

    하지만 유명한 재즈 곡명처럼 '비가 오든 해가 들든Come rain or come shine', 숲길을 걸을 때에 얻는 확실한 감정은 영적 행복감이다. 이런 까닭에 여기부터 스페인 땅 갈리시아 파드론Padron까지 숲속의 영적 분위기를 이야기하는 순례객들이 많다.

    여기 숲길은 치유의 길이다. 삼림욕이 일본을 비롯하여 각국에서 각광을 받는 이유를 알 것 같다. 특히 이곳 투이에서 콤포스텔라 시까지 이어지는 숲길은 귀중한 사색의 길이 되는 성싶다. 프랑스 카미노를 걸으며 사람과 만남을 통해 얻은 귀중한 경험들이 많았다. 하지만 그 사람의 생각에 맞춰 이야기를 끌어내다 보니, 막상 내 자신의 굵직한 인생 문제에 대해 사색하기에는 한계가 있었다.

    삶은 혼자일 수 없으니 만남을 해야만 한다. 하나 지혜와 성찰이 이루어지고 본질적인 사유가 전개될 때에는 혼자 있을 때이다. 그 내면의 사색이라는 고요함을 통해 얻는 긍정적 감정은 매우 중요하다. 침묵 속에서 혼자 생각에 젖어 걸어갈 때에야 비로소 내가 처한 상황, 타인과의 관계, 기쁨과 슬픔의 근원에 대해 깊이 성찰할 수 있다. 이런 숲길에서 혼자 걸을 때는 자신과 함께하는 소풍이면서 은신처에 영혼을 살찌우는 곡식을 쟁이는 일이다.

히키코모리로 삶 자체가 은둔과 단절에 처해 있다면 문제가 될 수 있다. 하나 평상시 정상적인 유대 관계를 공동체와 맺고 살아간다면 가능한 이런 혼자 있는 숲속 사색의 길을 자주 걸어가야만 하리라. 그러면 내 영혼은 자연과 진실한 소통을 하게 되고 상처를 입었던 내면은 치유가 된다. '자신의 마음을 아는 자는 행복한 자이다.' 이는 이집트 파피루스 문서에 있다는 언급이다. 이 숲길에서 내면을 알기 시작하려는 노력이 시작되며 소통과 치유는 일어난다.

여기 갈리시아 지역 투이Tui가 포르투갈 카미노의 단거리 시작 지점이다. 콤포스텔라 시까지 대략 120km의 거리. 프랑스 카미노의 단거리 시작 지점이 스페인 사리아이듯 말이다. 유럽 부인들 다섯이 오늘이 자신들 순례 첫날이라며 상큼한 표정으로 묻는다. "카미노 걸으신 지 얼마나 되셨나요?" 내가 "55일째예요."라 대답하니 일순 모두가 '리스펙~' 하는 표정으로 바뀐다.

하여 내친 김에 말씀 하나를 화두로 던졌다. "이제 카미노를 걷기 시작하시는 분들이라면 제 말을 잘 들으세요. 여러분들이 카미노를 선택한 것이 아니라, 카미노가 여러분들을 선택했어요. 하니 카미노의 가르침에 잘 귀를 기울여 보세요. 시간이 지나면 그 말씀이 들릴 겁니다."

동양에서 온 한국인의 말을 본토 유럽인들이 모여 열심히 귀 담아 듣고 있었다. 도대체 이러고 있는 현실이, 꿈인지 생시인지 나 스스로도 실감이 나지 않는다.

어제 오후부터 비가 제법 내리더니, 오늘은 천둥번개와 함께 빗살이 거세진다. 내 천성이 비 오는 걸 무척 좋아하기는 한다. 하여 일상에서 비를 피하는 경우란 많지 않다. 그냥 맞고 걷는 경우가 월등 많다. 하지만, 순례객이 되어 풀 배낭 상태로 비에 젖어 걷는 것은 완전히 결이 다른 이야기가 된다. 배낭이 비에 젖으면 곤란한 일들이 연달아 생겨난다. 왼발의 정강이 타박상과 상처 입은 엄지발톱을 끌고 빗속을 걷는 것도 그대로가 굉장한 고역이다. 작은 치마 우의로는 도저히 감당이 안 된다.

포리뇨Porriño 마을에 일찍 발걸음을 멈추고 펜션 모센데Pensión Mosende를 찾았다. 호스트 마누엘이 2인 독실을 19€에 주겠단다. 내일도 비가 거세게 온다 하니 봐서 연박할까 한다. 이 펜션은 포리뇨에는 속해 있지만 포리뇨 마을을 관통하는 카미노로부터는 몇 킬로 떨어져 있다. 산에 둘러싸여 경치가 매우 좋고 아늑하고 조용하며 게다가 가격도 매우 저렴하다. 테라스에 앉아 멍 때리며 산을 바라보는 재미가 아주 쏠쏠하다.

펜션 모센데 뒤편 오 라르 도 루메O Lar Do Lume라는 레스타우란테로 갔다. 이곳은

동네 사람들이 주로 이용한다는 참 아늑하고 좋은 장소이다. 타파스tapas, 삶은 돼지 고기, 토르티야tortilla, 샐러드 그리고 대망의 비프스테이크까지 조금씩 맛을 보았다. 적당히 구워진 굵은 스테이크는 육즙 가득 입안에서 살살 녹아든다. 모든 비용은 단 13€. 남은 음식은 저녁거리를 위해 싸 왔다. 이곳, 떠나고 싶지 않다.

축축하다. 하나 그 축축한 촉감에 얹혀 안개에서 나오는 특유의 냄새가 온통 후각 을 자극한다. 갑자기 내리는 비로 인해 눈앞이 흥건해지다가, 금방 햇살이 비춰 포리 뇨 일대 사방을 훤하게 한다. 시각, 청각, 후각, 촉각 등 전 감각이 동원되는 감각의 향연이 눈앞에서 벌어지고 있다. 다시 비오는 앞산을 바라보며 멍 때린다. 주변 대기의 질감은 끊임없이 변하고 있다. 때로는 짙은 안개나 잿빛 연무가 포리뇨 마을 일대의 주변을 온통 감싸 안는다.

산명 비명 끝에 어느덧 저녁 어스름은 찾아오고 있었다. 살면서 오늘같이 멋진 날은 아마도 평생 많지 않을 듯싶다.

 템프테이션스Temptations가 발표한 〈에인 노 선샤인Ain't No Sunshine〉이다. 이전 빌 위더스Bill Withers의 원곡보다는 더 블루지하여 템프테이션스 특유의 소울 감성이 잘 살아난다. 'Ain't No Sunshine'은 '해가 비치지 않다'는 의미로, 부정을 강조하는 탈문법적 장치이다. '사랑이 사라진 후에는 태양조차 비추지 않는다'는 의미를 내포하고 있다.

"그녀가 떠나면 햇빛이 비치지 않아요. 그녀가 멀리 있으면 따뜻하지 않아요. 그녀가 떠나면 햇빛이 비치지 않아요. 그리고 그녀는 언제나 너무 오래 가 있죠. 그녀가 떠날 때마다 말이에요."

_ 비오는 날 펜션 모센데에서

모으기, 수집과 집착의 그 어디쯤 / 03

지나온 마을의 특이 풍경이 있었다. 오스피탈 데 오르비고Hospital de Órbigo 마을에 갔을 때, 산 미구엘San Miguel 알베르게에서 카미노의 풍경을 그린 수많은 스케치 그림들을 보았다. 많은 경우 순례객들로부터 기증받은 것들이다. 다이닝 룸에 그림을 그릴 수 있게끔 빈 캔버스를 걸어두었다. 하여 순례객이 현장에서 그리면 그 그림을 바로 기증받은 것이다.

일이 층 벽면에 워낙 빼곡하게 가득 차 있어 정확한 개수는 모르겠지만, 실로 수백 가지는 되어 보였다. 그 품목들을 살펴보자니, 그 수집과 관리에 들인 호스트의 열정과 노력이 눈에 보였다. 진열된 그림들의 작품성을 떠나서 말이다. 수집이란 그런 거다.

작년 지리산 둘레길을 돌 때 이야기이다. 하동에서 정림차밭 인근에 위치한 수석 카페 '석연石緣'을 찾아 들어갔다. 상호로도 알 수 있듯이 직접 탐석한 수석으로 가득 찬, 장소 자체가 갤러리 구실을 하는 곳이었다. 가탄 마을로 가는 버스를 기다리다 들어갔었는데, 구경하느라 시간 가는 줄 몰랐다.

그 기묘한 수석의 가짓수도 대단했다. 하지만 나의 주된 관심은 수집을 향한 주인 부부의 분투노력에 관한 이야기에 있었다. 평생 공직에 있었다는데, 그래서 그런지 부부가 어렵지 않게 이야기를 잘 풀어내 주었다. 듣자니 수석 수집에의 그 세월이 정말 찬탄이 나올 정도로 경이롭다. 그나마 부부가 같은 취미를 가지고 있어서 다행이지 않나 싶다. 결국 타려던 버스는 놓쳤는지 보냈는지 그리되었다.

사실은 내 이야기를 하고자 이리 빙빙 말을 둘러 건너가고 있다. 평생 외로운 수집의 길을 걸어온 이야기이다. 온갖 책들, LP CD 등의 3,000여 아이템의 레코드 음반, 비디오 LD 디비디 블루레이 등 4,000여 아이템의 영상물. 결국 온갖 문화 관련 소프트웨어들이다. 그리고 더하여 수십여 종이 넘는 각종 오디오 기기도 있다.

문화 상품에 대한 소유욕과 집착, 이 욕구는 어려서부터 키워온 것이다. 나름 소년기가 되기까지 모아온 모든 문화 상품, 대부분의 책과 우표는 중2 때의 수해로 다 날려먹고 말았다. 이후 내가 경제력을 갖추자 내면에 숨어 있던 소유 욕구가 화산처럼 맹렬하게 폭발하고 말았다.

어깨 빠지게 실용문을 쓰고 받은 원고료, 인세, 강연료, 강사료 등이 여기에 다 들어갔다. 쥐꼬리 월급에 손댄 것은 아닌지라, 아내가 닦달하지 않은 것은 그나마 다행이라면 다행이겠다. 한데 일이 그렇다고는 해도, 우리 사회가 아직 수집에 대해 편견이 있다는 점은 인정해야 한다. 수집은 사회성이 부족한 사람이 하는 일 혹은 이기적인 괴짜의 취미로 쉽게 치부되고 만다. 먹고살기 바쁜 판국에 뭘 모으느라 '돈 지랄하는가' 하는 시선도 있다.

은마아파트 살 때 일이다. 예고 없이 집에 방문한 지인의 말이 잊히지 않는다. 그는 '이사 갈 생각 말고, 저 많은 엘피들 다 처분하면 집이 넓어질 것이다.'라며 제법 진지하게 말했다. 하긴 친동생조차도 '인터넷에서 공짜로 다운 받지, 큰아버지는 뭐하러 영화 디비디를 사냐.'며 자기 아들과 말하며 날 대놓고 빈정대었으니까 말이다.

기증도 많이 했다. 성대 국문과에는 수백여 권의 전집류를 보내주었다. 왜 그 모로하시 대한화大漢和사전, 중문中文대사전을 비롯해서 말이다. 출신 대학교에서 알면 몹시 섭섭해 하려나.

가장 의미 있던 것은 수집으로 인해 가지고 있는 자료를 커뮤니티 사람들에게 많이 공유해 드린 일이다. 한 4년간, 많을 때에는 3,000여 명 정도의 멤버들에게 성경 문화 전반에 관한 자료를 나눔 해 드렸다. 별 어렵지는 않았다. 가진 자료를 읽기 진도에 맞춰 가공해 매일 나누어 드리면 되었으니까. 성화, 성서화 등의 교회 미술, 르네상스 시기와 바로크 시기의 풍성한 교회 음악들, 중근동 고고학 관련한 성서 지리 자료 등등이 총동원되었다.

그를 통해 1년 두 번의 성경 통독을 이끌어냈다. 당시 담당 교역자는 '놀라운 자료'라고 그러시어 제법 '일이 그러한가?' 하고 생각했다. 그도 그럴 것이, 이 일은 성경에 융합된 서양 문화 전반을 종합적으로 캐내는 작업이었기 때문이었다. 지금도 그 시절을 그리워하는 커뮤니티 멤버들이 제법 많다. 어떤 분은 '다시 계속할 수 없느냐?'라고 내게 문의한다. 뭐 다시 하긴, 다 때가 있는 법이다.

그리고 잊을 수 없는 일 하나. 순례를 연구하는 커뮤니티도 이때 만들었다. 세 명정도로 시작한 모임이 현재는 100명이 회비 내는 커뮤니티 으뜸의 모임으로 발전 성장했다.

생각하자면 흐뭇하다. 열정과 패기로 두려움 없이 앞을 향해 나가던 그런 시절이었다.

 엘튼 존Elton John의 〈퍼스트 에피소드 앳 하이엔튼First Episode at Hienton〉이다. 짙게 고조되는 현악, 애수 어린 보컬, 잔잔한 피아노 선율 그리고 신시사이저의 사용이 인상적이다. 화자는 하이엔튼Hienton이라는 작은 마을에 살았던 발레리Valerie라는 첫사랑 애인을 그리워한다. '나는 나, 너는 너.' 하는 마지막 독백조의 읊조림은, 어쩔 수 없는 인생사에 대한 자각을 환기하며 그 쓸쓸함을 배가시키고 있다. 어린 내 영혼을 온통 뒤흔들어 놓았던 곡이다. 참으로 절창이다.

"나는 혼자였어, 혼자인 너처럼. 우리 두 사람은 영원토록 정말 많이 사랑했지. 계절이 오고 가면서. 외로운 발레리, 이제 더 이상 넌 하이엔튼 언덕에서 배회하지도 않네. 나는 나, 너는 너. 이제 발레리는 숙녀가 되었어. 이제 발레리는 숙녀야."

_비와 타박상과 발톱 상처로 멈춰선, 포리뇨 마을 펜션 모센데에서

'우당탕탕'한 나의 마음, '탄탕탕'한 군자의 마음

오락가락하는 날씨로 인해 비도 내리다 말다 한다. 비옷 입기 귀찮아 그냥 걷다 보니, 서서히 몸이 젖어 들어간다.

비가 오다 중간에 해가 드는 오락가락하는 날씨이다. 중간중간 카페에 들어가 비를 피하며 쉬었다 간다. 포르투갈 카미노 들어 활짝 갠 날을 보기란 쉽지 않았다. 대충 흐려 있으면 걷기로야 좋겠지만, 이렇게 날씨가 종잡을 수 없이 오락가락하자면 비 맞고 걷는 것도 한계가 있어 난감하다.

어쩌다 보니 해안 길을 벗어나 내륙 중앙로를 향해 걷고 있다. 절룩거리며 걸으니 보행 속도도 현저히 느려졌다. 평소보다도 더 천천히 걸으니, 눈에 들어오는 정보량이 확연히 많아진다. 감기는 나았다. 하지만 피로 누적과 왼발 컨디션 회복이 몹시도 더디다.

투이에서 단기 코스를 시작한 순례객들이 많이들 지나간다. 시작한 지 얼마 되지 않아 그런지, 다들 복장들도 깨끗하고 걷는 데도 실로 활기가 넘친다. 앞에 걸어가는 두 여성은 배낭이 어마어마하다. 싱긋 웃고 "부엔 카미노~" 하며 지나치는데 그 포스가 실로 대단하다.

예전 프랑스 카미노의 라 파바La Faba 마을 가기 전에 우크라이나 처자들 만났을 때의 딱 그 기세이다. 확실히 유럽 여성들 자립심들이 대단하다. '생물학적 차이는 인정해도 성적 차별은 인정할 수 없노라'는 그런 기세이다.

계속 사람들을 만나고 헤어지고, 만났던 사람을 다시 만나며 걸어가고 있다. 카미노 구간 중 사리아에서 콤포스텔라 시까지, 그리고 여기 투이에서 콤포스텔라 시까지는 단체객들과 많이 마주친다. 단체객들은 대부분 스페인 출신의 젊은 청소년이나 자전거팩이 많다.

실로 세계 각국에서 온 여러 사람들을 보자니, 마치 만화경 속을 들여다보는 듯하다. 어떤 이들과는 인터뷰를 진행해 대화를 본격적으로 따내고 싶은 충동이 들기도 한다. 하나 포르투 감기 이래로, 전반적으로 기력이 쇠해 있어 엄두가 나질 않는다. 대화를 하려면 같이 걸어야만 할진대, 이리 절룩대고 걷자면 보행의 보조를 맞추지 못할 테니까 그러하다.

아이슬란드에 이민 가서 산다는 질Gil. 필리핀 세부 출신인 그녀는 뭔가 사연이 깊어 보인다. 남편 그리고 딸과 같이 오려다 결국 혼자 왔다며 한숨을 푹 내쉰다. "아쉽겠지만 한숨 쉴 일은 아닐 것이에요. 외려 잘된 거고, 카미노 길은 혼자 걸어야 해요."라며 위로했다. 혼자 걷는 카미노 순례의 고결함에 대해, 더 걷다 보면 바로 알게 될 것이다.

폴란드 청년 야나첵Janáček. 그는 누가 봐도 좀 심각해 보인다. 하여 이런저런 이야기로 말을 건넸다. "내가 폴란드 사람 세 번째로 만난다네, 한데 뭐 이리 심각하냐! 러시아가 너희 나라에 쳐들어온 것도 아닌데, 옆 나라 우크라이나를 봐서라도 인상 좀 펴라, 발 아픈 나도 웃고 있는데." 하며 농담도 했다.

헝가리에서 온 니콜라트Nicolette. 해안 아피피Afifi 마을 인근에서 만난, 그 처자는 영어가 유창하고 발음도 멋졌다. 28살, 부다페스트에서 비즈니스 중인데, 9일 예정으로 포르투로부터 걷고 있다 한다. 하루 30km의 강행군. 대단한 여성이다. 뒤집힌 내 발톱을 보며 질겁하고, 염려해주며 소포장된 빵을 건넨다. 내게 먹을 것을 건넨 두 번째 여성이 되겠다. '철의 십자가' 지나 인근 능선에서 독일 부인이 육포를 건네던 일이 있었다. 니콜라트에게도 다시 만나게 되면 필시 남은 이야기를 이어가자고 약속했다.

하지만 이들과 약속을 지키지 못했다. 아니 사실 지킬 수가 없었다. 비와 왼발 타박상 문제로 포리뇨에서 연박을 하는 까닭에, 이들을 다시 만나기란 기실 힘들었다. 게다가 여기 포르투갈 카미노는 해안 길과 중앙 내륙 길의 갈림길까지 있었다. 하지만 그들도 아마 잘 알았을 것이다. 카미노에서의 만남이란 우리가 이루는 것이 아니라 카미노가 이어준다는 것을.

안야Anha 마을 숙소에서 만났던 캐나다인 브레드Brad와 에블린Ablin 부부를 다시 여기 모스Mos 마을 숙소에서 만났다. 이렇게 숙소를 바꿔 그것도 한참 지난 후에 다시 만나게 되면 매우 반갑다. 브레드는 흰 수염 구레나룻이 인상적인 사람으로 나와 동갑이다.

내년에 은퇴라는데 수염을 곱상하게 기른 이 친구 하는 일이 중범죄자 수용소의 가드란다. 퍽 의외였는데, 그것도 주로 여성 일급 살인자들을 맡고 있단다. 할리 데이비슨 타는 게 취미라니, 재미있게 사는 친구이다. 친동생이 브레드 피트Brad Pitt라며 장난치는 것으로 보아, 나처럼 평소 실없는 농담을 좋아하는 듯싶다. 이 친구와 더불어 사귀면 즐겁겠고 배울 점이 많겠다 싶었다.

이렇듯 만났다 헤어지고 그러다 어쩌면 다시 만나는 것이 우리 일상이다. 한데 대체로 보아 만나고 싶은 사람은 못 만나 죽을 지경, 만나기 싫은 사람은 매일 봐 죽을 지경. 이래저래 죽을 지경인 게 우리네 인생사인 듯하다. 그러니 우리들 삶은 만남 그 자체로 인해 항시 걱정과 근심이 가득하다. 공자 말하기를 '군자탄탕탕君子坦蕩蕩 소인장척척小人長戚戚'이라 했다. 곧, '군자의 마음은 평탄하고 너그러우며, 소인의 마음은 항상 근심에 가득 차 있다'는 의미이다.

한데 언제쯤 되어야 매사에 근심하는 '우당탕탕' 흔들리는 소인의 소치에서 벗어나 공자가 말한 '탄탕탕'한 군자의 마음을 지닐 수 있을지. 만남이 반복될수록, 그 자체를 자연스럽게 받아들이려는 마음 자세가 매우 중요할 듯하다.

 오늘 날씨를 보자니, 그대로 빌리 홀리데이Billie Holiday의 〈컴 레인 오어 컴 샤인Come Rain or Come Shine〉 가사가 생각났다. 재즈 스탠다드의 명곡으로 아트 블레키 앤 재즈 메신저스Art Blakey & Jazz Messengers 이하 수많은 연주와 홀리데이 이하 수많은 가수의 노래로 우리에게 잘 알려졌다.

"난 누구와도 다른 방식으로 널 사랑할거야. 비가 오나 해가 드나. 산처럼 높게, 강처럼 깊게. 비가 오나 해가 드나. 너만 허락한다면 난 진실을 말할 수 있거든. 넌 누구와도 다른 방식으로 날 사랑하게 될 거야. 비가 오나 해가 드나."

_모스Mos 마을에 위치한, 타페리아 플로라에서

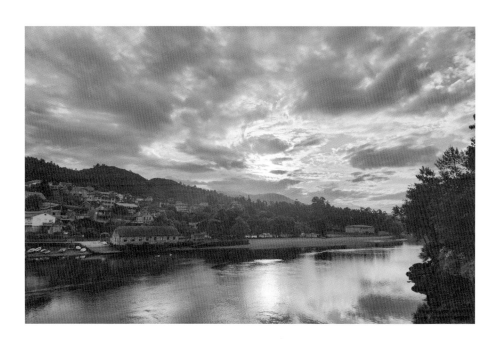

안개 속의 풍경 그리고 사람들 / 05

    모스Mos 마을을 떠나 폰테베드라Pontevedra로 향해 가고 있다. 이 아침 실로 바로 한 치 앞도 보기 힘들 정도로 안개가 자욱하게 끼어 있었다. 안개 시정거리 제로(0). 실로 이런 지독한 안개는 오랜만이다. 해안가라 더욱 그러한 듯하다. 안개 속에서도 순례객들은 하나둘 떠나가고 있다.

    눈앞으로 그리스 영화계의 거장, 테오 앙겔로폴로스Theo Angelopoulos가 감독한 1988년 영화 〈안개 속의 풍경Topio Stin Omichli〉의 정경이 흘러가고 있다. 이 영화는 길에서의 서사가 흐르는 로드무비이다. 롱샷으로 워낙 느리게 화면을 구성하다 보니, 서사의 인과 관계 또한 모호하다. 부정에의 그리움, 상실에 대한 갈망, 주변의 무관심과 삶의 허무함, 슬픔과 괴로움이란 부정적 감정 등등이 전편에 흐른다.

    다시 안개가 걷히고 날씨가 갠다. 울창한 삼림을 지나간다. 대지는 온갖 꽃과 나무들이 내뿜는 상쾌하고 짙은 내음으로 가득하다. 방향제나 화장품 향내와 같은 인공성이 배제된, 살아 있는 생생한 자연 그대로의 향기이다. 대지의 공기는 끊임없이 위아래로 순환하고 있다.

나무를 올려다보며 크게 심호흡해 본다. 포플러 나무 숲을 지나오자니 소슬하게 바람이 분다. 가던 길을 멈추고 크게 아주 크게 다시 심호흡을 해본다. 바람 소리에 귀를 기울여 종달새 소리와 바람 소리를 번갈아 듣자니 마치 이 순간이 영원히 정지한 것 같다.

오늘따라 참 많은 사람을 만날 수 있었다. 국적이 다른 이들 각자는 다들 온전한 의미의 순례자이다. 순례를 떠난 그들 각자의 이야기와 이유는 다를 것이다. 그들의 생각 또한 각자 속한 공동체의 문화적 차이를 내포하고 있다. 하지만 그들은 이번 순례를 통해 큰 카미노 공동체의 일원이 되어가고 있다.

체코 공화국에서 온 아델라Adela. 어제 저녁 식당에서 만났는데, 기저귀 차고 쏜살같이 달아나는 딸을 쫓아가고 있었다. 순례객들은 사랑스러운 시선으로 그 모녀를 쳐다보고 있었다. 참 대단히 씩씩한 여성이다. 남편은 다른 아이들과 함께 집에 있다 한다. 더 물어보지 않았다. 유모차를 몰고 앞서 열심히 가고 있다.

프랑스인 줄리엣Juliette. 완전 집시 풍으로, 코걸이도 했다. 프랑스 아를Arles에 있는 집에서 나와 90일째 걷고 있단다. 프랑스 전역을 걸어 시작점 생장에 도착, 프랑스 카미노를 끝내고 포르투갈 카미노를 걷고 있단다. 나는 정방향onwards, 그녀는 역

방향backwards이다. 참으로 대단하고 대단하다. 빨간 아네모네꽃을 꺾어 귀에 걸고 있다. 존재 자체에서 물씬 그 자유로움이 풍겨난다. 잠시 서서 대화 나누다 가볍게 허그하고 헤어졌다.

애써 그녀의 이름 때문에라도 스웨덴의 라세 할스트롬Lasse Hallström 감독이 2000년도에 연출한 영화 〈초콜릿Chocolat〉이 생각난다. 줄리엣 비노쉬, 조니 뎁이 주연으로 나온다. 관습 추종과 자유 추구의 충돌을 근간으로 한 매우 마음이 따뜻해지는 영화이니 꼭 보시기 바란다.

에스토니아에서 온 청년 케빈Kevin. 그는 발칸 국가로서의 자신의 국가를 내게 설명하느라 애쓰고 있었다. 다녀온 입장에서 말을 받아주었더니, 매우 반가워했다. 이곳에서 많지는 않아도 제법 동유럽 사람들을 만나고 있다. 그리고 캘리포니아에 산다는 라잔Rajan과 아밀Amil 부부. 인도 첸나이Chennai 출신으로 미국 이민하여 산다는데 이름이 '라잔'이란다. 내가 "힌디어로 '왕'이라는 의미 아니냐?"고 되물었더니 어찌 아냐는 투로 깜짝 반가워한다.

그래서 예전 인도 전역과 남인도와 스리랑카 그리고 파키스탄 라호르Lahore의 향료거리 다닌 이야기를 같이 나누었다. 천천히 걷고 있기에 이들 부부와 제법 대화를 나눌 수 있었다. 78세라는데 어찌 그리도 젊어 보이는지. 스스로 말하기를 나이 들어 탐욕greed을 경계하며 산다 한다. 생김부터가 욕심 하나 없어 보이긴 한다. 공자 말하기를 '급기노야及其老也 혈기이쇠血氣旣衰 계지재득戒之在得'라 했다. 곧 '노년에는 혈기가 이미 쇠잔했으므로 욕심을 경계해야 한다'는 의미이다. 반갑게 이야기하다 헤어졌다.

한데 나이 들면 지혜로워지고 노련해지는가 아니면 노욕에 사로잡히거나 기껏해야 노회해지지나 않는지. 이어지는 토픽들로 다뤄보려 한다. 여하튼 이들을 다시 만날 수 있을까? 인연이 있으면 카미노가 다시 이어줄 것이다.

 엘튼 존Elton John 불후의 명곡, 〈위 올 폴 인 러브 썸타임즈We All Fall in Love Sometimes/커텐즈Curtains〉이다. 엘튼 존에게는 전담 작사가 버니 토핀Bernie Taupin이 있어, 시대를 뛰어넘는 명가사란 무엇인지를 알려준다. 접속곡이니, 접속으로 들어야만 한다.

"다리 욱신거릴 정도로 다니면 가끔 알게 돼요. 모든 건 다 그럴 만한 가치가 있다는 걸요. 우린 누구나 가끔씩 사랑에 빠집니다. // 난 이 낡은 허수아비와 친근했었어요. 그는 내 노래였지요, 나의 기쁨이자 슬픔이었어요. 그런데 이제 아무도 씨 뿌리지 않는 밭고랑들 사이에 홀로 버려져 있네요."

_폰테베드라, 숙소 아필라 도마르A Filla do Mar에서

속절없이 먹어간 나이

이제 다시 보자니 폰테베드라의 규모가 매우 크다. 외곽 반경이 10km 가까이 되니, 이제 20km를 관통하여 중심가에 비로소 들어섰다.

어제는 마을 외곽 입구 숙소에서 잤다. 숙소로 오기 전 레돈델라Redondela 마을길을 지나가는데 스페인 할머니가 어쩜 그리도 반갑게 맞아주는지. 80대 후반이나 될까. 미소로 내 손을 잡고 그윽하게 바라보며 어깨를 쳐주는 그 태도와 모습으로 하여, 울컥하고 어머니가 생각났다. 물설고 낯설은 이 땅에서 한 순례자로 환영받고 존중받는다는 느낌이 물씬하게 드는 그런 순간이었다.

숙소는 쾌적한 데다 뒤뜰에 수영장까지 있고 휴식 공간이 제법 마련되어 있었다. 독일인 넷, 미국인 하나와 한 방에 있었는데, 자기 전 서로 음악 퀴즈도 내고 제법 즐거웠다. 전반적으로 청결한데다 저녁 아침 주고 35€ 가격이라면 뭐 나쁘지 않았다.

다만 이층 베드를 굳이 올린 것은 참으로 옥에 티였다. 옆 베드의 독일인 부인 티나Tina가 하도 스윗하게 대해줘서, "참 스윗하네요. 남편은 좋겠어요. 한국 부인들은 무뚝뚝하지만 남편에게만은 '서윗'해요." 하며 '스윗' 발음을 요즘 유행어로 '서윗'으로 꼬아 말하니 몹시 웃는다. 진짜인데 말이다.

폰테베드라 도심으로 들어오자니 카미노는 계속해 숲길로 이어진다. 비가 내린다. 몸이 젖는 줄도 모르고 가다, 배낭 커버를 씌우고 치마 우의를 뒤집어썼다. 안개비 내리는 숲길을 두 시간여 이상 걷다 보니, 그제야 비가 잦아든다. 치마 우의를 벗었다.

비는 어느새 걷히고 시야도 환히 걷혔다. 공기의 밀도감이 높아져서 그런지 소리가 잘 들려, 온갖 소리의 향연을 즐긴다. 새소리, 바람 소리, 나뭇잎끼리 스치는 소리, 개울물 소리. 멀리 인근 마을 개 짖는 소리까지 들린다. 참 너무도 좋고 쾌적하다. 순례객들이 언급하던 신성한 영적 분위기가 느껴지던 순간이다.

천천히 걷다 보니, 사람들이 날 지나쳐 간다. 안 되겠다 싶어 먼저 뒤를 보고는, "부엔 카미노~" 하고 인사한 후 길을 비켜준다. 오늘만 보자면 포르투갈인, 미국인, 영국인, 독일인, 프랑스인, 뉴질랜드인, 호주인, 아르헨티나인, 브라질인, 덴마크인 그리고 한국인. 오늘은 한국인을 두 번이나 만났다. 그중 일부 사람들은 내가 절뚝거리는 걸 보고 "아유 오케?" 한다. 그래 오케이 해야만 하리라.

잠시 물가로 내려가 물밑 흐름을 물끄러미 바라보았다. 물이 맑다. 흘러가는 물에 유수 같은 세월이라더니, 새삼 많은 시간이 흘렀음을 느낀다. 참 진실로 어느새. 공자도 시간의 흐름을 흘러가는 물에 비유했다. '자재천상왈子在川上日 서자여사부逝者如斯夫 불사주야不舍晝夜'라 했다. 곧 '물가에 앉아 공자가 말하기를 흘러가는 것(변화하는 것)은 이와 같구나. 밤이나 낮이나 그치지 않네.'라는 의미이다.

저 물이 흘러가듯 시간이 흘러 우리도 속절없이 나이를 먹어간다. 난 가끔씩 스스로도 60대 중반이라는 이 나이가 도대체 믿기지 않는다. 그러면서도 스스로 나이 듦에 옛 경험을 잘 살려 새것에 적용하는 지혜가 필요할 때라는 걸 절실히 자각한다.

그러기에 공자도 '온고이지신溫故而知新 가이위사의可以爲師矣'라 했다. '옛것을 익혀 새 것을 알면 (남의) 스승 노릇 할 수 있다'는 의미이다. 정약용의 『논어고금주論語古今註』를 보자면, '가이위인사의可以爲人師矣'라 하여, 남 '인人'을 첨가하여 해석했다.

이 말을 잘 살펴보자면, 나이 먹고 지혜가 갖춰지려면 먼저 새것을 알려는 노력이 매우 필수적이라는 거다. 문제는 새것을 알려는 노력은 하지 않고, 과거에 익힌 옛것 만 고집하는 경우이다. 이런 경우 참으로 대화하기가 아주 어려워진다. 세대 갈등이 제법 일어나는 이유이기도 하다.

지금의 60대와 70대는 산업화 시대의 속도를 이용해 발전을 이룩한 엄청난 경험 을 갖고 있다. 이들은 후진국에서 태어나 중진국을 일으켜 선진국을 만들고 은퇴한 세대이다. 이루 말할 수 없이 훌륭했다. 정말 이러한 속도는 전대미문의 결과라 할 수 있다. 모든 세계인이 이에 대해 경탄하고 있다. 하나 이제 더 이상 속도로는 해결 할 수 없는 성장의 한계점에 멈춰 서 진행 방향을 살펴야만 한다.

소통을 통해 통찰과 사색을 활용해야 할 시점에 다다른 것이다. 나이 먹어가노라 면 많은 경험이 쌓여간다. 한데 그리 쌓인 삶의 경험이 바탕이 되면 사람은 과연 지 혜로워지는가 하는 반문이 생긴다. 지혜로워져야만 하리라. 한데 실제의 일상에서 보자면 그렇지 않은 경우도 많다. 자신의 경험을 잣대로 남을 함부로 가르치려 드는 일이 생겨난다.

나이 듦에 있어 생각나는 긍정적인 화두는 지혜와 경험, 관용과 화합, 관록과 노련함, 여유와 편안함, 절제와 비움 등이다. 하나 이보다는 노욕, 가르치기, 불통, 능글맞음, 성급함, 아집, 불화, 갈라치기 등이 먼저 생각난다면 참으로 곤란한 노년이 되고 만다.

막상 이런 이야기를 글로 쓰려 하자니 내심 스스로 찔리는 게 너무 많다. '과연 이런 식으로 이야기를 이어나가는 게 현명한가. 제 발등 찍기는 아닌가 아니 과연 나는 이런 이야기를 할 자격이나 있나.' 하는 여러 생각으로 자괴감이 든다. 하나 과감하게 글로 노년의 삶에 대해 말해 보고자 한다. 나 자신을 위해서라도.

 그룹 캔자스Kansas의 노래, 〈더스트 인 더 윈드Dust in the Wind〉이다. 많이들 알고 있으리라 본다. 가사를 가만히 듣고 있노라면 절실하게 공감이 된다. 지난 세월이 한바탕 스치는 바람 속에 지나갔나 싶다.

"잠시 동안 눈을 감으면 그 순간은 지나가 버립니다. 내 모든 꿈이 눈앞에서 지나가 버립니다. 호기심도 바람 속의 티끌, 모든 것이 바람에 날리는 티끌입니다. 우리의 존재는 먼지와 같습니다. 세상만사가 먼지와 같습니다."

_폰테베드라 시내,

디파소 우르반 호스텔Dpaso, Urban Hostel 에서

숲길을 오래 걷다 보면 / 07

크루세이로Cruceiro 마을로 들어왔다. 폰테베드라 시내를 관통하여 여기로 오는데, 시내 외곽이 전부 숲이어서 제법 장관이었다.

땡볕의 해안가 지나는 것보다 숲속 그늘을 지나는 것을 더 좋아하기는 한다. 한데 뭐 말할 바 없는 것이 그간 포르투갈 카미노 들어 땡볕을 쬔 적이 없다. 거의 흐려 있거나 아니면 가랑비가 내리는 날씨였으니까.

갑자기 순례객이 무척 많아졌다. 한데 어느 순간 보니 주로 단체객들이다. 한국 단체객들은 이곳 포르투갈 카미노보다는 주로 프랑스 카미노에 몰려 있다. 주로 스페인 단체 순례객들인데, 스페인 젊은이들도 한 무리를 지어 몰려간다.

한데 몹시 요란하다. 국기를 들고 행렬을 지어, 맨 뒷사람은 배낭에 큰 JBL 블루투스 스피커를 지고 크게 소리를 틀고 지나간다. 라리가LaLiga 리그 경기 응원 나가나 하고 순간 잠시 착각했다. 프랑스 카미노에서 전혀 보지 못한 예상치 않은 이 광경에 순간 멍하니 바라보았다.

여기 카미노는 프랑스 카미노와는 차이가 있다. 프랑스 길에 이어 여기 포르투갈 길을 갈 예정인 순례객이라면, 분명 여기 포르투갈 카미노가 좀 자유롭고 투박한 느낌으로 다가올 것이다. 질박함이 주는 그 나름의 묘미가 분명 있다. 여하튼 설명이 모호한 지점인데, 뭔가의 차이점이라 할 수 있다. 그러기에 1960년대 유럽의 집시나 미국의 히피족이 순례를 간다면 필시 여기 카미노를 택했을 듯하다.

이런저런 생각을 하면서 '숙소 선택에 제법 유의하고, 숙소는 단체객들 피해 살짝 카미노 외곽에서 찾아야겠다'고 생각했다. 아울러 이번 산티아고 최종 입성할 때에 금요일 오후는 반드시 피해야겠다고 굳게 다짐했다. 일전 프랑스 카미노에서 금요일 오후에 산티아고 입성하면서 숙소 문제로 너무 고생해서다. 이게 포르투에서 감기로 고생하는 주된 원인이 되었다.

오늘로 이제 순례를 떠난 지 60일째가 되었다. 순례란 현관문을 나서며 시작된다 하니, 순례 60일이 맞기는 맞다. 적잖은 시간이었다. 내 삶 전체를 뒤집어 놓은 대사건이었다. 카미노 순례 이전과 이후로 나눌 '비포 앤 애프터'의 시간이라 할 수 있다. 조금은 인생이 뭔지 알 것 같고, 어찌 살아야 할지도 알 것 같다. 카미노가 내게 가르쳐 준 것이 있으니까.

이제 콤포스텔라 시에 이르기까지 한 20km나 남았을까. 남은 곶감 빼 먹듯이 조금씩 아끼며 걸어간다. 조금만 더 지나면 그 유명한 파드론Padrón 마을 인근이다. 여기는 산티아고 사도의 전설이 강하게 남아있는 작은 포구 마을이다.

예루살렘에서 참수된 야고보의 유해는 그 두 제자 아타나시오Atanasio와 테오도로 Teodoro가 탄 석조 배에 실려 산티아고에서 16km 가량 떨어진 파드론 근처의 이리아 Iria 강변에 정착했다는 이야기가 전해진다. 이후 유해가 오늘날 콤포스텔라 시에 묻히기까지 '말과 가리비 이야기' 그리고 지역 여왕 '루파Lupa 이야기'도 전설로 이어진다.

계속 숲길을 걷는다. 항시 통증 그리고 피곤감과 같이 걷지만 마음만은 평화롭고 여유롭다. 이렇게 숲길을 걷다 보면 비로소 내면의 중심에 자주 들어서 있는 자신을 확인한다. 오래 걷는 동안에 내 숨겨진 잠재 능력을 발견하고 자신감을 얻는 의외의 효과도 있다. 일상과 거리를 두었기 때문에 얻어지는 부수적 소득이다.

나 자신을 좀 더 가까이서 올바르게 바라볼 수 있고, 타인과의 관계에 일어난 문제의 원인을 냉정하게 살펴볼 수 있게 된다. 제대로 걸어야, 이런 일들은 일어난다. 그러려면 일상에서 물러나 오래 걸어야만 한다. 마음이 그 최적점의 상태를 찾아내면 일상이 내는 소음은 죽고 나의 머리는 가볍게 비워진다. 상념이 물러난 그 자리를 사색이 대신하여 차지하고 긍정적 회상이 순환하여 피드백 된다.

참 오랜 세월, 오랜 시간을 걸어왔다. 나름은 자아를 찾아 이 길을 참으로 오래 걸어온 것 같다. 자신을 찾는 일과 어디로 향해 걷는 일은 본질적으로 유사성이 있다. 그것은 속도에 신경 쓰지 말고, 길을 잃지 않게끔 올바른 방향을 찾으려 애써야 한다는 점이다.

순례길에서는 자기 자신의 내면에 귀를 기울여야만 한다. 그래야만 본연의 자아를 확인할 수 있고, 자신의 근원인 그 뿌리에 닿을 수 있다. 나는 어쩌면 내 뿌리와 얽힌 그 본연의 모습을 그간 애써 힘써 부인하며 살아왔는지 모른다. 이제 포르투갈 카미노를 걸으며 과거의 자아와 연관한 회상이 이루어졌다. 이 긍정적 회상을 통해 이제 과거의 자아를 감싸 안아 어루만질 수 있는 치유에의 용기와 힘이 생겨난 것이다.

다시 산티아고 입성 후, 피니스테레로 바로 이어갈 예정이다. 몸은 조금 피곤할지 몰라도 내 마음은 더할 나위 없이 평안하다.

레너드 코헨Leonard Cohen의 〈낸시Nancy〉라는 노래이다. 코헨 특유의 철학적인 가사는 다소 난해하고 심오하게 인간관계의 감정을 노출하고 있다. 가라앉은 음성과 그 특유의 느린 템포의 스타일인지라, 리듬을 따라 우리도 느릿하게 들으면 된다. 젊은 시절 이 곡을 무척 좋아하였는데, 가사 내용은 무척 어둡고 우울하다.

"아주 오래전 일이었어요. 낸시는 홀로이 준보석을 통해 심야 방송을 보곤 했죠. 정직함의 전당에서 그녀 아버지는 판사로 심리 중이었어요. 그 비밀의 저택에는 도무지 사람이란 아무도 없었죠. 그래요 아무도 없었어요".

_크루세이로 마을 알베르게에서

노년의 이름이 주는 무게감 / 08

노년의 모습이 아름다운 것은 그 경륜에서 풍겨 나오는 지혜로움 때문이다. 세월의 흐름 속에서 이러한 지혜로움이 갖춰진 노년을 바라보는 것은 주변에 긍정적인 영향력을 전파한다.

원로 혹은 장로라는 이름이 주는 무게감은 이런 모습에서 우러나오는 것이다. 계속해서 노년의 지혜에 대한 이야기를 이어가려 한다. 저번에 레돈델라Redondela 마을을 지날 때 받은 할머니의 따뜻한 환대도 이야기했다.

이제 얼척 없던 스페인 할머니의 욕심 이야기로부터 시작한다. 프랑스 카미노 폰프리아Fonfria 마을의 알베르게 숙소에서 자고, 좀 일찍 나와 걸을 때 일이다. 걷다 외곽 카페가 문을 열었기에 들어갔는데 제법 나이 드신 할머니가 있었다.

순간 멈칫했다. 토르티야와 커피를 주문했다. 이제는 아침이면 토르티야 한 조각 커피 한잔 마시는 게, 나름 루틴이 되었다. 토르티야는 계란에 감자, 양파를 넣어 만든 스페인 식 오믈렛. 한데 웬걸 계란 하나를 부치고 커피 한잔을 가져온다.

혹시 2€가 넘을까 싶어 5€ 지폐와 2€ 동전을 내밀었더니 그걸 손으로 다 쓸어가고는 모른 척한다. 아니 잘해야 3€ 정말 많아야 4€ 받을 내용이겠다. 그것도 제대로 만든 토르티야라면 말이다. 콤포스텔라 시 외곽 산나자로 마을 어느 카페에서는 커피를 시키면 빵 조각 위에 매운 소시지인 초리소를 얹힌 핀초Pinchos를 주고 1€만 받았다.

예전 둘레길 다니다 민박집 할머니가 스윽 나오시면 난 잠시 긴장한다. 가끔씩 보자면 사람과 장사에 닳고 닳아, 길손 대접이 말이 아닌 경우들이 있다. 차라리 남자 사장들이 말 나누기가 편하다. 민박들은 기본적으로 시스템적으로 운영되지 않는다. 그러다 보니 관리도 부실해지고 비용 책정이나 대하는 태도도 손님 따라 달라지기 쉽다. 오래 길 다니는 사람이라면 그런 분위기를 잘 안다. 그러니 그나마 모텔이 제일 낫다. 시스템적으로 관리되고, 비용도 짐작 가능하니까.

나이 먹고 욕심에 휘둘리면 사람이 무섭게 변한다. 큰 불의는 참아도 작은 불이익은 전혀 참지 못한다. 남을 가르치려 드는 경향도 아주 강화된다. 일단 나이를 내세워 가르쳐 한바탕 기세를 선점하고 나면, 그 다음 일 진행하기가 수월해진다 생각하는 것 같다. 나이 들수록 생각은 보수화되고, 혹여 의견이 다르면 나이가 아래라며 혹은 세상 물정 모른다며, 타인을 쉽게 공격하는 성향을 보인다.

집단의 의견이나 모임에 휩쓸려 움직이는 경우도 많다. 공자 말하기를 '중오지필찰언衆惡之必察焉 중호지필찰언衆好之必察焉'이라고 했다. 이것은 내가 무척 좋아하는 공자 말이다. 곧, '여러 사람이 미워하여도 반드시 살펴보아야 하며, 여러 사람이 좋아해도 반드시 살펴보아야 한다'는 의미이다. 여기서 말한 '중衆'은 대중이고 '여러 사람'에 해당된다. 나이 들고 두터운 또래 집단에 들어가 어마무시한 결속력을 보이기도 한다.

이런 성향은 내가 나름 극도로 조심하는 지점이기도 하다. 일단 확실히 난 남들을 가르치려 들지는 않는다. 그간의 삶이 당면한 내 문제 해결하기도 벅찼던지라 그러하다. 두 딸아이들도 날 인정하는 부분이다. 그리고 대세라는 걸 잘 안 탄다. 뭐 천성이 그러하다. 남들이 다 옳다고 많이 몰리면 다른 의견을 일부러 찾아가 살핀다. 그러다 보니 시사적이거나 정치적인 성향은 많이 오락가락한다. 사안 따라 사람 따라 그때마다 입장이 달라진다.

네 편 내 편이 없다 보니 줏대가 없어 보이기도 한다. 한데 이걸 아는가? 예술의 찬란한 부분은 남들이 다 몰리는 지점에 있지 않다. 많이 주목을 받지 못한 다른 그 무엇이 더욱 귀한 경우가 많다. 음악 감상에 한정하자면 너무나 많이 절실하게 경험했다. 남이 몰리는 대로 따라가 휩쓸리면 제대로 된 감상을 못 한다.

대부분이 알고 찾는 고전파 낭만파 말고도 르네상스 시기와 바로크 시기의 주옥같은 음악들이 얼마나 많은가. 그런 것이다. 조금만 시선을 돌리고 애정 어린 시선으로 살피면 주목 받지 못한 다른 그 무엇이 보인다.

나이 들수록 잘못을 인정하지 않고 뻔뻔해지기 쉽다. 혹여 인정하면 그날로 또래 집단에서 매장 당할까 두려워한다. 하니 집단의 생각이나 행동에 쉽게 휩쓸리는 이유이기도 하다. 아울러 주변에 대한 공감 능력과 연민에의 정서가 현저히 떨어진다. 지하철에 이런 어르신들 제법 많다. 나도 비로소 지공족[지하철 공짜로 타는 사람]이 됐는지라 말해본다.

늙은 본인만 소중히 여긴다. 하니 주변 약자를 긍휼히 여기고 돌보는 일에는 갈수록 소홀해진다. 살면서 참 조심해야 할 일이다.

레어 버드Rare Bird의 〈심퍼시Sympathy〉다. 이 곡이 예전 곽지균 감독의 1986년도 영화, 〈겨울 나그네〉에 음악이 쓰인 적이 있었다. 영화에서는 이런저런 소프트 록 음악들을 사용했는데, 이 노래가 나와 순간 흠칫했었다. 혼자만 조용히 알던 곡이라서다.

"오늘 밤, 당신이 잠자리에 들기 전 문을 꼭 잠글 때, 추위와 어둠 속에 떠는 사람들을 생각해봐요. 연민이란 친구를 필요로 하는 것이고, 연민은 우리에게 필요한 것입니다."

_ 날씨 변덕에 빨래를 널었다 갰다 하며,
크루세이로Cruceiro 마을에서

소신인가 아니면 독선인가

다시 산티아고 데 콤포스텔라로 입성했다. 저번 프랑스 카미노로 걸어 들어왔을 때처럼 금요일이다. 주말, 특히 금요일을 피하고자 했지만, 날짜 운용상 내 뜻대로 되지 않았다. 하나 이전보다 육체적으로나 정신적으로 훨씬 단단해져서인지 제법 심적 여유가 있다.

콤포스텔라 시내 전체는 나흘간 진행된다는 페스티벌로 인해 활기가 넘치고 좀 분주하다. 무슨 일인지 시내 외곽으로 많은 스페인 사람들이 단체로 몰려가고 있다. 물어보니 연 이틀간 기념 공연이 있다 한다.

시내 모든 숙소도 완전 풀 부킹 상태이다. 대성당 앞 광장을 살피고 순례자 사무소에서 포르투갈 카미노 '순례완료증서'를 받아야 하리라. 이후 순례자 미사에 참석하고, 이어 4km 외곽의 산 나자로 거리에 위치한 공립 알베르게로 갈 예정이었다. 가서 호스트 마누엘과 예쁜 두 딸들을 만나야겠다 생각하며 걷고 있었다.

대성당 인근 비좁은 골목길을 걸어 인파를 지나 광장으로 향해 가려는데 저 앞에 두 명 부인이 걸어온다. 순간, 앞에서 "크리스~" 하는 소리가 들려 보았더니, 독일에서 온 티나Tina와 율리아Julia가 아닌가. 정말 정말 반가웠다. 두 사람도 이루 말할 수 없이 반가워한다. 참 다정하고 스윗한 사람들이다. 내 발톱과 정강이 상처를 몹시 걱정했단다. 많이 나았다 하니, 그리도 진심으로 축하해준다.

카미노가 아름다운 건 자연과 더불어 이렇게 순수하고 착한 사람들을 만날 수 있어서이다. 길을 잃고 헤맬 때 노란 화살표가 이끌 듯이, 상처입고 지쳐 있을 때 이들과 같은 순례객들이 내게 힘을 주었다. 이러한 인격적 교제에 무슨 남녀 간의 색채가 있을 수 있을까. 그들은 이제 모든 일정을 끝내고 귀국하려 한단다. 다시는 볼 수 없겠지. 허그하고 "바이아 콘 디오스Vaya con Dios."라고 말해주었더니 둘 다 끄덕인다. 다들 안녕히.

이제 다시 이전 주제로 돌아가 '노년과 지혜'에 대한 글을 최종 정리해 보고자 한다. 노년의 삶에 대한 잘 알려진 경구로야 '육십이이순六十而耳順 칠십이종심소욕불유구七十而從心所欲不踰矩'라 한 공자의 언급만 한 것이 없다. 곧, '나이 예순에는 어떠한 말을 들어도 귀에 거슬리지 않았고, 나이 일흔에는 내 마음이 가는 대로 행하여도 법도에 어긋나는 일이 없었다'는 의미이다.

과연 어떠한가! 내 경우 50대에 비해서 60대가 되니, 남의 말에 좌우되거나 휩쓸리는 일이 현저히 더 적어졌다. 남의 말에 신경 쓰기 시작하면 한이 없다. 50대에는 말 때문에 기분이 좌우되고, 달라지는 기분이 태도로 고착되기도 했다. 이게 현저히 많이 줄었다. 하기야 나이 먹어가면서 주변에 무심해진 일면도 있기도 하다.

한데 나이 일흔에 내 마음이 가는 대로 행하게 내버려두면 어떠할까. 마음대로 행해도 법도에 어긋나지 않으려면, 평소 키워온 삶의 절제와 배려심이 바탕이 되어야만 할 것이다. 노욕에 사로잡힌 끝없는 이기심의 경연장이 될 수 있으니까. 70대 내 마음이 가는 대로의 기괴한 모습은 지하철로 시내 외곽의 산 있는 등산로 방향으로 가다 보면 가끔씩 목격하게 된다.

오후 4~5시 이후에 술 자시고 마음 내키는 대로 움직이시는 광경을 이따금 보게 된다. 하기야 지하철 손잡이 봉대를 잡고, '헛둘 헛둘' 스쿼트squat하시는 어르신도 보았다. 혼자서는 절대 이리 안 하실 것이다. 옆에 봐주는 몇몇 어르신이 같이 계신지라. 하도 얼척 없어 보다 못해 "아, 어르신 좀요." 했다. 이하 벌어진 어지러운 이야기는 생략하련다.

본인은 소신이라 생각하겠지만 가만 살펴보자면 그 누구도 못 말리는 아집에 빠져 있는 경우가 너무도 많다. 이 또한 집단 의견을 맹종하는 경우에 다름 아니다 보니, '독선기신獨善其身'의 그 집단적 독선이 하늘을 찌른다. 스스로에 대한 지나친 확신이 문제이다. 여전히 내 앞에 놓인 거대하고도 신비한 삶의 모험을 보려들지 않는다. 스스로가 현명하고 올바르니 더 이상 바라볼 필요가 없다는 생각이다. 같은 집단의 작은 우리에만 집착하는 삶 속에 안주한다.

주변 친구들 일부를 보자면 자신은 무척 관용적이고 열린 사람이라 생각하고 있다. 한데, 내 보기에는 본인만 모를 뿐, 그 누구보다도 편견에 사로잡혀 있다. 나이 먹을수록 경계하고 경계할 부분이다. 믿음, 자비, 관용과 같은 가치는 절대적이라 변화하지 않을 것이다. 하지만 취향, 기호, 성향과 같은 가치는 개인적이라 변화할 수 있다. 소신이란 개인적 가치로 변화할 수 있다는 걸 반드시 의식해야 한다. 남 이야기가 아니라, 내 이야기이니 몹시 유념하는 지점이다.

노년의 삶을 변함없이 지혜롭게 살아야 하겠다. 한데 요즘 실상은 '변하지 않는 어리석은 노년'으로 언급되곤 한다. 인터넷의 커뮤니티에서는 이런 노년에 대한 걱정을 넘어선 탄식이 넘쳐난다. 진심 이런 글을 볼 때마다 매우 가슴이 아프다. 잠언에 나오는 '거리에서 우리를 부르는 지혜의 목소리'에 노년의 삶이 대답해야 하지 않을까 싶다.

 페이퍼 레이스Paper Lace의 〈러브 송Love Song〉이다. 70년대 중반 이래로 난 세상의 모든 연가戀歌 가운데 이 노래가 으뜸이라는 생각을 오래 가져 왔다. 1998년에 모 드라마 배경 음악으로 사용되어 우리에게 널리 알려졌다. 그간 아끼던 곡이 대중적으로 너무 소모되는 건 아닌가 하는 그런 미묘한 마음도 있다. 화자는 변하는 연인의 감정에 대해 애타는 심경을 토로하고 있다. 종결 구음口音 '라, 다-담, 다-담-담'하는 소절을 들을 때마다 한껏 가슴이 시려온다.

"요즘 들어, 당신의 눈을 보면, 당신에게 뭔가 변화가 생겼다는 게 보여요. 아, 당신은 숨길 수 없어요. 나에 대한 당신의 사랑이 이젠 식어버렸다는 걸 말이에요. 라, 다-담, 다-담-담 라, 다-담, 다-담-담."

_다시 찾은 산티아고 데 콤포스텔라, 공립 알베르게에서

다시 산나자로 알베르게로

콤포스텔라 시의 순례자사무소를 방문하여 '순례완료증서'를 받은 후에 천천히 다시 공립 알베르게 산나자로로 걸어왔다.

저번 프랑스 카미노 완료 시점에 이어 두 번째 방문이다. 이제 피니스테레 순례가 끝나면 다시 또 찾게 되리니, 콤포스텔라 시는 내게는 순례 허브가 된 셈이다. 카미노 길이 바뀔 때마다 들리곤 하니 말이다. 전반적으로 시내 전체에는 활력이 넘쳐흐른다. 페스티벌 준비와 행사 진행으로 도심 전체가 들떠 있는 느낌이다.

카미노에 온 이래로 하루 반나절 이상 걸어가고 있다. 오래오래 걷다 보면 새가 높은 곳에서 아래를 내려다보듯, 스스로 자신을 조감할 수 있는 여유와 힘이 생겨난다. 일상에서 멀찍이 거리를 두어야 비로소 자신의 모습이 보이나 보다. 장기적으로 순례하다 보니, 이제는 나의 행위와 태도들을 객관적으로 바라볼 수 있는 시야도 생겨난다.

이집트의 파피루스 문서에 '자신의 마음을 아는 자가 행복한 자이다.'라고 기록되어 있단다. 결국 행복이란 소유의 발견이 아닌 자아의 발견인 것이다. 자신의 내적 상태를 확인할 줄 알아야 지혜로운 자라는 것이다. 그렇다고 내게 지금 갑자기 없던 지혜가 생겨났다는 것은 아니다. 다만 지혜로운 상태가 무엇을 의미하는지 정도는 알겠다. 참으로 이도 저도 아닌 미망의 상태에 갇혀 있기 쉬운 인생이다.

산나자로 알베르게로 가까이 간다. 가는 길에 오스피탈레로 마누엘의 두 딸을 위해 슈퍼마켓(슈퍼메르카도)에서 초콜릿을 사가지고 갔다. 마누엘이 깜짝 반가워한다. 딸들은 어린이 수영 강습 가서 오늘 오지 못한단다. 이틀 묵는다 하고 체크인 했다. 이 숙소는 가격 대비로 보아 매우 쓸 만하다. 공립[public, municipal] 알베르게로 8€를 받는다.

전체 시설의 규모에 비해 밸런스가 안 맞는 부분도 있다. 특히 도미토리별 동선은 효율성과 안전 관리 체계가 심히 떨어진다. 하지만 시내 숙소의 가격을 생각하자면 이런 고마울 데가 다시금 없다. 시내에서 4km 정도 떨어진 외곽이지만, 숙소 바로 앞에는 6, 6A의 시내버스가 다니고 있어 대성당, 버스터미널, 기차역, 공항. 뭐 어디든 이어준다.

룸 도미토리 중 마지막 룸 끝열 구석진 1층 베드로 찾아 들어갔다. 제법 아늑하다. 한데, 나중 보니 이 룸으로 자전거 단체 순례객들이 늦게 많이들 들어온다는 것을 깨달았다. 오늘은 그중 하필이면 프랑스 단체 자전거팩이 밀어닥친다. 이 사람들 제법 시끄럽다. 아마도 이탈리아 사람 다음으로 시끄러운 듯하다.

단체가 되면 일반적으로 사람들이 시끄러워지는 것은 어쩔 수 없나 보다. 그러니 걸어 순례하는 개인 순례객으로서야 자전거팩 단체를 좋아할 정말 아무런 이유가 없다. 일반 순례객들이 유지하고 있는 정서적 평정 상태가 그들로 인해 손쉽게 깨어지곤 한다. 자전거 순례객들은 항시 단체로 움직이며, 일반 순례객과 정서적 교감을 꺼리다 보니, 서로 교류가 완전히 막혀 있다는 느낌을 받는다. 어느 날 불쑥 솟아오른 섬이다.

주방에서 강화에서 오셨다는 80세 되신 심봉식 어르신을 만났다. 한데 이분 복장이 너무도 허름하시고, 청력도 나쁘시며 오른쪽 시력은 거의 실명 상태이시다. 하니 사실 대화 진행이 좀 어려운 상태이다. 처음에는 '이곳 산나자로 인근 마을 사는 자제분 집에 들르셨나.' 하고 오해했다. 걷는 것도 허술하여 심지어 부축해 드려야 하나 하는 수준이었는데, 사실은 내공이 대단한 순례객이시다.

그러니 사람을 겉보기 행색으로 판단하는 게 그 얼마나 위험한가. 강화에 사시며 강화나들길을 제 집 앞처럼 수십 번을 걸으셨단다. 이후 2016년부터 산티아고 순례

길 6회 완주의 경력을 지니고 계신다. 프랑스길, 포르투갈길, 북쪽길, 프리미티보길, 은의길 등등. 정말 대단하시다. 문제는 어르신과 대화 진행하기가 그리 녹록하지 않다는 점이다.

"아니 왜 국내 둘레길도 좀 다니시지요?" 했더니, "걷고 걸어도 먹을 데 잘 데 없는 데 어디로 다니라는 말이야." 하신다. 이어 "국내 다니는 그 비용의 절반이면 여기서 다녀." 하신다. '언즉시야를

^{則是也}', 곧 '말인즉 옳아', 그대로 말문이 막힌다.

다음에 어르신을 또 만나 뵈면 남은 이야기를 들어야겠다고 생각했다. 어쩔 수 없이 85세 남아공 노익장 안토니오가 생각난다. 카미노 순례길의 안토니오는 아내와 같이 꼿꼿한 자세로 웃음을 띤 얼굴과 관용적 태도로 노년의 지혜를 물씬 풍기며 순례하고 있었다. 어르신께 이런 소통 능력이 없으신 게 몹시 아쉽긴 하다.

하지만 그래도 있는 힘껏 응원한다. 이런 어르신이 걷기를 멈추면 그날이 바로 소천하시는 날일 것이다. 심 어르신 100세 되시는 그날까지 힘차게 끝까지 걸으시기를, 파이팅 합니다.

 여성 재즈 가수 블로썸 디어리_{Blossom Dearie}가 발표한 〈원스 어폰 어 서머타임_{Once upon a Summertime}〉이다. 맑고 상쾌한 보컬로 사랑이 익어가는 순간의 여름날 기억을 로맨틱하며, 따뜻하게 전달하고 있다. 디어리는 약간의 코맹맹이 소리가 섞인 앙증맞은 보컬로 매우 섬세하고 맑은 감성을 보이고 있다. 그렇듯이 지금도 삶은 흐른다.

"옛날 옛적에 여름날을 그대가 기억한다면 우리는 작은 꽃가게 옆에 멈춰 섰지요. 밝은 물망초 무리 한 다발은 내가 당신에게 사도록 허락한 전부였어요. 옛날 옛적 오늘과 같은 여름날 우리는 웃으며 행복한 오후를 보냈답니다."

_ 산티아고 산나자로 마을에서

결국 행복이란

소유의 발견이 아닌

자아의 발견인 것이다.

자신의 내적 상태를 확인할 줄 알아야

지혜로운 자라는 것이다.

제 5 장 /

성찰 2
땅끝으로 가서 나를 찾아 데려오기

"사람들이 길에서 방황한다고 해서,

그들이 다 길을 잃은 것은 아니다."

-J.J 톨킨

피니스테레 카미노를 걸으며 신비함과 강렬함을 동시에 느끼다. 해, 땅, 바람, 바다, 파도 등의 원초적이며 강렬한 자연을 바라보다. 이곳으로 가는 길은 지방색이 강하고 풍토적 관습이 살아 있는 곳이다. 땅 끝에서 남기고 버려야 할 삶의 목차 대조표를 작성하다. 마드리드로 옮겨가 호텔에서 이틀간 깊은 잠에 빠지다.

이 불쌍한 영혼이여 / 01

어제 조금은 일찍, 저녁 9시경 잠을 청하려 했다. 8시 넘어 오스피탈레로 아이작이 위 베드로 거구의 청년을 데려왔다. 이후 그 청년은 어디 갔는지 도통 보이지 않았다.

동유럽 청년 둘이 도미토리 실내에서 떠들기에, 점잖은 목소리로 협조 요청했다. "영 맨Young man들아, 저기 나가서들 말하면 어떻겠니?" 하고. 그들이 웃통 까고 있다 주섬주섬 옷 챙겨 입고 밖으로 나간다.

한데 공립 알베르게는 남녀 혼숙임에도 확실히 웃통 까고 룸에 누워 있거나 돌아다니는 사람들이 많다. 간혹 문신도 보이니, 뭐랄까 분위기가 저렴해 보이긴 하다. 이곳이 호텔이라면 그들이 어찌 그러겠는가. 공립 알베르게는 적은 비용에 한 몸 누이기를 원하는 젊은이들과 알뜰하게 순례하려는 사람들이 많이 온 탓인 듯하다.

더불어 겸손과 절제로 알베르게를 이용하려는 사람들 그리고 스페인의 젊은 자전거팩 순례객들이 주된 이용객이다. 너나없이, 위아래 없이 남자들이 웃통 까는 것은 보기에 참 불편하다. 룸 안의 냄새야 어쩔 수 없다지만.

새벽 2~3시쯤 되었나. 비어 있던 이층 위 베드로 그 거구의 젊은이가 다가온다. 어디 다녀왔는지 술에 잔뜩 취한 듯하다. 주변에 음악 페스티벌 중이니 아마도 거기를 다녀온 것이리라. 그간 공사립을 불문하고 알베르게 숙소들은 저녁 10시면 출입을 금지시키는데, 아무 일 없이 이 자심한 시간에 도미토리로 다시 들어오다니 이 어찌된 영문인가.

여기 도미토리에서 화장실을 가려면 안전문을 지나가야만 한다. 이것이 시설 구조상 문제가 있는 거다. 하여 늘 안전 코드를 풀어 놓고 있다. 이 친구 내 위 베드로 올라가더니 주먹으로 벽을 쾅쾅쾅 세 번 치고는 '드르렁 드르렁' 코를 곤다. 한데 한 시간쯤 지나니 이 인간이 다시 내려온다. 워낙 거구이다 보니 자기 힘을 못 이겨 베드 안전판을 부러뜨리고 떨어지듯이 내려온다.

그리곤 벌어지는 어마어마한 사건. 바닥에다 소변을 보고, 그 소변에 자신이 미끄러지는 몸 개그를 시전한다. "에옹 에옹~" 하며 신음하고 앉아 있다. 도대체가 상상을 초월하는 이 만행에 내가 뭘 어찌해야 할지 모르겠다. 공자 말하기를 '유주무량唯酒無量 불급난不及亂'이라 했다. 곧 '술은 양을 한정하지 않으나 어지럽게 하지 않는다'는 의미이다. 어지러운 난리도 세상 이런 난리가 없다.

중얼대는 말투로 보아 스페인 청년이다. 스페인 112에 신고 전화를 해야 하나 생각했다. 한데 룸에 있는 어느 누구도 일어날 생각을 못 한다. 아니 안 하고 있다. 거구인데다 아까 그 '넉 쓰리 타임즈knock three times'의 폭력적인 낌새를 느낀 듯하다. 동유럽 이 녀석들, 지들끼리만 작은 목소리로 "아유 오케이?" 하더니 쥐 죽은 듯 가만히 있다. 시간을 보자니 새벽 5시. 일어나 주섬주섬 짐을 싸서 주방으로 나왔다. 다행히 내 짐 놓은 자리로 문제의 소변이 흘러오지는 않았다.

한데 이 알베르게에 도대체가 비상 전화번호가 없다. 마누엘이 아이삭과 같이 오스피탈레로 역할을 하고 있는데, 체크인 데스크를 포함해 그 어디에도 연락처 남긴 게 없다. 구글 지도상 연락처로 보름 전에는 분명 연락이 되었다. 다시 보니 전화번호를 아예 없애 버렸다. 스페인 경찰에 신고 전화를 하려다, 도미토리에 있는 10여 명 인간들을 한국인 시니어가 대표해야 하나 싶은 생각에 그만두었다.

비가 추적추적 내린다. 갈리시아 기후의 축축함이 한껏 더해지고 있었다. 주방에서 남은 계란과 빵 그리고 바나나로 이른 아침을 먹고, 6시 정각에 알베르게를 나섰다. 비가 제법 세차게 내린다. 버스 정류장에서 잠시 비를 피했다. 남녀 젊은이들 서넛이 모여 있기에 물어봤더니, 산나자로 마을 인근에서 열린 페스티벌에 다녀왔단다. 술 냄새와 함께 마리화나 특유의 풀 냄새가 진동한다. 도미토리에서 난동을 부린 그 젊은이의 영혼이 순간에 오버랩된다. 술과 마약에 비틀거리는 유럽 청년들. 이 누구의 책임인가?

비를 피해 콤포스텔라 시내 카페 두 군데에서 머무르다 비가 좀 그치기에 일어섰다. 일요일 이른 아침 비 오는 날씨임에도 카페 문 연 곳이 제법 많다. 콤포스텔라 시내 전체가 한창 핫 시즌이란 사실이 피부로 느껴진다. 피니스테레 카미노 방향으로 천천히 이동해 나간다. 프랑스 카미노와 포르투갈 카미노에서 끝나지 않은 내적 탐구의 순례 여정은 이제 산티아고 대성당을 지나 다시 피니스테레를 향해 나간다.

나는 피니스테레와 묵시아를 거쳐 모든 카미노 순례 여정을 마치려 한다. 이 사달을 겪고 나니, 남은 기간 이제 공·사립 알베르게에는 그만 묵고 싶어진다. 까사·펜션 중에 룸 공유가 가능한 곳을 찾아야만 하리라.

참으로 혼란한 새벽을 맞아야 했던 복잡한 심정을 멀리 뒤로한다. 이제 콤포스텔라 시내를 가로질러 피니스테레를 향해 발걸음을 꾹꾹 비벼대며 나아가고 있다.

 킹크스Kinks의 곡 〈리틀 빗 오브 이모우션Little Bit of Emotion〉이다. 1980년 이래로 이들의 음악적 흐름은 어지러운 댄스풍으로 바뀌었다. 이전 작품들, 특히 이 앨범에는 아름답고 서정성이 가득한 가사의 좋은 곡들이 많이 담겨 있다.

"눈에 미움을 가득 담고 있는 많은 사람들을 보세요. 그건 위장일 뿐이고 그 핵심 아래에는 뭔가 더 있어 그러리라 생각해요. 당신은 그들이 두려워하는 게 안 보이시나요? 그 약간의 감정을 보여주세요. 약간의 감정이 생길 경우에."

_비는 그치고, 촉감으로 전해지는 축축한 바람을 맞으며,
벤토사 마을에서

보이는 것은 있나니

　벤토사Ventosa 마을 숙소, 알베르게 아 까사 도 보이Albergue A casa do boi에서 최고의 경험을 했다. 산나자로 알베르게에서 겪은 혼란스러운 경험을 단숨에 잊게 할 정도의 순간이었다. 그간 이곳 카미노에서 66일 넘기며 겪은 공유형 숙소 경험 중에서도 가성비 면에서는 최고라 할 만하다.

　오픈한 지 1년 되었다는데, 주방 정원 거실 침실 등 전체적으로 공간들이 매우 넓다. 침실의 이층침대는 현대적으로 고안되어 있다. 편안하며 프라이버시에 신경 써 깨끗하게 관리되고 있다. 비용은 19€. 레스토랑도 같이 운영하는데 이게 아주 환상적이다. 레스토랑 자체도 아주 공간성이 좋게 구성되어 있다.

　한데 이번 카미노 순례에서 상당한 분량의 글을 남기며 순례를 진행하는 것에 대해 주변 많은 사람들이 놀라고 있다. 일부 지인은 심지어 '당혹스럽다'는 표현을 쓴다. 뭐 그도 그럴 만한 것이 글 자체를 안 쓴 지가 너무도 오래되었기에 그렇다.

　15년 전 주변 요청으로 에세이 단행본을 잠시 출간한 적은 있다. 하나 전반적으로 글로 썼다는 것이 오디오 평, 레코드 평인데 사실 그걸 읽는 이들이 얼마나 될까. 게

다가 오랜 시간 집필했다는 글들이란 것은 아주 특정한 대상을 상대로 하는, 글이랄 것도 없는 실용문이었다.

하지만 고민이야 늘 있었다. 자다가 놀라 숨을 토하며 깰 정도의 깊고 깊은 고민이라 할 수 있다. 놀라 깨어나 번민하는 내용은 늘 같았다. '보이는 것은 있다. 한데 수십 년 동안 안 해온 일을 이제와 과연 할 수 있겠는가?' 하는 아주 절망에 찬 고민이었다.

무라카미 하루키는 야구 경기장에서 타자의 타구가 경쾌하게 날아가는 것을 보며 이제 글을 써야겠다고 생각했단다. 내게 그런 '깔끔한 자각' 같은 것이라도 있었다면 얼마나 좋았겠는가. 그러면서도 어처구니없는 것은 하루도, 어쩌면 단 하루도 '글 쓰는 나'를 잊어본 적은 없었다는 거다.

한데 이런 나를 카미노가 불렀다. 말했듯이 찾아간 것이 아니라, 카미노가 분명히 '불렀다.' '네가 평생 글로 인하여 중병에 걸려 있는 것을 내가 잘 안다. 하니 사람을 만나고 이 길에서 얻은 교훈을 바탕으로 삼아 남은 인생에 글을 써라.' 하는 목소리를 들려주었다. 눈물이 흘렀다. 이후 오늘 이 순간까지 줄곧 쓰고 있다.

리처드 라그라브네스Richard LaGravenese가 2007년도에 감독한 〈프리 라이터스 다이어리[원제, freedom writers]〉라는 영화가 있다. 에린 그루웰Erin Gruwell이라는 한 여교사의 실제 경험담을 영상화한 영화이다. 간단히 내용을 한 문장으로 소개한다. '갖가지 쓰라린 사연을 가진 변두리 공립학교의 문제아들. 사회적으로도 낙인찍힌 그들이 그루웰 선생을 만나 자신의 이야기를 쓰는 작가들로 거듭나고, 마침내 학교를 졸업하게 된다'는 거다.

관심 있게 본 것은 그루웰 선생이 사용한 가르침의 한 방식이다. 인내하면서 문제학생들에게 계속 글쓰기를 꾸준히 시킨다. 하여 그들이 자기의 문제를 스스로의 힘으로 글로 쓰며 직시하게 만든다. 글쓰기를 통한 자기 치유의 과정을 만들어 낸 것이다. 그 문제아들은 주변 환경이 만들어낸 폭력에 무참하게 노출되어, 어린 나이에 벌써 삶의 무기력에 젖어 있었다.

그런 그들이 글쓰기를 통해 스스로를 더 잘 이해하게 되고, 자신을 용서하여 받아들이게 된다. 쓴다는 것이 바로 그러한 제의의 수단이 되고 있어, 일종의 라이팅 테라피writing-therapy가 된 것이다. 카미노에 '테라피의 길ruta de terapia'이라는 용어가 전해진다. 이는 카미노 순례가 삶에서 소모된 에너지를 회복할 수 있는 치유의 공간이 된다는 의미이다.

하지 못한 일에 대한 후회, 한 일에 대한 회한, 만난 이들에 대한 불쾌한 추억, 못만난 이들에 대한 한탄과 슬픔, 지나간 일에 대한 분노, 다가올 일에 대한 불안, 나에 대한 불만, 남에 대한 미움 등등, 우리의 마음 한가운데에는 용광로처럼 온갖 부정적 감정이 녹아 흐르고 있다. 그러니 일상의 삶에서 주체하지 못해 온몸이 흔들리며 매일 무너지고 있다. 하지만 우리 대부분 이를 감추고 살아간다. 사회화를 통해 숨기는 방법, 즉 일종의 '포커페이스'와 같은 방식을 배웠기 때문이다.

제법 더 교묘한 사람도 있다. 내가 그러하다. 그간 가족과 친구, 이웃과 직장 동료, 커뮤니티 멤버들을 훌륭하게 잘 속여 왔다. 모범 남편, 모범 아빠, 모범 멤버 등 대체로, 거의 대체로 '모범 시민'이란 평판을 얻어냈으니까. 이런 마음을 카미노가 알고 있었다. 그리곤 불러서 위로해주었다. '충분히 애썼다. 그래 수고했다. 이제는 하고 싶은 일을 하도록 내가 도와줄게. 먼저 카미노 이야기를 써라, 그리고 천천히 여기에 이야기를 담아 다른 글들로 향해 나아가거라.' 하며

공자 말하기를 '불념구악不念舊惡 원시용희怨是用希'이라 했다. 곧 '지난 잘못을 기억 않으니 원망이 드물다'는 의미이다. 너나 할 것 없이 과거의 지난 잘못을 계수하느라 보내는 헛된 시간들이 너무 많다. 이제는 모두를 접고 글을 쓰려 한다. 치유를 위해서라도 글로 '남기려' 한다.

머마레이드Mamalade의 〈리플렉션즈 오브 마이 라이프Reflections of My Life〉이다. 이들은 감미로운 멜로디와 깊은 감정으로 젊은이의 불안정한 정서 상태를 대변하였다. 삶의 변화와 성장, 자아 발견에 대한 고찰과 생각을 담고 있는데, 내 경우 어려웠던 시절 마음을 대변한 듯해 무척 자주 들었던 노래이다.

"태양빛에서 달빛으로 바뀌어 갈 때 내 인생을 되돌아보면 오, 내 지난 삶의 조각들이 눈에 선하네요. 어려운 시절에 격려해 주던 사람들 내 인생을 되돌아보면 오, 내 지난 삶의 조각들이 눈에 선하네요."

_가랑비에 몸을 적신 날, 페냐Pena 마을에서

걷거나 혹은 버리거나

    마지막 피니스테레 바닷가를 향해 걷고 있다. 오르막에는 순례자 철 동상이 서 있고 저 멀리 등대가 보인다. 난 0km라 쓰인 표지석 앞에 외로이 섰다.

    스페인의 서쪽 끝, '세상의 끝'이라 불리는 곳이다. 표지석에 서니 등대가 뒤로 서 있고 눈 시린 에메랄드빛 바다는 왼쪽으로 내게 다가선다. 멀리 갈매기는 끼룩거리고 가까운 풀숲에는 여기저기 토끼들이 뛰어다닌다. 등대로 향해 더 나아갔다.

    오는 동안 인근에서는 해수욕객을 자주 만날 수 있었다. 늘씬한 팔등신 유럽 처자가 해수욕을 방금 마친 듯 야외에서 샤워를 하고 있다. "춥지 않냐."고 물었더니 자신도 순례객이라며, "너도 해수욕을 하고 가라." 말한다. 개들은 파도를 희롱하며 이리저리 정신없이 내달리고 있다.

주변에 일군의 무리들이 보인다. 발을 적시며 걷는 이, 언덕에서 그냥 우두커니 서서 바다 끝을 응시하며 서 있는 이, 진하게 애정을 표현하는 젊은이들도 있다. 바라보자니 이들이 관광객인지 버스 순례객인지 도보 순례객인지 도저히 판단하기가 어려워진다.

바람에 일렁거리는 바다, 끝없이 이어지는 수평선, 하얗게 포말로 부서지는 파도, 길게 그림자를 남기며 따라오는 석양. 이 모든 이유로 하여 여기 피니스테레는 생명과 죽음 그리고 부활의 상징성을 지닌 장소라 일컬어진다. 동쪽에서 서쪽으로 걷는지라 항시 해를 등에 지게 된다. 이른 아침에 떠오르는 아침 해는 참으로 장엄하다.

이곳은 사진에 담아두면 항시 그대로가 예술 사진이 되는 장소이다. 오전에는 내내 등 뒤로 그림자를 두고 걸었는데, 정오에는 그림자를 밟게 된다. 그러다 묵시아를 향해 가는 오후에는 그림자가 내 뒤로 바싹 따라붙다 석양에 그 그림자는 뒤로 사라지게 된다. 붉은 구름만 서쪽 하늘에 덩그러니 남겨 두고 떠나간 자리에 붉은 빛만이 요란하게 남는다.

이전 유럽과 스페인의 순례자들은 이 갈리시아 서쪽 끝의 바다 인근을 '코스타 다 모르테Costa da Morte'라 부르며 이곳을 향해 전진했다. 즉 '죽음의 해안'이라는 뜻이다. BC 2세기 로마인들은 바다로 사라지는 태양을 바라보며 신전을 세워 태양을 숭배하는 의식을 치렀다 한다. 이후 켈트인들은 이곳을 내내 신성한 장소로 받들었다. 내가 서 있는 0km 지점에는 이들의 의식 혹은 신성성과 관련한 이야깃거리가 제법 많다.

일부 순례객들은 바로 이 지점이 진정한 카미노의 종점이라 여기고, 이곳에서 신던 신발이나 의류 혹은 자신의 소망을 적은 종이 '위시 페이퍼wish paper'를 불태운다. 이를 행해야 모든 순례가 끝난다고 믿는다. 그러기에 이곳 대서양 바다를 일컬어 '아낌없이 모든 걸 버리고 오는 바다'라 한단다.

나는 이곳에 무엇을 남겨둘 것인가. 아니 내가 아낌없이 버려야 할 것은 무엇인가 생각했다. 이제 남기고 버릴 목차 대조표를 분명히 작성해야겠다고 생각했다. 확실히 하자면 나는 버릴 것이 많은 인생이다. 그 많은 애착, 무엇보다도 이 애착을 버려야 하리라. 세계를 향한 애정은 필요하다. 그러나 나이 60대 중반을 넘어가는 이 시기, 아직도 여전히 애정이 지나쳐 애착이 되고 있으니 여기서 벗어나야 한다.

항산[恒産, 일정한 물질적 토대]에 대한 탐심도 있다. 먹을 것, 볼 것, 들을 것에 집착해 온 인생이다. 혹자는 이런 나를 가리켜 '나이를 먹어도 호기심이 줄지 않는 청년'이라며 좋게 이야기해준다. 하기야 이 모두는 보기 나름일 것이다. '욕심이 가득한, 편집과 노욕으로 가득 찬 인생'이라고 나를 욕할 사람도 있을 것이다. 남길 건 남기더라도 필요를 벗어나는 내면의 욕구는 반드시 버려야 한다고 생각했다.

나 자신을 향하는 지나친 내향성도 극복하여 버려야 하리라. 그간 내면에만 침잠하여 자신을 둘러싼 외적 공간과 세상에 대한 마땅한 관심을 잃어버리지는 않았는가. 또한 지, 영, 육의 밸런스 그 온전한 밸런스를 말하고만 있지, 가장 중요한 영적 생활의 측면이 무너져 있지는 않은가. 스스로에 대해 이곳에서 수많은 시간 걸어오면서 되뇌며 자문하였다. 이제 이곳 대서양에 내다 버려야 할 시간이다.

사정이 이러하니 기실 내가 태워버려야 할 것은 위시 리스트, 즉 '소망하는 목록'이라기보다는 정확히는 '내다 버릴 목록'이다. 그간 말로는 무소유를 예찬하면서, 온갖 풀소유를 지향해 오지 않았던가. 이제 이런 불일치에 따른 여러 내적 갈등과 내면의 문제를 대서양에 내다 버리고, 뭔가 비워진 자로서 현실에 복귀해야 할 것이다. 진정 가벼워진 영혼으로 가볍고 미니멀하게 살아가야 하리라.

산티아고에서 끝나지 않았던 여정은 이제 이곳 피니스테레에서 끝나가고 있었다. 난 이곳 피니스테레에서 순례의 결론을 정리하고 귀국을 준비하며 나름 장엄한 의식을 치르고 있었다. 떨어지는 석양을 마주하면서 내가 버리고 가야 할 것들을 진정으로 버리려는 마음의 결단 의식을 치르고 있었다. 지금 이 피니스테레 순례와 묵시아로의 묵묵한 행진을 끝내면, 비로소 순례를 마무리하고 귀국할 수 있을 것이다.

대서양을 바라보며 닥터 훅 앤 더 메디신 쇼Dr. Hook & the Medicine Show의 〈캐리 미 캐리Carry Me, Carrie〉를 떠올린다. 연인의 죽음을 잊지 못하는 한 사나이의 노래이다. 가사 내용 상 주인공은 노숙자로, 과거 그의 연인은 추락사한 듯하다. 화자는 나이고 연인 캐리Carrie를 잃은 사나이를 관찰하는 시점으로 진행된다. 70년대 중반에 이 노래를 안 이래로, 참으로 정말 많이 들었다.

"2번가와 브로드웨이에서 상점가 문턱에 걸터앉아 턱을 괴고서 마치 그는 기도하고 있는 것처럼 보였어요. 그때 난 그가 하는 말을 듣게 되었지요. 그는 이봐요, 캐리어서 날 조금만 더 멀리 이끌어 줘요. 난 내가 어디로 가고 있는 건지 잘 몰라요."

_피니스테레에 서서 대서양을 바라보며

불면으로 인한 '러닝 드라이'

순례 중 불면에 시달리는 경우가 가끔씩 생겨난다. 내 경우 카미노 순례를 하면서 일반 여행지에 비해 숙면치 못하는 빈도가 제법 높아졌다. 알베르게라는 숙박 시스템이 기본적으로 공유 위주이다 보니, 여러 형태의 문제에 부딪히는 경우가 있어서다.

일단 도미토리 내에서 각자의 수면 형태에서 문제가 발생하는 경우가 있다. 이갈이까지는 몰라도 코골이 하는 사람은 심심찮게 만난다. 생장 알베르게에서 벽에 붙인 글귀처럼 '코골이가 불법은 아니다.'라 하겠지만, 심히 곤란한 것도 사실이다. 게다가 도미토리 안에서 늦게까지 떠든다든가, 소음 유발하는 행위도 한몫 한다. 내 경우 이층침대를 사용하라면, 그 층높이로 인해 양압기 사용에 문제가 되니 격심하게 불편을

느낀다.

제일 강력한 경우는 '베드 버그'라는 빈대 종류가 하강하는 경우이다. 나쁜 아니라 같은 도미토리의 사람들은 그날 밤은 다 잔 거다. 게다가 남녀 혼숙인데 서로 간의 심한 노출도 불편하다. 남자들의 웃통 까기도 불편한데, 여자들도 제법 만만치 않다. 젊은 처자의 무신경한 노출도 신경 쓰이던데, 어제의 경우 프랑스 노부인의 지나친 노출도 참 바라보기 불편했다. 하기야 포르투의 호스텔에서 새벽에 바라본 어느 처자의 황당한 노출 모습이라니.

냄새나 환기 부족으로 인해 발생하는 내부의 구조적 환경 문제도 있다. 알베르게의 실내에서 풍기는 혼합된 냄새의 불쾌함은 그저 순례객의 영혼을 아득하게 할 지경이다. 이 모든 이유가 불면을 유발한다. 한데 어쩌면 이 모두가 바로 그대로 카미노의 문화라고 생각했다.

카미노 순례의 일정도 어느 정도 지나, 이제는 카미노 숙소에 대해 일희일비하지 않는 정도에 이르기는 했다. 한데 어제 알베르게 아스 에이라스As Eiras의 환경은 정도를 지나도 한참 넘어섰다. 구글 장소 지도에서 평점이 제법 높기에 기대를 하고 찾아

갔다. 돌이켜보자니 그간 평점 높은 장소는 대체로 그에 합당한 이유가 있었다.

한데 그것은 호텔 평점이지, 그 옆 호텔 부속 알베르게의 평점이 아니었다. 정신을 차리고 다시 살펴보니 알베르게 평점은 매우 나쁜 수준이었다. 아차, 싶었는데 짐 지고 올라가 보자니 더욱 가관이다. 호텔도 순례객의 공유 필요를 의식해 부속 알베르게를 두는 경우가 있다. 다만 어제의 이 경우는 돈 내는 난민촌 숙소 체험이 되었으니까 심각하게 문제였다.

바로 내려가 데스크에 룸 컨디션에 대해 컴플레인했더니, 선심 쓰듯 그러면 40€ 내고 호텔 방에서 자라 한다. 지나 보니 그 제안, 받아들여야 했던 것 같다. 하나 잔뜩 약이 오른지라 바로 거절했다. 공자가 제자 안회를 칭찬하여 '불천노불이과不遷怒不貳過'라 했다. 곧 '화를 옮기지도 않고, 과오를 반복하지 않는다'는 의미이다. 제법 화가 났고 그간 수차례 과오도 반복하고 있으니, 이래저래 공자 칭찬받기는 틀린 셈이다.

다시 올라가 살펴보자니 가관이다. 사방 구석에서는 경사가 급히 꺾여 허리도 못 펼 만큼 좁은 옥탑방이다. 경사로 심한 자리에도 침대를 펼쳐 놨다. 남녀 구분 없이 12명이 빽빽하게 들어찬 구조이다. 이층침대마다 뭔 번호는 그리 크게 써놨는지. 난민 분류 번호 아니냐는 자괴감마저 든다. 그나마 마지막 남은 일층침대는 겨우 확보했다.

예전 캄포나라야 마을의 나라야 알베르게에서 이층침대에서 자다 양압기를 추락

시킨 황당한 경험이 생각난다. 지내보니 차라리 '구관이 명관'이었다. 화장실 문 열 때마다 하수구 역류하는 역한 비린내가 진동하는데, 환기조차 잘 안 되니 참기가 힘들다. 이걸 12명 남녀가 함께 나눠 써야 하다니, 실로 기가 찬다.

어제 오늘 사이 날씨가 갑자기 더워져 억지로 창문을 개방했다. 환기를 해야 해서다. 듣기로는 스페인 사람들은 창문을 개방을 안 하는 까닭에 우리처럼 방충망 설치를 안 한다. 한데 이 열린 창문 틈 사이로 기다린 듯이 비집고 들어온 모기가 밤새 창궐하여 잠을 이룰 수가 없다.

이 또한 추억이니 '다 지나가리라.' 생각하여도 앵앵거리는 모기떼는 어찌 해야 하나. 11시 넘어서도 쿵쾅거리며 아래 위층으로 들락거리는 프랑스 노부부의 행태까지 겹친다. 도저히 양압기를 기동시킬 엄두조차도 못 냈다. 잠을 억지로 청하자 해도 사람과의 거리가 너무도 가까워, 숨 쉬면 바로 그 즉시 옆자리 여자 순례객의 숨결이 느껴진다.

하여 꼴딱 밤을 지새워야 했다. 보통 순례객들끼리 잘하는 농담이 있다. '나의 불면은 어제 이 자리에서 자고 간 한 순례객의 불면이 내게 옮겨온 것이다.'라는 말. 웃자고 한 이야기이지만 이곳이라면 제법 일리가 있겠다고 생각했다. 이런 환경에서 숙면을 이루는 것은 거의 불가능하다. 그러니 당연히 불면이 옮아올 만도 하다.

아침에 일어나자마자 화장실 갈 생각도 안 하고, 주섬주섬 행장 챙겨 서둘러 길을 나섰다. 필시 빨간 토끼 눈 행색이다. 다들 부석한 얼굴에 서로 눈길을 피하며, 아침 인사도 제대로 못 나누는 지경이다. 모기에 무참하게 시달린 탓이다. 인간된 품격을 지킬 수 없으니, 서로 민망해 피하기에 급급하다. 보통 전날 잠을 설치면 집중력이 현저히 떨어지는데 바로 오늘이 그 경우에 해당된다.

한데 사실 오늘이 도보 순례 70일의 종착일이다. 바로 그 고된 순례의 끝에, 그보다 더 고된 불면의 피로가 나를 기다리고 있었던 것이다.

닐 영Neil Young의 〈러닝 드라이Running Dry〉이다. 러닝 드라이는 '메마르게 되다' 혹은 '메마른 사람'이라는 뜻이다. 전주 간주 등 곡 전반에 흐르는 애절한 비올라의 독주가 감정을 유도하며 고양시킨다. 가사에서는 과거 행한 언행에 대한 반성과 함께 메말라 가는 자신에 대한 고백으로 용서를 구하고 있다.

"누가 날 도와줘요. 난 이기적으로 살아왔어요. 마음을 잡아줄 누군가가 필요해요. 대화를 나눌 누군가가 필요해요. 거짓말로 살아온 내가 부끄러워요. 내 잔인함이 나를 망치고 나는 점점 메마른 사람이 되어가요."

_묵시아로 가는 길가 카페에서

그대들은 어떻게 살 것인가 / 05

드디어 묵시아에 들어와 그간의 모든 도보 순례를 마쳤다. 제법 감회가 북받친다. 묵시아 들어오기까지 숲길의 소쇄함도 있었지만, 어제부터 땡볕이 작열하고 잠도 못 잔 터인지라 걷기 자체는 고역이었다. 이제 순례가 최종 완성되었으니, 마드리드 가는 차편을 서둘러야만 했다. 일전 프랑스 카미노 마친 다음 날 일요일, 포르투로 들어가는 차편을 못 구해 몹시 고생스러웠던 경험이 떠오른다.

전 세계 시공간을 망라할 수 있는 인터넷 예약이야말로 현대 문명의 큰 혜택이다. 하나 순례 기간 내내 아날로그 방식의 순례에만 집중하자는 생각으로 인터넷 예약에 의존하진 않고 다녔다. 하지만 걷다가 마을 카페에서 마드리드 행 차편을 검색했는데, 역시 상황이 만만치 않아 보인다. 묵시아에 도

착해 알베르게 체크인 후 본격적으로 차표 예매에 나섰다. 포르투 차편을 못 구해 허둥대던 그 분위기, 그 상황이 반복되는 것 같아 조심스러웠다.

카드가 결제 에러로 승인이 안 되는 사이에, 일부 시간대 티켓은 매진되어 버리고 만다. 결국 현장 구매를 시도해야 하는 결과가 된 것이다. 어제 잠 못 잔 데다 오후 내내 예매 진행과 에러 문제에 매달리다 보니, 그나마 조금 남아 있던 진이 다 빠져나간다. 확실히 이번 순례는 '예약 없이' 다니는 일관성을 지키게 되었다.

갑자기 알베르게 큰 주방 안 주변이 몹시 소란해졌다. 한 무리의 자전거팩 그룹이 들어와 떠들고 있다. 그간 자전거 순례객이 첨단의 자전거 장비와 단체 운동복 아래에서 소란스럽게 말하고 행동하는 경우를 자주 봤다. 자전거객들은 그 차림새에 있어 일반 순례객들과도 많이 다르다. 요란하고 화려한 데다가, 보통 단체복을 맞춰 입고 다니는 경우가 많다.

보통 유니폼을 입고 단체로 몰려 있다 보니 언행이나 행동거지가 거칠어지기 쉽다. 기계 장치에 의한 속도로 지내다 보면, '인간의 속도'에 대한 이해가 부족해지나 보다. 자전거의 메탈 프레임, 바퀴, 체인, 오일 등의 기계 장치는 상당한 속도로 카미노의 도보 순례객의 속도를 지나쳐 나아가기 때문이다.

게다가 알베르게 내에서는 시끄럽고 매너가 없는 경우가 많다. 처음에는 몹시 신경 쓰였는데 이제 이것은 시스템 문제라는 생각에 이르렀다. 자전거 순례 문제는 뭔가 제지되어 개선되지 않으면 안 되는 지경에 이르렀기 때문이다. 하기야 아시아에서 온 한 순례객이 어쩔 수 있는 경우는 아니다. 생각기에 기계 장치에 의존하는 그 순간, 인간 내면에 잠재된 어떤 성향이 폭발적으로 드러나는 것이 아닌가 싶다.

자전거나 자동차는 기술적 표준으로 설계되어 만들어진 기계 장치이다. 이걸 이용할수록 인간은 이미지와 현실을 혼동하면서 오만해진다 한다. 내 이야기가 아니라 자크 엘륄Jacques Ellul이란 프랑스 사상가의 말이다. 여기서 자연 속의 길을 인간적인 속도로 걸어갈 것인가 버스, 자동차, 자전거 등의 기계 장치를 이용해 시간의 단축을 이루며 갈 것인가 하는 선택이 생긴다.

이는 현대적 삶에 있어 계속 확장하고 적용할 수 있는 주제이다. 우리가 진정 바라고 원하는 것은 인간성의 회복을 바라는 방식이다. 하나 막상 현재 우리가 바라보는 것은 익숙한 기계 장치와 IT 기술에 의존하고 마는 삶의 미망迷妄이다. 그러면 우리는 어떻게 살 것인가.

너 나 할 것 없이 모두가 저 너머를 바라보고 있다. 실체도 분명하지 않은 4차 산업혁명이란 말이 커뮤니티 안에서도 횡행한다. 말하는 사람도 그냥 쓴다. 이런 말에 관심을 안 보이면 바로 우활迂闊한 사람, 답답한 사람으로 여겨진다.

여하튼 오늘 좀 피곤하다. 여기 묵시아의 알베르게 벨라 묵시아Bela Muxía는 제법 아주 근사하다. 같은 비용에도 알베르게 수준 차이가 워낙 커 순례객은 꼭 평판을 확인해 봐야 한다. 오늘은 순례 마무리 기념으로 일찍 들어가 잠을 청하고 내일 바로 떠나야겠다. 원래 계획은 마드리드 행 티켓을 완료한 후, 이틀 묵시아 인근을 둘러보고자 했었지만.

모든 것이 감사하고 그리고 모두에게 감사한 시간이다. 이리 무사히 순례 행보를 잘 끝낼 수 있었으니까 말이다.

 헬렌 메릴Helen Merrill의 노래 〈유드 비 소 나이스 투 컴 홈 투You'd be so nice to come home to〉이다. 그녀는 낮게 깔리는 허스키한 음색에 진한 멜랑콜리를 담은 노래를 많이 발표했다. 헬렌의 노래가 끝나고 피아노 솔로 후에 느닷없이 치고 들어오는 클리포드 브라운Clifford Brown의 트럼펫은 단연 이 노래의 백미이다.

"당신이 나를 보러 왔으면 좋겠어요. 난로 옆에서 정말 멋지거든요. 산들바람이 불고 자장가를 부르면, 당신은 내가 원하는 그 자체예요. 쌀쌀한 겨울날 별들 아래서, 타오르는 8월의 달 아래에서, 당신은 너무 멋지고 당신은 낙원이에요. 내게 와서 사랑해줘요."

_ 알베르게 벨라 묵시아의 주방 의자에 앉아, 글 쓰다 졸다 하며

다시 콤포스텔라 시로   / 06

이제 모든 순례를 마치고 다시 콤포스텔라 시로 떠나간다. 아침 7시 묵시아에서 콤포스텔라로 향하는 버스를 탔다.

80일 가까이 걷는 속도에 맞춰진 육신인지라, 버스를 타니 조금은 어지럽다. 아침 일찍 산티아고에 도착했다. 이제 모든 순례는 이제 끝이 났다. 나는 더 걸어야 할 이유를 찾지 못한다. 순례는 구체적인 목적지에 도착하여 영적 유익을 얻으리라는 소망이 담긴 여행이다. 순례자가 목적지에 도착했다는 것은 이야기를 완성하여 무수한 변화의 이야기를 창출할 수 있다는 것이다. 하여 내 이야기는 이제부터가 시작이다.

정오에 시작하는 순례자 미사와 보타푸메이로Botafumeiro 향로 의식에 참가할까 잠시 생각도 했다. 하지만 곧 포기했다. 현지인 관광객 등 온갖 사람들이 섞여 있다 보니, 너무 주변이 소란하고 혼잡하다. 게다가 나 자신이 기실 의식에는 더 이상 관심이 없었다. 의식을 치르기에는 내가 너무 지쳐 있었다. 미사에는 순례자와 관광객들이 섞여 있고 매우 혼란스러웠다. 밖에서 보자니 성당 내부는 앉을 자리는커녕 발 디딜 틈조차 없이 매우 붐볐다.

다시 밖으로 나왔다. 광장에서 6€를 주고 시내 관광 열차에 몸을 실었다. 납작이 헤드폰을 통해 영어로 안내를 듣고 있다. 난 그저 멍하니 바깥을 응시하고만 있었다. 저녁 7시 마드리드로 가는 열차 편을 예약했다. 아직 시간은 많이 남아 있다. 하나 나마저 급격하게 관광객으로 변모하고 싶은 생각이 전혀 없었다. 적어도 애써 순례 자로서 간직해온 내면의 정서를 급격하게 변화시키고 싶지 않았다.

아직도 내 몸에 다양한 통증, 예컨대 발톱과 정강이의 통증, 턱의 베드 버그에 물 린 상처와 남은 가려움 등이 남아 있다. 이는 순례의 흔적으로 강하게 내 정신을 깨 워주고 있었다. 콤포스텔라 시내에서 관광객으로 남지 않으려 움직임을 최소화하고 있다. 적어도 애써 지녀온 카미노에서 지켜온 정신만큼은 간직하고 싶었다. 어렵사 리 획득한 순례자 정신이라는 공동체성에 행여 실금으로 균열이라도 만들지 않을까 하는 괜한 걱정이 남아서다.

콤포스텔라 시 외곽에 위치한 갈리시아 식당 '오탕게이로O Tangueiro'에 들러, 비프 스테이크로 점심 식사를 했다. 두 번째 방문이다. 풍성한 식사로 식욕을 다스리고 나 니, 기분 전환에 제법 도움이 되고 쇠잔했던 기력이 제법 보충된다. 조금 이르긴 하 지만 A6 버스를 타고 산티아고 기차역으로 향했다. 기차역 구내 카페에서 이른 저녁 을 먹으며 시간을 보내려 생각했다. 이제 마드리드로 가서 아무 생각 없이 이틀을 보 내리라.

기차역 카페에서 생각잖게 히카르도Richardo를 만났다. 브라질에서 온 외과의사로 우리는 구면이다. 묵시아로 가기 전 쎄Cee 인근 마을에서 만났다. 당시 컨디션 난조

로 고생하던 나를 의사답게 유심히
바라보며 격려해 주던 사람이다. 그
와 이른 저녁을 같이 나누며 순례의
마침에 대한 이야기를 나누었다.

같이 나눈 주된 주제는 '순례의 마
침이 주는 의미'이다. 그는 프랑스
카미노를 마치고 일상 복귀를 위한 준비를 하고 있었다. 프랑스 카미노를 레온부터
산티아고까지 반을 순례했으며, 내년 가을에 나머지 생장부터 레온까지의 순례를
계획 중이라 했다. 나도 복귀를 준비하며 순례의 결론을 곱씹는 중이라고 말했다.

그는 가족 소개 이야기 끝에 매우 흥미로운 브라질 소식을 전하였다. 자신의 고향
인 쿠르티바Curtiba의 일부 정신과 병원에서는 사람들이 정신적 고통이 있을 경우 그
를 위해 카미노 순례를 처방한다는 소식이다. 브라질의 쿠르티바 커뮤니티 병원에
서 사용하는 방식은 '순례 처방'이 되겠다. 남미 대륙에서 비행기 타고 건너가야 하
니 제법 비용이 많이 들어가겠다고 말하며 같이 웃었다.

우리 두 사람이 대화를 나누던 중 앞 테이블의 두 청년이 일어선다. 둘이 키스를
보란 듯이 멋들어지게 하고는 돌아선다. 순간 히카르도와 나는 서로를 쳐다보았다.
서로 '내가 본 것이 맞는 것인지'를 확인하는 순간이었다. 다시 혼란스럽다.

히카르도와 같은 시간 열차이지만, 칸이 다른지라 작별 인사를 했다. 마드리드 역
에는 잘못 내렸다. 두 개 역이 있는데 메인 기차역은 아토차Atocha 역. 멍하니 있다가

그 아토차 역을 지나쳤다. 확실히 내 집중력이 바닥이 난 듯싶다. 다시 택시를 잡아타고 숙소에 돌아오니 새벽 1시가 다 되어간다. 그래도 호텔 컨디션이 제법 좋아 만족한다.

내일 느지막이 일어나 이틀간 묵을 공항 인근에 위치한 클레멘트 바라하스Clement Barajas 호텔로 건너가련다. 늦게 일어날 생각을 하니, 벌써부터 기분이 좋아진다. 이제는 그 어디에도 안 나가련다. 먹고 자고 세탁하며 이틀 온전하게 휴식할 생각이다.

 무려 1945년도에 발표한 호기 카마이클Hoagy Carmichael의 재즈곡, 〈6월의 멤피스Memphis in June〉이다. 호기의 자작곡으로, 스스로 피아노 반주를 하면서 휘파람 불며 흥얼거리는 다소 나른한 분위기는 살아가는 인생의 한 단면을 보여준다. 낭만적이고 감미로운 멜로디와 가사로 멤피스의 분위기를 그리고 있다. 지금 6월. 나는 여기 멤피스를 카미노로 바꿔 듣는다. '6월의 카미노.' 이렇게 오래된 노래가 너무도 세련되고 근사하니, 참으로 신기하고도 신기하다. 참 노래 좋다.

"일요일 푸른 하늘 아래, 그늘진 베란다 6월의 멤피스. 그리고 사촌 아만다는 대황 파이를 만들고 있어. 여긴 천국이야. 형제여, 내 조언을 들어줘. 6월의 멤피스만큼 좋은 것은 없다네. 6월의 멤피스."

_마드리드 아토차역 인근 메디오디아 호텔에서

자고 먹고, 그리고 다시 또 자고 / 07

마드리드 시내에 나갈 생각일랑 아예 애초부터 없었다. 그러기에 제법 시설이 잘 갖춰진 공항 인근의 클레멘트 바라하스 호텔에 칩거하고 있다.

배가 고프면 나가 음식을 사 먹고, 바로 들어와 킹 사이즈 더블 베드에서 내처 잠만 자고 있다. 나머지 시간은 잠시 그간의 빠진 순례 기록을 정리하는 데 그쳤다. 호텔로 오다 보니 마드리드 시내는 공사와 관광객들로 인해 몹시 혼잡했다. 10여 년 전 아내와 같이 왔던 마드리드와 인근 도시 톨레도Toledo가 기억났다. 하지만 순례의 마무리를 마드리드 시내를 홀로 돌아다니며 관광으로 정신을 낭비하고 싶지는 않았다. 아니 그럴 기력도 남아 있지 않았다.

이곳 마드리드. 이제 75여 일간의 도보 순례가 주는 인간적 속도의 리듬과 방향을 알려주는 노란 화살표는 다 사라져 버리고 없다. 나는 자리에서 일어서서 이것들이 사라진 뒤의 육체적 정신적 혼란을 수습하고자 한다. 그러나 이를 수습하기에는 지금 너무도 지쳐 있다. 힘과 에너지가 쇠잔하여, 마치 소진해가는 촛불이 된 듯하다. 잠시 산티아고 대성당 주변과 미사 장소에 오래 있지 못한 나 자신에 대해 깊이 생각해 보았다.

콤포스텔라 시내는 모든 것이 심각하게 과포화되어 있는 상태이다. 각 골목과 거리는 인산인해이다. 성聖과 속俗이 혼합되어 흘러넘치고 있었다. 성은 속을 통해 상업화되고, 속은 성을 빌려 신성한 모습인 양 가장했다. 현지인들과 주민들과 상인들과 순례객과 관광객들이 한 무리가 되어 거대하게 움직이고 있었다. 순례객만 해도 버스 순례객, 자전거 순례객, 도보 순례객이 뒤섞인 상태이다. 특히 골목을 점령하고 대성당에 가득한 관광객들의 무리는 부담감으로 남았다.

이 정도 흐름이라면 콤포스텔라 시에서는 휴일 롯데월드나 에버랜드에서 탈 것을 기다리는 대기자의 느낌으로 다녀야 할 것이다. 하기야 콤포스텔라 시의 산체스 부갈로Sanchez Bugallo라는 전임 시장은 2025년부터는 시에 관광세를 도입하자고 제안했단다. 순례객이 아닌, 넘쳐나는 관광객을 의식한 발언이다. 하나 그렇다고는 해도 여기 콤포스텔라 시에서 '내가 순례자요.' 하고 내세울 수 있는 분위기는 더 이상 아닐 듯싶다.

고요하게 걷던 카미노에서의 리듬감은 순간 어디론가 송두리째 다 사라지고 없었다. 카미노에서 대화를 나누고 아픔을 공유했던 순례자들은 다 어디에 가 있는가? 내 시야에 그들은 이제 더 이상 보이지 않는다. 겸허하게 인내하고 상대를 수용하고 나누며 불평하지 않고 서로를 받아주던 순례자들.

콤포스텔라 시내를 걷는 사람들에게서 순례자 상을 기대했던 것은 아니다. 하지만 이리 관광객에 섞여 밀려다니며 거대한 구경거리가 된 미사와 향로 의식을 보려고 기대했던 것도 아니었다. 순례 내내 내 몸을 감고 따라 다니던 육신의 쑤시는 고통,

통증과 온몸으로 느꼈던 땀 냄새는 내게서 점차 사라져 가고 있었다. 이제 이러한 물리적 신체적 불편함은 더 이상 지속되지 않을 것이다.

돌아가자마자 공동체 식구들에게 보고를 하고, 바로 이어 그간의 만남에 대한 강연을 가질 예정이다. 그리고 제법 긴 내용의 순례기를 집필하는 일에 몰두할 것이다. 이는 순례가 내게 안겨준 긍정적인 성과물이다. 분명 이번 순례의 이러한 마무리는 엄청난 성취감이 있기에 달콤한 느낌마저 있다. 영적 은혜가 주는 감사와 기쁨이 남아야 하리라. 하지만 어느 순간 불쑥 밀고 들어오는 모호한 우울감이 먼저 자리한다.

분명 카미노에서는 사람들과의 관계와 나눔에서 혹은 내면과의 깊은 대화에서 우러난 그 찬란한 내밀함과 연대성이 있었다. 하지만 이제 순례 마무리에 접어들며 그 내밀함은 다시 모호한 상실감과 단절감 그리고 심리적 우울감으로 바뀌고 있다. 이 모호함과 우울감은 예전과는 다른 그 무엇이다. 아마도 다시 과거의 현실과 일상의 강고한 습관과 마주해야 한다는 두려움에서 기인하는 듯하다.

나는 이제 모든 경험을 뒤로하고 이 75일간에 걸친 순례 여정을 마무리할 생각이다. 새로운 불확실함과 모호함을 마주하며 다시 은퇴자의 현실로 돌아가야 한다. 카미노를 통해 내 남은 인생의 틀에서 내가 무엇을 어찌해야 할지 정도는 확인했다. 카미노는 내가 삶에서 붙들어야 할 영적 태도와 삶의 방식을 이야기해 주었다. 비록 구체적이지는 않아도 그 방향성만큼은 분명해 보였다.

결국 그간 익숙했던 순례에의 감성과 작별이 끝나간다. 어제 갑자기 배낭에서 툭

하며 반 조각으로 떨어져 나간 가리비 껍데기처럼 분명하게 갈라져 나가야 한다. 모든 결말이 그러하듯이. 이제 배낭을 동여 메고 세탁된 옷들을 단단히 정리한 후에, 방향을 틀어 내일 마드리드 바라하스 공항으로 나가야 한다.

호텔 방에서 그간 빨래로 너덜너덜해지고 구멍이 뚫린 속옷만 걸치고, 남은 모든 옷은 세탁을 맡겼다. 식사는 호텔에서 제일 가깝고 제법 평판이 좋은 페루 식당 윰보JUMBO와 호텔 내 식당 우르반 비스트로Urban Bistro에서 해결했다. 조갯살로 만들었다는 윰보 식당의 세비체Ceviche 요리는 예전의 페루 여행을 떠올리기에 충분했다. 고기와 생선 등 모든 음식이 다 훌륭했다. 확실하게 이틀 내내 어디 나가지 않고 먹고 자고 먹고 자고를 반복한 셈이다.

문득 카미노 순례도 이제 거의 때가 찼다는 생각이 든다. 공자 말이 생각난다. '귀호귀호歸乎歸乎 오당지소자광간吾黨之小子狂簡 오부지소이재지吾不知所以裁之'라 했다. 곧 '돌아가리라, 돌아가리라. 내 고향 젊은이들은 뜻이 커도 소홀한 것이 있으니, 내가 그들을 가다듬어야 할지 모르겠구나.'라는 의미이다.

하기야 내 깜냥에 뭐 젊은이들을 위해 대단한 역할이나 할 수야 있겠는가. 다만 여력이 있다면 남의 나라 젊은이를 걱정할 게 아니라, 방황하는 내 나라 젊은이들을 도와야 하겠다는 정도의 생각은 든다.

이제 다시 집의 현관문을 향해 가야 한다. 내가 순례를 출발했던 그 출발지 장소를 향해서.

도나 파고Donna Fargo의 노래 〈돈 포겟 투 리멤버 미Don't Forget to Remember Me〉이다. 비지스Bee Gees의 노래로도 많이 알려진 노래이다. 떠난 연인에게 자신을 기억해 달라고 말하는 이별 이후의 상황을 주제로 한다. 컨트리 가수 도나 파고 특유의 애원하며 속삭이는 듯한 감성적인 미성이 잘 발현되어 있다. 노래를 듣자니 이곳 카미노를 떠나는 마음의 여운이 깊게 남는다.

"당신이 떠난 걸 내 마음은 믿지 않을 거예요. 스스로에게 그게 사실이라고 계속 말하고 있어요. 나를 기억하는 걸, 우리가 사랑했었다는 걸 잊지 말아요. 나는 여전히 당신을 기억하고 사랑합니다."

_마드리드 공항 인근 클레멘트 바라하스 호텔에서

카미노는

내가 삶에서 붙들어야 할 영적 태도와

삶의 방식을 이야기해 주었다.

비록 구체적이지는 않아도

그 방향성만큼은 분명해 보였다.

제 6 장 /

복귀

말과 글로 눌러 담아 알리기

"내가 길이요 I'm The Way."

– 예수 그리스도

돌아와 잠시 막막한 시간을 보낸 후, 2년간 몰두했던 치유 작업의 마무리 단계에 들어가다.
이제는 적용의 시간. 커뮤니티에서 강연으로 '말하기|telling'를 한 후, 본격적으로 글로 '전달하
기|re-telling'를 시도하다. 지난한 원고 작성과 출판 작업을 통해, 드디어 2년 만에 한 권의 책
이 완성되다. 이로 내 삶의 치유는 완성이 되고 이제는 '카미노 블루Camino Blue'만이 남게 되다.

카미노에서 일상으로

쏜살같이 지나가는 75일간의 순례길에서 난 바닥까지 내보이면서 텅텅 내면을 비워버렸다. 카미노는 내게 치유의 길이었다. 가득 담겼던 마음의 고통도 이때 함께 비워진 듯했다.

산티아고 순례자들은 많은 경우 이런 마음의 고통 때문에 걷는 경우가 많았다. 그들은 상처 입고 걸어 다니는 사람들wounded walker이었다. 이 경우 순례란 그간 일상에서 방치된 많은 상처 즉 상실감, 열패감, 수치심, 단절감, 무기력, 소외감을 외부로 드러내며 비우는 과정이 되었다.

내 경우 순례 이후 내면의 강고한 그 무엇이 뚜껑째 열려버렸다. 유년의 그늘로부터 억눌려 울고 있던, 성장하지 못한 어린 내 자아가 풀려나왔다. 이제 그 뚜껑을 닫을 방도란 없었다. 그 내적 폭발력은 제법 심하고 강력했다. 하나 그럼에도 불구하고 나의 카미노는 아직 미완성 상태였다. 완성해야 할 그 무엇이 여전히 크게 남아 있었기 때문이었다.

남은 과제가 있었다. 그것은 이제 나의 순례가 은퇴자로서의 미래의 내 삶에 어떤 영향을 미칠지를 진지하게 숙고하고 적용하는 일이었다. 이 세상 진정한 순례자란 없다. 내 경우 이제 순례의 진정성만이 앞으로 남을 것이다.

순례 이후의 순례자라면 카미노라는 시공간적 현실의 변화를 수용하고 나서 돌아와 이를 현실에 적용하려는 욕구가 생기게 마련이다. 새롭게 이어질 삶의 질서에 대한 갈망으로 인해 분출되는 자연스러운 욕구라 할 수 있다. 경천동지할 새로운 인격으로 거듭나자는 것이 아니다. 적어도 나의 순례가 내 현실의 삶과 미래에 변화를 가져올 온당한 지점만큼은 모색하자는 것이었다.

순례길에서는 사람을 만나며 소통하고, 줄곧 내내 지난 일상과 과거에 대해 묵상했다. 하지만 이제 일상으로 복귀한 지금, 나는 줄곧 카미노가 내게 부여해준 그 의미에 대해 묵상하고 있다. 일상의 가치와 의미를 알기 위해서는 카미노로 가면 된다. 반면 카미노의 소중함을 알기 위해서는 일상으로 돌아가면 된다.

'도착은 출발이다El regreso es la salida.' 하나 돌아온 때의 나는 이미 떠날 때의 내가 아닌 것이다. 결국 나는 나이지만 내가 아니다. 나의 영혼은 카미노 현장에서 매우 격렬하게 움직였기 때문이다.

나는 집요하게 과거의 자아를 소환하며 끊임없이 대화를 해야 했다. 나의 옛 자아는 격심하게 진동하면서 변화했고, 새로운 삶에 대한 초점을 끊임없이 만들어주었다. 문제는 현실의 자아가 변화를 받아들이는 수용의 폭과 정도이다. 자신과의 소통으로 인해 얻어진 자신감은 생겼다. 내면의 평온함을 간직할 수 있는 내밀한 자신감 말이다.

복귀하고 나니 일단 감사의 마음이 찾아왔다. 건강하게 그리고 무사히 순례를 마쳤다는 사실에 대한 영적 고마움이었다. 이어 순례자 공동체의 일부로서 역할을 감당했다는 공동체성에 대한 감사의 느낌도 있었다. 이러한 감사의 마음은 자부심으로도 확고하게 자리 잡았다. 순례자로서의 정체성은 반드시 카미노 문화를 공유하고 경험해야만 연결된다.

하나 순례자의 의식과 경험이 강렬했던 데 비례하여, 일상으로의 복귀는 제법 어려움이 있었다. 귀국의 과정부터 카미노라는 경험의 토대는 불안하게 흔들리고 있었다. 카미노에서는 순례자들과 함께 겪은 공통의 경험, 곧 공감과 행위로 맺어진 굳건한 관계가 생생하게 살아 있었다. 그러나 현실의 관계에서는 더 이상 이러한 '심리적 연대감communitas'을 발견할 수 없다는 낭패감이 나를 심히 우울하게 만들었다.

폰테베드라 마을과 콤포스텔라 시내 골목에서 마주친 독일 여인 티나와 율리아가 보여준 그 아름답고 눈부신 인격적 관심은 내 인생에 진정 다시 도래할 수 있을 것인가. 그 놀라운 우정과 인간에 대한 존중, 관대함과 친절은 실재하는 사실이었는가? 그게 사실이라고 해도 그 가치는 시공간을 초월해 지속될 수 있는 덕목이었는가? 아니 카미노의 경험이란 일상에도 적용할 수 있는 진실인가?

마드리드 공항 데스크에서 아주 일찍 체크인을 시도했다. 비행편의 복도 자리를 얻고자 했지만, 풀 부킹 상태인지라 결국은 그러한 시도에도 불구하고 결국 자리를 못 얻고야 말았다. 경유지인 네델란드 암스테르담의 스킬폴Schiphol 공항, KLM 귀국 비행 편에서 한 외모하는 네덜란드 처자가 옆자리에 앉았다. 복도 자리에 위치한 그 처자는 내가 두 번 이석할 때 한껏 인상을 쓰며 도도하고 냉랭하고, 심지어 무례하기 까지 한 태도를 취하곤 했다.

선하디 선한 독일 여인 티나가 자꾸만 오버랩되며 생각났다. 나는 공간에 따라 변화하는 인간의 모습과 내면의 선의에 대해 격심하게 되묻고 있었다. 카미노 도상과 비행기 안이라는 공간의 차이에 대해 내내 묵상해야 했다. 일상으로 돌아가는 불안함과 모호함 그리고 혼란스러움이 한껏 내 몸을 엄습하고 있었다. 카미노에서 막 눈 뜬 나의 자아는 귀국 비행기에서부터 혼란을 겪고 있었다.

카미노에서 획득한 정체성을 삶으로 복귀한 후에 그대로 현실 일상에서 다시 재현해 내기는 사실상 어렵다. 남는 것은 교훈과 인상 그리고 변화에의 의지이다. 되살려 낸 내 자아를 일상에서도 잘 간직하려면 먼저 타협하는 방법을 배워야만 했다.
본질적 요소를 포기하지 않되, 견고한 현실에 적용할 여지를 감별해내는 절충적 타협이 필요했다. 일단 과거와의 대화를 통해 내 영적 상태에 대한 탐색은 끝났다. 하지만 이 일상의 견고한 틀에 내 영적 결단을 어떤 식으로 적용해야 할 것인가. 매우 거대한 책무가 나의 어깨를 맷돌처럼 짓누르고 있었다.

중요한 것은 75일간의 카미노 경험이라는 기간이 아니었다. 그 기간보다 더 본질적으로 중요한 것은 내가 겪은 경험의 '순도純度'와 '강도强度'라고 할 수 있다. 단 일주일간의 순례 경험만으로도 한 순례자의 전 감각이 흔들리고 일생이 변화할 수 있다.

한데 나는 사색과 성찰 속에서 75일간 이라는 시간을 카미노에서 보내지 않았는가.

그러나 소요된 시간과는 관계없이 혼란만을 안고 귀국하여 모호함과 막막함 속에서 시간을 애매하게 허비할 수도 있는 상태이다. 긴급하게 살펴야 할 중요한 지점이 남아 있었다. 일상에 돌아오니 오래된 나쁜 습관과 버릇이 까치살모사마냥 끝없이 똬리를 틀고 버티며 앉아 나를 물려 기다리고 있었다.

외적 환경을 대하는 내 전형적인 모습이 떠오른다. 한없는 관용과 강고한 배척을 오고가는 인간관계, 헌신과 단절의 극단을 오가는 조직 생활에 대한 태도로 잘 드러난다. 물론 나의 내면은 더 혼란스럽고 복잡하다. 물건에 대한 애착과 집착, 탐식과 폭식, 과한 노동과 과한 휴식, 조급함과 게으름을 오가는 불규칙성, 음반과 오디오에 대한 하염없는 집착, 규모와 필요를 넘어서는 소비, 절제하지 못하는 감정 표현, 무의식적인 낭비 등등에서 사례로 드러난다.

이 힘들고 메마른 옛 습관들을 방치하면 안 된다. 이것들은 나로 하여금 카미노에서 축척시킨 사색의 샘을 마르게 하고, 카미노의 경험에서 멀어지게끔 만들 것이다. 카미노에서 나는 실로 많은 미덕들을 경험했다.

진심이 담긴 친절과 배려, 인종과 나이와 성별을 넘어서는 우정, 느린 시간에 대응하는 지혜, 자유와 책임의 구분, 단순성과 평화로움, 과소비가 없는 생활 방식, 겸손과 절제라는 미덕, 다양성과 다름에 대한 인정, 건강한 삶에 대한 깨우침, 미래 가치에 대한 확고한 자각 등등.

순례객들이 지닌 이러한 태도 덕분에 나는 내적 변화에 대한 강렬한 욕망과 기대를 안고 돌아왔다. 하지만 카미노에서 걸으며 느낀 그 강렬한 감정과 일상의 지위는 쉽게 상충되기 마련이다. 일상을 살자면 필히 발생하는 스트레스와 압박을 마냥 무시할 수도 없다.

그러니 비록 내가 은퇴자라고는 해도 카미노의 경험을 지속적으로 유지하는 데에는 노력이 필요한 일이다. 어찌 되었든 카미노에서 느낀 진실을 무시하거나 잊고, 돌아온 고향에서조차 일상의 현실에 함몰하는 것은 어리석다. 난 사실 카미노에서 얻는 그 귀한 메시지가 '허공에의 질주' 혹은 '손 안의 모래'로 사라질지 모른다는 막연한 두려움을 안고 있었다.

하나 순례의 효과는 바로 나타나지 않을 수도 있다. 내면과 무의식에 잠복했다가 한 달 뒤 혹은 몇 년 뒤에 나타날 수도 있을 것이다. 순례를 가볍게 여기고 구경한 순례자라도 그에게 일순간에 찾아온 성찰이 있었다면, 그 순례자의 삶에 결정적인 변화가 될 수도 있다. 카미노 순례란 그런 것이라고 들었다.

다행히 나는 귀국 후 잠시 찾아온 무력감을 이겨내고 바로 새로운 변화 사업에 뛰어들 수 있었다. 그 사업이란 기존의 일상이라는 궤도를 수정하고 새로운 방식으로 표현해내는 거대 작업이다. 다름 아니라 은퇴자로서 카미노에 관한 글을 쓰는 일이다. 이번 카미노 경험에 관한 바로 이 기록이 나의 변화 작업을 위한 첫 시작이 될 것이다.

순례의 일상 적용과 통합

　카미노에서의 영적 경험을 일상에 동화시키기 위한 모델을 찾는 것은 쉽지 않은 일이었다. 순례의 감동과 메시지는 정신에 각인되었지만, 이를 일상에 적용하고 통합하기란 생각보다 만만하지 않았기 때문이다.

　먼저 커뮤니티 강연을 통한 '말하기telling', 글쓰기를 통한 '전달하기re-telling'를 마땅하게 감당해야 한다. 아울러 만나는 사람들에게 카미노의 의미를 생생하게 구현해낼 수 있어야 하리라. 이게 진정으로 내가 해야 할 일이라고 느꼈다.

　카미노에서 내적 자아, 영적 상태 등을 대면하고 다른 순례자들의 문제와 공유하면서 현실 문제를 직시할 힘이 생겨났다. 분명한 것은 새 마음과 새 자세가 생겨나니 '잠재적인 내 내면의 힘'을 발견할 수 있었다. 카미노가 내게 준 분명한 선물이었다.

　하지만 귀국 후 보낸 몇 주간은 참 무력하고 모호했다. 방향 감각은 다시 어느새 무뎌갔고 회복될 수 있으리라는 확신도 잘 서지 않았다. 하지만 분명한 것은 나는 치유되고 있었으니, 서서히 회복되어 가고 있었다.

귀국한 뒤 카미노에서의 사건을 적절히 표현하지 못했을 때 우울감이나 상실감이 일어날 수 있으리라 생각했다. 마드리드에서의 사흘간의 휴식은 이런 면에서 매우 유효한 조치였다. 더욱 귀국 얼마 후 공동체에서의 카미노에 대한 순례 발표는 급격한 심리적 저하 상태를 막아줄 수 있는 매우 효율적이고도 적절한 장치였던 셈이다.

귀국 이후 원인이 모호한 무기력은 75일간 카미노에서 이루어진 지나친 육체적 에너지 소모가 한몫을 하고 있다고 생각했다. 일리 있는 진단이었다. 시간이 지나니 서서히 의욕이 생겨나고 있고, 이를 종합적으로 정리해서 주변에 알려야겠다는 올바른 방향 의식이 생겨나고 있었다. 사라진 노란 화살표를 대신한 물음표 위에 이제 새롭게 화살표는 생겨나고 있는 중이었다.

이를테면 내가 바라는 변화는 이런 거였다. 영적 상태를 일정하게 지니기, 고독 가운데 말수 줄이기, 평온과 평화를 즐기기, 순간을 음미하는 예리함 지니기, 미니멀하게 살기, 사소한 것을 소중하게 여기기, 지닌 것을 줄이거나 공유하기, 정신의 집인 육체를 잘 관리하기 등등 작은 것부터 실천하는 적용점이 필요하였다.

여기에 인간관계에 대한 시사점도 자라나고 있었다. 소모적인 관계 줄이기, 부담을 주고받지 않기, 베풀고 보답을 바라지 않기, 관계를 소중히 하기, 관계에서 일방적으로 시달리지 않기, 공감 능력을 키워가기 등등이다. 이를 통해야만 삶 전체를 조명하는 변화를 시도할 수 있게 될 것이다. 이어 강연과 쓰기로 주변에 생생하게 내 경험을 전달하는 실천력은 시급한 과제였다.

개인적 변화란 그 시작은 모호하고 명확치 않을 수 있다. 시행착오로 가득 찬 훨씬 길고 지루한 과정이 기다릴 수 있기 때문이다. 하지만 마지막 빗물 한 방울로 바다의 물길은 변할 수 있다(고 믿는다). 순례 이후의 변화란 자기 탐색의 자극제를 지니고 치유의 길, 테라피의 길ruta de terapia로 향해 나아가는 것이다.

순례 경험을 강연으로 '말하기telling'

산티아고 순례 경험자라면 사회적 공동체에서 이야기의 적절한 배출 통로를 찾고자 한다. 하지만 예기치 않은 장애에 부딪히는 경우는 흔히 일어나는 현상이라 하겠다.

순례자들이 자신의 새롭고 예상 못한 특별한 순례 감정을 비순례자들에게 전하기란 사실상 쉽지 않은 과정이다. 이것은 단순한 기억의 재생성에 관한 문제가 아니다. 카미노가 지닌 독특한 진실성이 전달하는 그 자체를 어렵게 만들곤 해서다.

순례는 물리적 과정을 동반하지만 경험은 정신적 추상적 요소가 많다. 그러니 순례는 일상적인 여행보다 그 경험을 외부에 전달하기가 매우 어렵다. 여행 경험은 간접 경험의 틀로 타인과 공유하기가 비교적 쉽다. 많은 이들이 여행에 관해 기존 경험의 틀이 있기 때문이다.

하지만 특정한 순례 경험은 비순례자라면 쉽게 공유하기 어려운 지점이 있다. '모든 이야기는 해석이다.'라는 명제는 이 점에서 큰 의미가 있다. 순례 이야기는 같은 언술言述이라도 경험자와의 해석과 비경험자와의 해석이 크게 어그러지곤 한다.

말이나 글로 경험을 반추하여 전달하는 것은 쉽지 않은 일이다. 재구성의 과정에서 핵심이 빠져 나가기도 하고, 대상 집단의 성격에 따라 정작 제대로 전하지 못할 수도 있다. 하물며 카미노 경험치가 없는 사람에게 도대체가 유일한 이 경험을 제대로 전달할 방법이란 실상 그리 많지 않다. 불완전한 언어가 순례 당시의 그 생생한 감정을 진부한 표현으로 바꾸어버릴 위험성도 상당하다.

하지만 내 경우 경험을 당위적으로 전달해야만 하는 통로가 여럿 있었다. 가족, 친척, 고교 동창들, 대학 후배들, 산티아고 모임, 트레킹 모임, 커뮤니티 모임 등. 일단 이미 그들과 매일의 순례 기록으로 소통하고 있었기 때문이다. 하나 여러 어려움에도 불구하고 공동체에서 나의 순례 경험을 말하여 전달하는 과정은 매우 소중하고도 의미 있는 경험이 되었다.

비교적 이른 시기인 귀국 3일차에 강연할 기회를 만들었다. 자료 PPT를 만들기에도 부족한 시간이지 않았나 하는 걱정은 있었다. '카미노에서 만난 사람들'이라는 주

제로 전달하기를 시도했다. 모인 50여 명의 청중은 열정적인 찬탄과 반짝이는 흥미로움으로 나의 경험에 모두 귀를 기울이며 다양한 반응을 보여주었다.

카미노의 경험을 되살려 말하기로 전달하는 동안 카미노의 현실이 재구되고 있었다. 그를 통해 새롭게 카미노의 이야기가 생생하게 살아나는 것을 실감할 수 있었다. 청중과의 심리적 합일은 정말 오랜만에 겪는 제대로 된 정서적 공감이었다. 공동체에 모인 사람들은 순례에 대한 관심을 지닌 적극적 자발적 청중이라는 사실이 가져다주는 공감이었다. 공동체에서 이렇게 말하며 마무리했다.

"예수님이 '나는 길이요' 라고 말씀하셨을 때 그것이 산티아고 카미노의 물리적인 길이 된다는 사실을 절실히 깨달았습니다."

청중 모두가 진지하게 듣고 있었다.

순례 경험을 글로 '전달하기'^{re-telling} / 04

나의 카미노 순례는 글쓰기로 대단원의 완결을 준비하고 있었다. 그간 보낸 2년간의 시간을 마무리하는 의식이 꼭 필요했다. 그러려면 글로 쓴 집대성의 결과물이 이루어져야만 했다. 반드시.

두려움은 제법 있었다. 카미노의 이 놀랍도록 생생한 경험을 과연 불완전한 언어로 제대로 재현해낼 수 있을까 하는 걱정이 앞섰다. 카미노의 경험을 진부한 클리셰cliché로 만들지나 않을까 하는 염려에서였다. 게다가 다른 장소와는 달리 카미노는 경험자와는 소통에의 공감이 빠르나, 미경험자와는 소통이 매우 어렵다는 특징이 있다. 기본적으로 '전달하기'의 어려움이 생겨나는 대목이다.

하나 문제는 글로 '전달하기'는 더 이상 방치해서는 안 될, 내 인생이 걸린 프로젝트라는 점이다. 카미노 순례는 내 인생의 대사건이자 유일무이한 경험이었다. 지난 2년간의 준비와 시행이 낳은 경험적 산물이기도 했거니와, 내 삶을 뒤바꾼 사건이기도 했기 때문이다.

그리고 이 경험으로 나는 카미노가 내게 부여한 사명을 확실히 알게 되었다. 산티아고 대성당 앞에 섰을 때 카미노는 내게 분명하게 사명을 말하였다. 비록 미미하게 들렸지만 내용은 명확했다. 은퇴자로서 남은 생애는 카미노의 경험을 바탕으로 글쓰기에 전념하라는 것이었다.

사실 글쓰기는 내 인생의 황금기에 당위적으로 이루어졌어야 함에도 시간의 흐름에서 매듭짓지 못한 미완의 영역이었다. 그러니 이번 글쓰기는 단순히 글을 쓰는 것을 넘어선 내 인생의 자기 확인 그리고 자기 치유의 과정이 되어야 했다. 글로 써서 마무리 짓지 못한 내 삶의 궤적을 담아야 했기 때문이었다.

일단 카미노 순례 경험을 글로 옮기기 위한 조직화를 기획하였다. 시중에 넘쳐나는 카미노 기행기 혹은 카미노 가이드의 기술 특징에서는 반드시 벗어나려 했다. 나 스스로가 기존 정보의 편견에서 벗어나, 내면에서 길어낸 순례의 우물물로 글을 쓰고자 했다.

카미노 순례를 통한 영혼의 변화 과정을 유장한 산문으로 서사화하고자 했다. 말이야 매우 그럴듯하나, 지난 2년간의 준비와 그 시행 경험을 인문적 사유와 성찰이 담긴 순례 에세이로 묶는 것은 결코 쉽지 않았다. 고통스럽고 험난한 과정이 나를 기다리고 있었다.

코리아둘레길을 걸으며 적은 메모, 카미노에서 주변인들에게 보낸 제법 많은 분량의 글들이 있었다. 이를 기본 질료質料로 삼아 유기적으로 글을 묶는 작업을 했다. 막연한 시간 순이 아닌, 출발 이전의 영적 상태부터 출발 이후의 영적 변화까지를 심리적 상황을 추적하는 과정이 되었다. 카미노에서 선 내 영혼의 진솔한 치유 과정을 기술할 생각이었다. 출발 이전의 상태에 대한 기억, 카미노 도상에서 쓴 글, 그리고 출발 이후의 변화에 관한 여러 잡다한 글과 작은 메모들이 동원되었다.

　먼저 문체를 맞추는 일은 지극히 크고도 험난한 과제였다. 문어체와 구어체를 통일하는 일은 오히려 쉬운 과정이었다. 글의 템포와 톤을 조절하여 견문에서 분석에 이르는 과정의 간극을 줄이는 일이 선행되어야 했다. 순례하기 전후의 글들은 너무도 진지했던 반면, 막상 순례 과정에서의 글은 대책 없이 가벼웠다.

　지나친 유머와 잦은 논어 인용도 주된 문젯거리였다. 인용과 출전을 정리하고, 세밀한 구성을 위해 인과 관계를 긴밀하게 엮는 일은 제법 많은 시간을 요구하였다. 원전도 필요했으며 자료를 책에서 확인하는 작업에도 또 시간이 걸렸다.

　음악 삽입은 매우 실험적인 작업이 되었다. 내게 음악이란 단순한 음악이 아닌 추억이었고, 내 삶의 인상적 순간이 담긴 서사 그 자체였다. 비록 내게는 그렇다 해도 사용한 음악의 분위기가 과연 그 꼭지, 즉 토픽에 어울리느냐 하는 문제는 다른 차원이었다. 더불어 음악 가사가 글과 어울리느냐는 점검도 해야 했다.

　토픽과 음악 가사가 어울리면 음악 분위기가 맞지 않았다. 토픽과 음악 분위기가 어울리는 경우, 음악 가사가 맞지 않았다. 그러니 토픽과 음악 가사 그리고 음악 분위기, 이 모두를 균형 있게 조율하려니 품이 많이 들었다.

　삽입된 음악 이해를 위해 큐알QR 코드를 사용하였는데, 이 경우 감상에만 집중할 수 있도록 MTV류의 비디오 영상은 적극 회피하였다. 음악도 철저히 1970년대 말까지의 재즈와 영미 대중음악을 사용하였다. 심지어는 1940년대의 재즈곡도 소환되었다. 이것들은 내가 지극히 잘 알기 때문이었고, 사실상 이후의 시기는 내 관심이 클래식으로 흘러간 까닭이기도 하다.

하나 가장 큰 어려움은 책의 성격을 규정하여 그에 맞게 집필하는 일이었다. 이 책은 학술 논문이 아니었기에 각주를 넣는 등의 학술적 접근은 이루지 말아야 했다. 하나 견문과 인상이 나열된 여행 서적도 아니다. 그것은 애초부터 시도하고자 생각지 않았다.

결국은 내면의 변화와 치유 과정을 추적하고 따라가는 인문적 사유가 중심이 된 '순례 에세이'로서 지향성을 지켜 나가고자 했다. 인문 서적은 못 되더라도, 중수필重隨筆인 순례 에세이로 제대로 대접은 받는 글을 쓰고자 노력은 했다. 말은 쉬우나 그 실행은 간단치 않은 과업이었다.

순례 직후 한 달가량 휴식하면서 자료를 취합하는 시간을 가졌다. 이후 세 달에 걸쳐 문체를 정리하고, 인용을 세밀화하고, 글의 톤과 템포를 조절하였다. 취사선택하는 과정에는 시간이 많이 걸렸다. 선곡된 음악을 취사하여 정리하고 세밀화하는 일은 노동과 품이 많이 들었다. 힘은 들었다지만 '보이는 바는 있기에' 결국 마무리를 지을 수 있었다.

이 순례 에세이를 기다린 가족들, 커뮤니티 동료들, 지인들의 많은 격려와 관심이 큰 힘이 되었다. 나 자신은 글을 쓰면서 스스로 많은 치유를 이룰 수 있었다. 그간 내 내면에 잘못된 그 무엇을 살필 수 있었다. 글을 쓰는 과정을 포함한 지나온 2년간의 시간은 스스로를 직면할 수 있는 참으로 귀한 시간이었다.

순례자와 만나면서 나도 다른 사람과 마찬가지로 아주 평범한 인간이라는 사실을 뼈저리게 체화하였다. 카미노에서 자연을 접하며 자연 세계와 긴밀히 연결되어 있다는 사실도 생생하게 느꼈다. 나의 유한성을 자각하며 영적 존재로서의 역할을 되새기는 시간은 귀중했다.

춤추는 시냇물, 부드러운 바람, 아침의 이슬과 피부를 적시는 촉촉한 비, 색색으로 반겨주는 꽃들의 미소, 작은 메뚜기를 싣고 그 무게를 못 이겨 굽어진 강아지풀과 지천으로 자생하는 엉겅퀴 풀의 자태, 길가에서 뛰어 움직이는 곤충들의 생명력. 이 모두는 내 스승이었다. 글을 쓰는 도중에 다시 카미노에 뛰어가서 기술한 내용의 실상을 확인하고 싶은 충동을 한두 번 억누른 것이 아니었다.

특히 미뉴강을 건너 투이, 포리뇨, 레돈델라, 폰테베드라, 파드론, 콤포스텔라로 이어지는 130km의 카미노는 너무나도 그리웠다. 흔히 순례객들 사이에 널리 통용되는 '카미노 블루Camino Blue'가 찾아오고 있었다. 순례를 다녀온 사람이 꼭 겪게 된다는 그 카미노 블루. 카미노에 다시 가고 싶어 '자면서도 몸부림친다'는 바로 그 증상이었다.

순례의 정리와 평가 / 05

카미노 순례를 하며 내 안에 억압되고 잠재되어 있던 내면이 굉장한 굉음으로 폭발하는 소리를 들었다. 나 스스로도 놀랄 만한 에너지로 다니고 사람을 만나고 묵상하고 그리고 사색하며 그 결과로 글을 썼다.

복귀하고 나서는 카미노에서 얻은 긍정적 요소들을 아내, 가족과의 관계, 주변인들, 공동체와의 관계 그리고 은퇴 생활에 접목하려 애썼다. 순례로 인해 얻은 자기 치유이니, 꽤 긍정적인 평가라 할 만하다.

글을 쓰는 과정에서 저 멀리 깊숙한 내면에 갇혀 내 유년의 뜰에서 울고 있던 미성숙한 자아는 그 속박에서 서서히 풀려나고 있었다. 분명히 치유가 되고 있었다. 카미노에서 이루어진 카미노 테라피, 라이팅 테라피가 이루어지고 있었다.

순례를 통해 나는 처음에는 자연과 그리고 다른 순례자들과 공통으로 안고 사는 인생의 짐과 고통을 놓고 대화했다. 그러다 어느 순간 과거의 순례자들과 그리고 과거의 자아와 대화했다. 더는 무시할 수 없는 고통스러웠지만 끌어안아야 하는 자신에 대한 진실을 직시하게 되었던 것이다.

　이 지점에서 나의 지난 과거 시간들을 객관적으로 성찰할 힘을 지니게 되었다. 부정적인 것은 부정적인 상태로, 긍정적인 것은 긍정적인 상태로 두게 되었다. 과거를 외면하지 않고 직시하여 바라볼 수 있는 객관적 힘을 지니게 된 것이다.

　하나 나름 성공적인 순례를 했다고는 해도 이후 모든 일이 저절로 잘 이루어진 것은 아니었다. 하나 분명한 것은 내가 서서히 일상의 덫과 습관의 압박에서 벗어나고 있었다는 점이다. 카미노에서의 순례 경험은 이전 여행 경험과는 근본적으로 달랐다. 카미노의 목소리는 나를 편하게 위로해주고 있었다. '너는 치유되고 있어. 모든 것이 잘될 거야. 네가 천천히 걸었듯이 그렇게 천천히 일어서면 되니까.'라고 말해주었다.

바가바드 기타Bhagavad Gītā의 다음과 같은 권유는 내게 진실로 크고도 큰 위안이 되었다. 고백건대 나는 이 경구를 프린트하여 읽고 또 읽었다.

"그 일을 하는 것이 그대의 사명일진대, 성패에는 신경을 쓰지 말고 결코 행동의 열매를 탐하지 마라. 하지만 게으름에 빠지지는 말기를. 모든 일에 최선을 다하고 세속적인 욕심에서 벗어나라. 일이 잘되든 안 되든 그대는 늘 침착함을 유지하라."

몸의 감각을 이용한 오감의 순례는 나의 잠재력을 깨닫게 하고 내게 치유를 선사해주었다. 기존의 무력한 일상에서 벗어나 오감을 사용하자, 내면에 억눌린 창조성이 외부로 폭죽으로 튀어나오고 있었다. 만남을 통한 대화와 과거 자아와의 대화가 이루어졌다. 참으로 어렵게 만들어낸 창조적인 대화였다. 확실한 것은 난 내가 가진 전 감각을 사용하여 순례를 했다는 점이다.

감각의 고양은 있었지만 영적인 측면에서 해답을 찾지 못했을 수도 있었다. 그래도 이 해답은 즉각적이지 않은 상태로 서서히 앞으로 내게 다가올 것이다. 게다가 신체적 통증이 불쾌한 유년의 기억을 환기하여 예상 못 한 영적 자포자기로 이어질 위험도 있었다. 분명 그런 순간도 있었다. 하지만 확실한 것은 그간 온몸으로 느꼈던 혹은 느껴야 했던 통증은 감각의 고양을 자극하여 자신과 외부를 이해하는 통로이자 수단으로 기능했다는 점이다.

과거 자아와의 대화에서 내 유년의 기억은 화합과 용서를 통해 적절한 치유를 선사해 주었다. 순례 내내 발톱이 빠지는 통증, 왼쪽 정강이의 심대한 타박상, 베드 버그에 물린 괴로움의 통증, 10여 일간 시달린 감기 증상이 수반되었다. 하나 이 통증은 외부와 내면의 대화에 있어 맑은 정신의 고양을 가져 온 셈이다.

어긋나는 현실도 눈앞에 있었다. 카미노의 현실과 일상의 현실의 차이. 폰테베드라의 알베르게에서 나는 사람들에게 반농담조로 말했다. "순례객의 얼굴에는 두 가지가 있어요. 카미노에서의 얼굴과 현실 일상에서의 얼굴이지요."라 말하고는 함께 다 같이 통렬하게 웃은 적이 있다.

이게 그냥 웃을 일만이 아니라는 걸 현실로 돌아와 심각하게 느끼고 있다. 그러기에 카미노와 일상이라는 어긋나는 두 현실을 조화롭게 화해시키는 것이 매우 중요한 과제로 남는다. 카미노에서 도움 받던 일은 즐겁게 회상해도, 현실의 삶에서 도움이 필요한 곳에 막상 손길 내밀기를 주저한다면 이는 실로 문제적이 된다.

내 인생 그 자체가 순례이다. 순례자로서의 정체성의 큰 축은 현재 진행형이기 때문이다. 또한 여전히 나는 카미노 순례길에 있고 나는 길 위의 정신을 간직하며 사는 순례자이기 때문이다. 은퇴자인 내가 온전히 치유받았는지 여부와 그 정도를 확인하기란 사실상 쉽지 않다.

다만 분명한 것은 이 책에 담긴 글은 내가 진실로 피와 땀과 눈물로 한 줄 한 줄 눌러쓴 기록이다. 이 사실이 나의 카미노 테라피Camino Therapy 전 과정에 담긴 치유 여부를 증거해주리라 믿는다.

내 인생 그 자체가 순례이다.

순례자로서의 정체성의 큰 축은

현재 진행형이기 때문이다.

모든 과정을 통해 책으로 출간하는 작업을 완결하였다. 카미노에서 글을 쓰고 귀국 후 글을 본격적으로 채워 다듬기 시작한 지 실로 7개월 만이다. 그중 집으로 돌아온 지난 5개월간은 거의 날밤을 꼬박 새다시피 했다. 아무튼 이 작업은 올해를 넘기지 않아야만 했다. 혼연일체, 의자와 내가 한 몸이 되어 달라붙어 있었다. 그간 하도 풍찬노숙으로 단련된지라 체력적으로 힘든 줄도 몰랐다.

바라기는 이 책이 이 땅의 수많은 시니어들에게 도움을 주었으면 한다. 그들이 느끼는 심리적 육체적 위축감을 나 역시 느끼고 있었기 때문이다. 하여 더 나아가 그들도 카미노에서 카미노가 일러주는 음성을 듣고, 그 카미노가 선사하는 치유[카미노 테라피]를 통해서 각자의 역할을 발견하였으면 한다.

고백하건대 이리도 내가 열심히 글을 쓸 수 있었던 이유는 '카미노 블루Camino Blue' 때문이었기도 하다. 다시 카미노로 가고 싶어서 밤에도 몸부림친다는 그 카미노 블루 말이다. 나도 영적으로 갈급함을 느낄 때 지체 없이 카미노로 달려갈 것이다. 갈리시아 지방의 숲길, 사진을 정리하면서 바라본 그 갈리시아의 숲길은 내게 사무치는 아우성과 그리움으로 다가오고 있다.

투이 포리뇨 레돈델라 폰테베드라 페드론 페드레이아 콤포스텔라 피니스테레 묵시아로 이어지는 그 숲길이 사무치게 그립다. 프랑스 카미노가 대표 주자 역할을 하고 있으나, 사실상 산티아고(야고보) 사도의 자취는 이곳 갈리시아 숲길에 산재하여 있다. 그리고 거기에는 수백 년 묵은 고목들과 꽃들과 들풀 샘물이 나를 기다리고 있다.

미국의 워드 도지Ward Dodge, 스웨덴의 존 프링글John Fringle 등과도 이메일로 소식을 주고받았다. 순례지에서의 인연은 그곳에서 끝내야 한다고 믿고 연락처를 알리지 않은 내 생각이 조금은 과했던 듯하다. 특히 워드는 많은 순례객들에게 사진을 돌리며 내 행방을 찾고 있었다 한다. 참 미안했다. 그렇게 다들 카미노를 잊지 못하고 있는가 보다. 카미노를 경험한 자만이 통할 수 있는 비밀의 언어가 서로 오가고 있었다.

이번 다시 갈리시아 숲길로 나가게 되면, 카미노에서 캐나다인 브레드Brad를 비롯해 몇몇 사람들을 수소문해 보려 한다. 굳이 지나간 인연을 되찾고자 하는 것은 아니다. 다만 카미노에서 나누었던 인격적 연대감, 그 커뮤니타스의 굳건한 추억을 못 잊어서다. 사람이 공간을 변하게 하며, 그 공간이 사람을 변하게 한다. 이게 카미노이다.

모두에게 감사드린다. 그리고, 솔리데오 글로리아(SDG).